SECRETUL LUI RIBBY

Cathy McGough

Stratford Living Publishing

CE SPUN CITITORII

„Aceasta este o poveste de groază plină de femei psiho-biddy, spusă cu umor sec."

MAREA BRITANIE:

„Ribby deține atât de multe secrete. O poveste frumoasă, dar tristă."

„Secretul lui Ribby este o poveste interesantă și plăcută, dar tulburătoare pe multe planuri și merită citită."

„Bine scrisă, cu personaje convingătoare și o călătorie intrigantă."

TABEL DE CONȚINUT

Dedicație	XI
Epigraf	XIII
POEM: LA SUPRAFAȚĂ	XV
PROLOGUL	XVII
CAPITOLUL 1	1
***	7
***	11
***	16
CAPITOLUL 2	19
***	21
CAPITOLUL 3	27
***	32
CAPITOLUL 4	35
CAPITOLUL 5	38
CAPITOLUL 6	41
***	43

***	50
CAPITOLUL 7	55
CAPITOLUL 8	58
CAPITOLUL 9	64
***	66
***	68
CAPITOLUL 10	70
CAPITOLUL 11	74
***	77
CAPITOLUL 12	80
***	82
CAPITOLUL 13	86
CAPITOLUL 14	90
CAPITOLUL 15	91
CAPITOLUL 16	94
***	97
***	100
CAPITOLUL 17	105
***	108
CAPITOLUL 18	110
CAPITOLUL 19	113

***	117
CAPITOLUL 20	119
CAPITOLUL 21	122
CAPITOLUL 22	125
CAPITOLUL 23	129
CAPITOLUL 24	134
***	137
CAPITOLUL 25	138
CAPITOLUL 26	142
***	145
CAPITOLUL 27	156
***	161
***	163
CAPITOLUL 28	165
CAPITOLUL 29	172
***	176
CAPITOLUL 30	181
CAPITOLUL 31	186
CAPITOLUL 32	188
CAPITOLUL 33	191
***	195

CAPITOLUL 34	198
CAPITOLUL 35	202
CAPITOLUL 36	205
CAPITOLUL 37	208
***	210
***	212
CAPITOLUL 38	214
CAPITOLUL 39	217
CAPITOLUL 40	218
CAPITOLUL 41	221
***	225
CAPITOLUL 42	226
***	228
CAPITOLUL 43	229
CAPITOLUL 44	230
CAPITOLUL 45	232
CAPITOLUL 46	235
CAPITOLUL 47	236
CAPITOLUL 48	239
***	241
***	244

CAPITOLUL 49   246

CAPITOLUL 50   248

CAPITOLUL 51   254

CAPITOLUL 52   257

***   259

CAPITOLUL 53   261

CAPITOLUL 54   265

***   266

***   268

CAPITOLUL 55   269

***   271

CAPITOLUL 56   273

CAPITOLUL 57   276

CAPITOLUL 58   281

CAPITOLUL 59   283

CAPITOLUL 60   284

***   288

CAPITOLUL 61   290

CAPITOLUL 62   295

CAPITOLUL 63   299

CAPITOLUL 64   300

CAPITOLUL 65   303

***   304

CAPITOLUL 66   309

CAPITOLUL 67   312

***   313

CAPITOLUL 68   314

CAPITOLUL 69   316

CAPITOLUL 70   319

CAPITOLUL 71   325

CAPITOLUL 72   328

CAPITOLUL 73   330

***   332

***   334

***   338

EPILOG   341

Citat   343

Cuvânt de la autor   345

Despre autor   347

De asemenea, de: 349

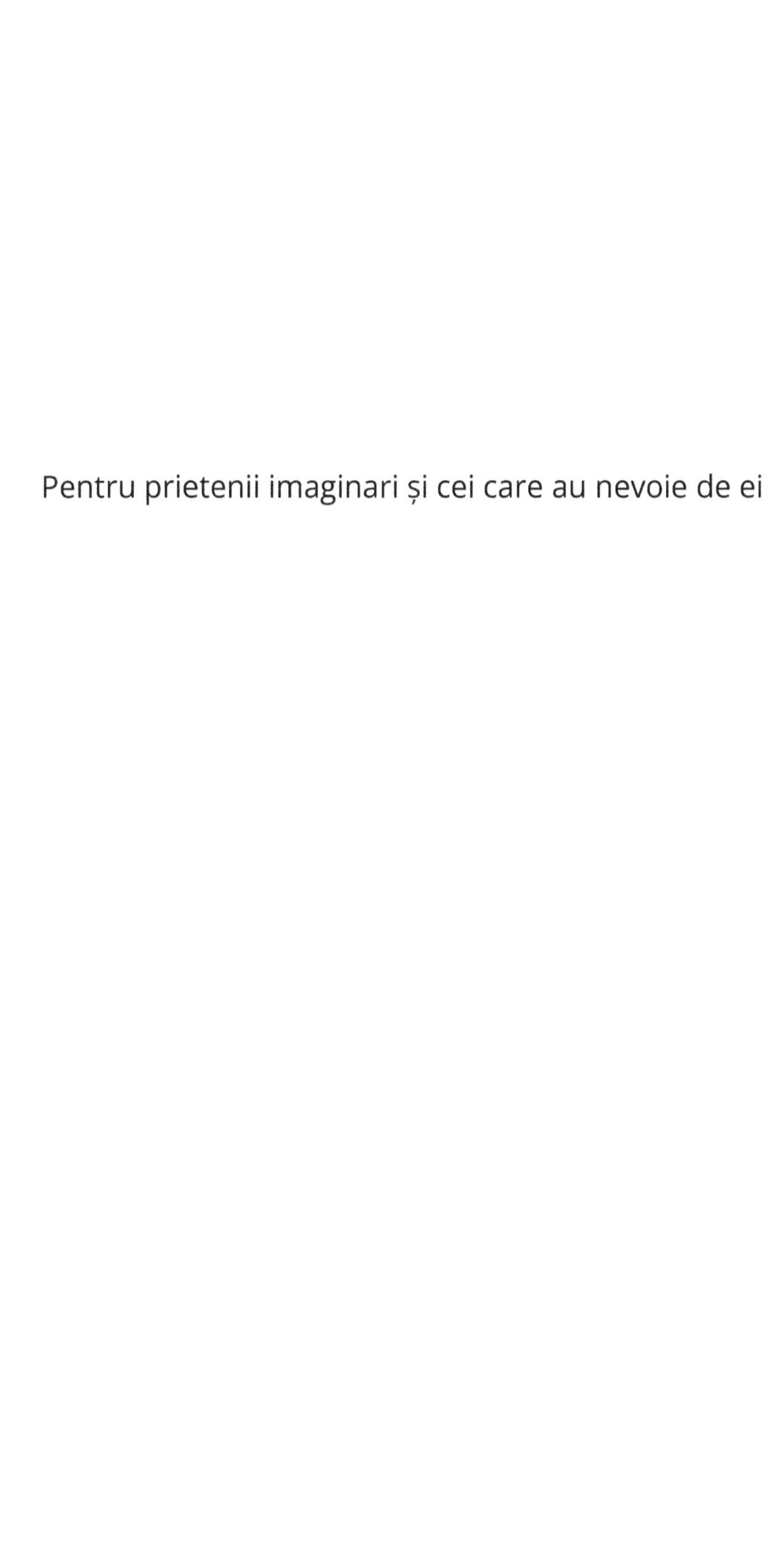

Pentru prietenii imaginari și cei care au nevoie de ei

"Secretele mele strigă tare.

Nu am nevoie de limbă.

Inima mea ține casa deschisă,

ușile mele sunt larg deschise."

Theodore Roethke

POEM: LA SUPRAFAȚĂ

COPYRIGHT © 2014 DE CATHY MCGOUGH

Oglindă,
Tu mă reflectezi cu concedierea
Scris peste tot pe mine
Este incertitudinea colorată în carne.
Oglindă,
Îți bați joc de perfecțiune
Cu această reflecție refractară
Și rezultatul este mereu același
În rama ta: Eu rămân neschimbat.
Scris între rânduri
Deghizat poetic
Trăsături inevitabile
Curg inarmonios.
Oglindă: Eu ader la ceea ce văd
Pentru că eu sunt tu, prin tine și prin tine
Dar uneori reflecția
Aș vrea să semăn cu tine.

PROLOGUL

Când el s-a năpustit asupra ei, cheia pe care o ținea i-a intrat direct în orbită. El a țipat, apoi s-a tânguit când genunchiul i-a atins genunchiul. A tresărit la auzul zgomotului pe care l-a scos când i-a scos cheia din ochi. În timp ce sângele îi curgea pe față, el gemea și se rostogolea ținându-se de zona inghinală. Ea i-a înfipt cheia în partea laterală a gâtului, atingând o arteră. Sângele a țâșnit ca apa din furtunul unui pompier.

S-a îndepărtat câțiva pași de cadavru și și-a băgat degetele de la picioare în apă. Se uita din când în când la el. Până când a încetat să se mai miște. S-a întors și a ascultat să vadă dacă era mort: era. În sfârșit. L-a rostogolit, ca pe un sac de cartofi, tot mai adânc în apă. Cu fiecare împingere, cadavrul părea din ce în ce mai ușor.

Arhimede avea dreptate.

Când a ajuns cât de departe a putut, a înotat până la mal, și-a adunat hainele și s-a schimbat.

I-a lăsat lucrurile acolo unde le lăsase.

În timp ce soarele noii zile a transformat cerul într-un roșu aprins, ea s-a întors la apă.

A scanat țărmul și nu a văzut niciun semn de la el. A scufundat cheia în apă pentru a clăti sângele, apoi a fugit acasă. După un duș lung, a dormit ca un copil.

CAPITOLUL 1

Aceasta este povestea unei femei care a fost prea drăguță pentru binele ei: până când nu a mai fost.

Ziua lui Ribby Balustrade începea întotdeauna în același fel, cu mama ei amenințând că îi va da micul dejun câinelui lor Wolfhound Scamp dacă nu se grăbește.

Ribby, a cărei garderobă se limita la hainele de ocazie ale mamei sale, își trăgea muumuu-ul înflorat pe cap, își încălța sandalele Jesus și își peria părul, ceea ce nu dura mult. Totuși, rareori reușea să coboare la timp.

Martha Balustrade nu era genul de mamă care să se țină de un anumit program. Micul dejun urma să fie pregătit. Ce și când era decis în ziua respectivă.

Câștigătorul acestui nesfârșit dezastru din bucătărie era Scamp.

„E în regulă, oricum nu mi-e foame", a mințit Ribby, în timp ce a mângâiat câinele pe frunte și a ieșit din casă.

Ribby nu a stat pe gânduri cu privire la aceste evenimente, propria ei zi a marmotei. În schimb, s-a grăbit să treacă prin parc spre strada principală.

Adăpostul autobuzului duhnea a urină și cafea. Într-o zi ca asta, se bucura că nu luase micul dejun, pentru că și acum duhoarea îi provoca greață. Abia aștepta să ajungă la lucru la bibliotecă.

Când a sosit autobuzul, și-a arătat cardul Presto, apoi s-a îndreptat spre locul ei obișnuit din spate. Stomacul îi zvâcnea în timp ce autobuzul înainta, oprindu-se din când în când pentru a lua noi pasageri. Ajungând în centrul orașului Toronto, a coborât din autobuz și s-a grăbit să intre în magazinul din colț pentru un baton de ciocolată rapid și apoi la bibliotecă.

Ribby se mândrea că nu întârzie niciodată. Pur și simplu nu puteai întârzia dacă lucrai într-o bibliotecă. Dacă ai fi fost, ai fi avut hoarde de clienți nerăbdători care ar fi blocat intrarea. Și așa a fost când a intrat și a văzut coada excepțional de lungă cu domnul Filchard în frunte.

„Bună dimineața, domnule Filchard. Cu ce vă pot ajuta?"

„Bună dimineața, dragă Ribby. Oh, ce m-aș face fără tine? Toți ceilalți sunt mereu atât de ocupați, ocupați, ocupați— dar tu, tu dragul meu, întotdeauna îți faci timp să ajuți un bătrân."

„Doar îmi fac treaba", a spus Ribby. „Acum, ce cauți astăzi?"

„Poți să te apropii, te rog? E o carte destul de grosolană: *Tropicul Cancerului*. O știți?"

„Da, domnule Filchard. Este un clasic."

„Este? Am auzit că are, oh nu contează; dacă este un clasic atunci nu mai trebuie să șoptesc, nu-i așa?"

„Nu, sunt cărți mult mai controversate", a zâmbit ea amintindu-și de hăhăiala cu cincizeci de nuanțe de nonsens.

„Problema este, draga mea, că habar nu am cine a scris-o. Mă știi, sunt din epoca întunecată și nu pot folosi blestematele alea de calculatoare." A râs. „Vrei să fii drăguță și să cauți pentru mine?"

„Este scris de Henry Miller", a spus ea în timp ce făcea clic în baza de date. „Da, este disponibil la etaj, la raionul de ficțiune."

„O să mă uit mai întâi. Henry Miller, spui tu. N-am auzit niciodată de el!"

„Sincer să fiu, nu am fost prea impresionat când l-am citit. Criticii și recenzenții l-au considerat genial la vremea lui. Sunt câteva părți nepoliticoase."

„Mulțumesc, Ribby. Să ai o zi bună."

„Cu plăcere", a spus ea în timp ce el pleca.

S-a ocupat singură de ceilalți clienți care așteptau. După ce a terminat să-l ajute pe ultimul, a aranjat tejgheaua.

Acum că lucrurile erau liniștite, Ribby și-a făcut o ceașcă de cafea și s-a întors la biroul ei. Pe drumul de întoarcere, s-a oprit pentru o clipă să asculte zgomotul apei. Arhitectul bibliotecii, folosind fântâna pentru a masca zgomotele exterioare, fusese incitant. Unele orașe își închideau bibliotecile, dar Toronto era diferit. Clădirea în sine era o supraviețuitoare. Nici măcar jafurile de după Războiul din 1812 nu i-au înfrânt spiritul.

A luat o înghițitură de cafea și a stat o clipă, uitându-se la scări. Arătau bine, cu oameni care urcau și coborau, dar liftul era foarte util atunci când era nevoie.

Pe scara de sus, l-a observat pe domnul Filchard coborând. Aproape de fund, avea o mână pe carte și cealaltă pe cardul de bibliotecă. Ea s-a oprit și l-a așteptat. Era puțin fără suflare.

„Data viitoare voi lua cu siguranță liftul", a spus domnul Filchard.

S-au îndreptat spre biroul de asistență unde Ribby și-a ștampilat cardul.

„Bătrân murdar!" a șoptit Amanda, o colegă de serviciu, în timp ce el părăsea clădirea. „Cu siguranță îmi dă fiori".

Ribby a ignorat comentariile ei. A luat un braț plin de cărți, le-a pus pe un cărucior, l-a împins în lift și a urcat la etajul trei. A trecut de la un raft la altul, îndosariind. În timp ce reîntoarcea o carte aproape de fereastră, o licărire de peste drum i-a atras atenția. Un tânăr de douăzeci și ceva de ani, îmbrăcat din cap până în picioare în blugi, se îndrepta în direcția ei. Lumina soarelui îi strălucea pe inelele din nas și pe lanțurile care i le prindeau de urechi.

Ribby a continuat să-l privească în timp ce el urca scările. Curioasă, ea s-a grăbit să coboare la etajul principal.

Simplul gând de a-l servi, îi făcea inima să tresară. Nu mai fusese niciodată atât de aproape de un tip care avea atât de multe găuri în cap. Ribby era sigur că alții aveau găuri mascate— răni emoționale ascunse adânc în interior. Ca Vincent Van Gogh, care își folosea durerea pentru a-și exprima emoțiile. Conceptul de a-ți folosi corpul ca artă o înspăimânta și o intriga în același timp.

A ajuns înapoi la birou, privindu-l. Stătea la intrare ca un băiețel pierdut. *Cum e vocea lui*, se întrebă ea?

S-a poziționat în spatele Secţiei de Achiziţii, unde făcea ordine. El nu se mișcase nici un centimetru. Ea a tușit, apoi s-a oprit sub semnul Ajutor/Informații. Ochii lor s-au întâlnit.

„Pot să vă ajut?" a întrebat Ribby cu obrajii înroșiți și palmele transpirate.

„Uh, da, păi, sper că da", a spus el cu o voce tare.

„Te rog să vorbești mai încet", a spus ea.

„Oh, bine, scuze. Caut o carte, dar nu-i știu numele."

„Știți cine a scris-o?"

„Nu."

„Poți să-mi spui despre ce este cartea?"

„Da, da, asta știu, asta știu sigur. E despre viitor. Ei bine, când tipul a scris-o, era viitorul *lui*. Pentru noi, este trecutul nostru. Are *Big Brother* în ea. Nu emisiunea TV, ci un alt fel de *Big Brother*." El a râs de modul inteligent în care a legat atât trecutul, cât și prezentul împreună. Ribby a râs și el.

„Oh, te referi la *1984* de George Orwell?"

„Da, sună bine. Orwell. Excelent. Este înăuntru?"

„Un moment, vă rog", a spus Ribby în timp ce-l tasta în calculator. Era înăuntru, iar Ribby s-a dus să-l caute. Tânărul a rămas în urma ei.

Când a avut cartea în mână, s-au întors la recepție. Ribby a confirmat că avea actul de identitate necesar și i-a eliberat un card de bibliotecă.

A încheiat tranzacția și a băgat cardul în portofelul său murdar. I-a mulțumit lui Ribby și s-a îndreptat spre ieșire. Blugii lui albaștri rupți se lăsau în urmă— la fel ca starea de spirit a lui Ribby.

✳✳✳

Dᴜᴘă ᴛᴇʀᴍɪɴᴀʀᴇᴀ ꜱᴄʜɪᴍʙᴜʟᴜɪ, Rɪʙʙʏ a ieșit grăbit din clădire. În fiecare luni, Ribby făcea voluntariat la spitalul de copii. Dansa și cânta. Făcea tot ce putea pentru a le ridica moralul. Îi adora pe copii, iar ei păreau să îi întoarcă sentimentul. În fiecare săptămână, ea alegea un copil care să fie în centrul atenției. Astăzi, era rândul lui Mikey Landers și nu trebuia să întârzie.

În mâna stângă, Ribby purta geanta ei magică. Copiii erau întotdeauna încântați când îi lăsa să bage mâna în ea. Printre obiectele dinăuntru se numărau: costume, instrumente muzicale, vopsea pe față, baloane, bibelouri și machiaj.

Când a ajuns în sfârșit la secția pentru copii, a sărit în camera lui Mikey. Părinții lui stăteau jos, câte unul de fiecare parte a patului, strângând mâinile fiului lor într-o grămadă de degete și palme. Își ștergeau lacrimile cu mâinile libere. Mikey dormea, așa că a plecat în liniște.

Ribby a încercat să nu se gândească la tristeţea care plutea în aer în camera lui Mikey. Mikey și familia lui trecuseră prin atâtea.

A împins-o departe, în fundul minţii ei. Rolul lui Ribby era să înveselească copiii și familiile lor. Ei o așteptau. Și-a pus cea mai fericită faţă.

Billy și Janie Freeman au scos un ţipăt când au zărit-o pe Ribby venind pe hol. „E aici! E aici!" au strigat ei. Un val de bucurie a umplut coridorul. Copiii și familiile lor au format un cerc în jurul ei în Sala Comună.

Ribby a cântat un număr compus de ea însăși numit *Jump Like A Caribou* și a cântat la kazoo în momentele potrivite:

JUMP JUMP JUMP

CA UN CARIBOU!

Ribby a pornit un trenuleţ și copiii care puteau să meargă au căzut în spatele ei.

JUMP JUMP JUMP

CA UN CARIBOU

Vechiul tren s-a oprit și Ribby a format un rând al copiilor care erau în scaune cu rotile sau în cârje. Copiii cântau, fluturau sau băteau din picioare. Orice acţiune care îi putea ajuta să intre în cântec și să facă zgomot.

JUMP JUMP JUMP

CA UN CARIBOU!

Când cântecul s-a terminat, ei au strigat: „Din nou! Din nou!"

Cântecul era familiar copiilor, deoarece Ribby îl cânta adesea folosind diferite animale, cum ar fi cangurul, cacadu, cockapoo, și chiar avea o versiune care includea o vizită la grădina zoologică.

Ribby s-a înclinat și a trecut direct la o altă melodie. Îi plăcea să amestece lucrurile. Îi făcea să ghicească. Când energia din cameră a scăzut, a schimbat cursul, cerând să i se ceară forme de baloane. A cântat în timp ce trăgea și răsucea baloanele în forme de animale. Cea mai populară cerere a fost pentru o mamă caribou și puiul ei, ceea ce a ținut-o ocupată pentru că a fost o sarcină dificilă.

Copiii care doreau baloane le-au primit și a venit timpul ca Ribby să plece. Ea a început să-și facă bagajul, exact când Mikey Landers a intrat zdrăngănind roțile scaunului său. Mama lui a rămas în urma lui, având probleme în a-l prinde din urmă. Mikey era supărat, ea a văzut asta imediat. S-a dus la el, oferindu-i un balon animal cu mâna întinsă.

„Aproape că te-am ratat, Ribby! Trebuia să mă trezești. Ai promis să-ți faci numărul din camera mea săptămâna asta! Era rândul meu!" Lacrimile îi cădeau pe obraji în timp ce își încrucișa brațele și îi refuza oferta de pace.

Coborându-și mâna, ea a îngenuncheat pentru a fi la nivelul lui și i-a spus: „Îmi pare rău, sportivule. Sunt atât de fericită să te văd pe picioare acum," — s-a uitat la părinții lui— "dar tu dormeai când am trecut pe la tine, puștiule. Știu cât de mult ai nevoie de somnul tău de frumusețe! Ești cap de listă pentru săptămâna viitoare, bine?"

„Promiți?" Și-a descrucișat brațele.

„Jur pe inima mea și sper să mor." Ribby și-ar fi dorit să poată lua acele cuvinte înapoi și să le înghită. Dacă ar fi fost posibil să-și schimbe viața pentru a lui, ar fi făcut-o acolo și atunci fără ezitare.

Mikey nu observase pasul greșit și, în cele din urmă, a întins mâna și a acceptat darul ei.

După ce i l-a înmânat, Ribby și-a luat rămas bun. În timp ce ieșea din cameră, ea a spus: „Ne vedem săptămâna viitoare, Rugrats!"

Ribby și-a stăpânit lacrimile până când a ieșit din clădire. Neavând șervețele, și-a folosit mâneca. Până când a ajuns în stația de autobuz, a reușit să se calmeze.

În fiecare săptămână, își promitea că nu va plânge. Copiii ar trebui să fie afară, să se joace, să se distreze. Nu ar trebui să își facă griji că sunt bolnavi sau că mor. Dacă ar putea să le ia această durere... Chiar și pentru o perioadă scurtă de timp, atunci ar merita să facă o plimbare în roller-coaster-ul emoțional.

✳✳✳

AUTOBUZUL NU AJUNGEA DECÂT peste 15 minute. Se grăbește să ajungă la magazinul din colț ca răspuns la stomacul ei care mormăie. *Sărat sau dulce?* se gândi ea. În spatele tejghelei a zărit o serie de țigări. Curioasă, a cerut un pachet.

„Ce fel, doamnă?"

S-a uitat la numele lor. „Cools", a spus ea.

„Aveți deja o brichetă?", a întrebat vânzătorul. Fără să aștepte un răspuns, a pus un pachet de chibrituri peste Cools. „Chibriturile sunt din partea casei", a spus el când Ribby i-a înmânat banii. Acesta i-a returnat restul.

Zâmbetul brusc al funcționarului, care semăna cu o grimasă, a deranjat-o. A fugit de acolo în grabă. Înapoi în stația de autobuz, a rupt pachetul de țigări și a aprins una. A inspirat adânc, ca o actriță jucând un rol. Părea atât de ușor în filme. În realitate, era greu să nu vomiți. După tragerea inițială, a stins fumul și relaxarea a cuprins-o.

Când a sosit autobuzul, a băgat pachetul în poșetă și s-a așezat pe locul ei obișnuit din spate. S-a gândit la cât de obraznic ar fi să fumeze o ţigară în autobuzul *lui Stan the Man* .

Stan the Man era un fel de nazist şi un bătăuş renumit. Îl văzuse chiar ea. Urla la copii pentru că îşi puneau picioarele pe scaune. Îi arunca din autobuz în frig, de parcă ar fi comis o crimă sau ceva de genul ăsta.

Odată, o bătrânică avea genţile ocupând locul de lângă ea. El i-a cerut să şi le scoată, deşi nimeni nu avea nevoie de acel loc. Când ea nu s-a conformat, a aruncat-o din autobuz.

Ribby încă îşi mai aminteşte de chipul ei ca o prună care privea în sus când autobuzul a început să se îndepărteze. Femeia şi-a ridicat degetul mijlociu cât a putut de sus şi a strigat: „Du-te dracului!"

Ribby fusese atât de şocată de incident, încât din acea zi stătea mereu în spatele autobuzului. Acolo putea fi invizibilă. Putea să privească ca o muscă pe perete fără să atragă atenţia asupra ei. Nu voia să facă nimic care să-l enerveze pe *Stan Omul.*

Apoi, din nou, Stan nu putea vedea totul. Cum ar fi bărbatul care îşi scobea nasul şi îl ştergea pe scaun. Ea a văzut, dar Stan nu. Ribby a râs. Stan the Man s-a uitat la ea în oglinda retrovizoare. Ea s-a oprit din râs. Cât de sigură era capacitatea de conducere a lui Stan? Obsedat de pasagerii lui, e de mirare că nu a avut un accident.

Ribby a băgat mâna în geanta ei. S-a gândit să scoată o ţigară. *Ar fi observat Stan? Ar fi dat-o jos din autobuz?* Era întuneric şi era prea departe de casă ca să meargă pe jos. Și-a închis geanta. S-a concentrat asupra stelelor de pe fereastră.

Acasă, a deschis ușa și imediat, râsetele au venit din bucătărie. Mama ei primea deseori vizita unor domni. Seara aceasta nu a fost diferită.

Tom Mitchell stătea la masă vizavi de mama ei. Ribby a dat din cap în direcția lui Tom. Simțea cum ochii lui Tom o dezbracă. Întotdeauna se uita așa la ea. Mama ei nu părea să se supere.

„Bună, Ribby", a spus Tom. „Mă bucur să te văd din nou."

Ribby a închis robinetul, a respirat adânc și s-a întors cu fața la masă.

Mama ei a așteptat un răspuns.

La fel și Tom.

„Bine atunci", a spus Tom ridicându-se în picioare. „Ar fi bine să plec, Martha. Mi-a făcut mare plăcere să te văd, ca întotdeauna." Și-a împins scaunul înapoi și și-a înclinat șapca de baseball în direcția ei.

Tom a făcut un pas spre Ribby. „Și tu Ribby— chiar dacă te crezi prea înalt și puternic ca să-l saluți pe iubitul mamei tale, eu tot te plac."

Mama lui Ribby a râs, un râs cu burta sus și jos. „Oh Tom, Ribby a noastră se teme de propria-i umbră. Nu contează. Sunt sigură că și ea te place." S-a întors spre fiica ei. „Nu-i așa, Ribby? Întotdeauna ți-au plăcut băieții mei."

Ribby a înghițit paharul cu apă. A băgat mâna în geantă și a atins pachetul de țigări. Cunoașterea unui secret îi dădea un sentiment de putere. S-a dus în camera de zi.

Tom și Martha au șoptit în antreu în timp ce ea răsfoia o revistă. S-a săturat repede de titlurile scandaloase și a luat telecomanda televizorului și a dat click pe canale. Ușa de la intrare s-a trântit.

„Aș vrea să fiți mai drăguți cu prietenii mei", a spus Martha în timp ce se așeza pe canapea. „La urma urmei, avem nevoie de prieteni în viața asta, iar Tom a fost întotdeauna bun cu noi."

„Ce avem la cină, mamă?"

„Am avut companie toată după-amiaza. Nu am timp să pregătesc cina, fiică, și mor de foame." Martha și-a lins buzele. „Absolut, total și complet înfometată."

„Hai să comandăm atunci", a spus Ribby. „Putem să luăm niște orez prăjit special, niște rulouri de ouă și pui cu lămâie pe care să le împărțim."

„Da, pentru mine ar fi în regulă", a spus Martha, smulgând din mâna lui Ribby pâlpâitul televizorului. A arătat și a făcut clic, rapid și furios.

„Mă duc la doamna Engle și sun."

„Așa să faci, fiică, așa să faci", a spus Martha în timp ce își turna un pahar de whisky. A turnat un pic de sifon în el. A băgat mâna în mini-frigider și a scos tava cu cuburi de gheață. A pus două cuburi, a luat o înghițitură și a suspinat.

Când Ribby s-a întors, Martha a spus. „Ești o fiică bună, de cele mai multe ori." Martha a mai băut o dată. „Am fi rămas fără casă fără salariul tău pentru a plăti ipoteca și a pune mâncare pe masă." Martha și-a amestecat băutura cu degetul. Cuburile de gheață s-au ciocnit de pahar.

Ribby s-a agitat puțin. Această conversație o făcea mereu să se simtă inconfortabil.

Când au început reclamele, Martha a întrebat: „Vreun semn de mâncare? Whisky-ul îmi roade burta.”

„A spus treizeci de minute, mamă.”

„Treizeci de minute, păi, pe Dumnezeu, treizeci de minute e prea mult să aștepți pentru un pic de orez!” Martha și-a trântit pumnul stâng pe brațul scaunului. Brațul ei drept a rămas ridicat pentru a păstra sfințenia paharului ei de whisky.

„Nu pot să anulez acum. Stai liniștită și urmărește-ți programul, și va fi aici înainte să-ți dai seama.”

Martha s-a ocupat la bar să mai adauge whisky și gheață. Întoarsă pe canapea, se resemnase să își aștepte cina.

Cel puțin nu trebuia să cânte pentru ea, s-a gândit Ribby cu un zâmbet ironic.

***

MARTHA A RĂSFOIT CANALELE. Ribby îl aștepta pe curier la intrare.

Ea și-a băgat mâna în geantă și a scos o țigară. A pus-o între buze și s-a uitat la reflexia ei în oglindă. Dacă părul ei nu ar fi fost atât de neutru și tenul atât de spălăcit, avea potențialul de a arăta sofisticată. Poate.

Speriată când a sunat soneria, aproape că a scăpat țigara.

Martha a strigat, „Ia asta, Ribby!"

Ea a băgat țigara în geantă.

Bing-bong din nou.

„Fiica? Fiică! Ești acolo?"

„Da, mamă, aduc banii." Ea a deschis ușa.

„Bună seara", a spus curierul.

Nu a recunoscut-o, dar ea îl cunoștea. Tipul de la bibliotecă, cu piercinguri și tatuaje.

„Face 32,50 $", a spus el.

Ribby i-a înmânat 35,00 dolari. Arăta diferit stând pe veranda ei. „Păstrează restul", a spus ea în timp ce închidea ușa, gândindu-se încă la el.

„Cred că se face frig, Rib!" a spus Martha, smulgându-i geanta din mână și îndreptându-se spre bucătărie.

Ribby și-a pus geanta înapoi pe cârlig, făcându-și o notă mentală să o ducă sus când se duce la culcare. N-ar fi fost bine ca Martha să găsească țigările.

În sufragerie au luat cina pe tăvițe de televizor. A început emisiunea preferată *Jeopardy!*

Ribby și Martha aveau o rivalitate de fiecare dată când se uitau. Cine știa primul răspunsul, îl striga.

„Ce este New York", a strigat Ribby.

„Ce este L.A.!" a strigat Martha. Ea a greșit.

„Ți-am spus eu", a spus Ribby. „Toată lumea știe *asta* , mamă."

Martha s-a întins peste masă și și-a lovit fiica peste față. Lovitura a fost atât de puternică încât tava televizorului și conținutul ei au zburat. Scaunul lui Ribby s-a răsturnat pe spate, iar capul ei a lovit masa de cafea cu o *bufnitură.* Apoi a lovit podeaua cu o *bufnitură.*

„Asta o să te învețe minte", a spus Martha, "pentru lipsă de respect. Asta e casa mea. Cine ești tu să-mi spui dacă greșesc sau am dreptate!"

„Dar mamă", a șoptit Ribby. „El a spus…"

„Nu dau doi bani pe ce a spus. Acum, mă duc la culcare. Fă-mi o ceașcă de ceai— ca de obicei— și adu-o sus."

„Bine, mamă", a spus Ribby.

Ribby s-a dus în zona barului. A luat sticla, s-a dus în bucătărie și a pus ceainicul la fiert. A pus un pliculeț de ceai într-o ceașcă și a turnat apa fierbinte până la un sfert. După ce ceaiul s-a înmuiat, a adăugat o jumătate de cană de Bourbon, urmată de două lingurițe de zahăr.

În timp ce urca scările, a decis să facă ceva ce nu seamănă deloc cu Ribby.

Și-a mișcat limba în gură, adunând salivă și lăsând-o să se împrăștie în obraji. Când a avut suficientă, a scuipat în ceașca mamei sale.

A privit-o la suprafață, apoi a amestecat-o înainte de a o așeza pe noptieră. A zâmbit în timp ce trăgea jos cearșaful de deasupra, apoi păturile, așa cum făcea în fiecare seară.

Martha a ieșit din baie. „Ești o fiică bună în unele momente."

Ribby nu a spus nimic. Și-a ajutat mama să-și scoată hainele și să intre în cămașa de noapte. Picioarele mamei ei erau reci. Ribby le-a masat cu niște ulei înainte de a-i trece papucii peste carnea ei îmbătrânită.

În drum spre ieșire, Ribby a aruncat o privire peste umăr. Martha a luat o înghițitură de ceai falsificat, apoi a oftat.

Ribby și-a stăpânit râsul până când a ajuns în camera ei.

Apoi a râs atât de tare, încât a trebuit să înăbușe sunetul cu perna.

CAPITOLUL 2

Când s-a trezit, Ribby s-a ridicat și s-a gândit la noaptea precedentă. A râs, ascultând-o pe mama ei mai jos călcând în picioare, așa cum era rutina ei obișnuită.

„Micul dejun va fi gata în zece minute", a strigat Martha.

Ribby a reușit să blocheze cea mai mare parte a ei. Aceeași veche. Aceeași veche.

„Nu mi-e foame, mamă", a strigat Ribby, perindu-și părul. „În plus, azi trebuie să ajung devreme la muncă."

Ribby a ascultat cum mama ei o înjura. Și-a trecut peria prin păr, oprindu-se brusc când un râs a răsunat la parter. Acest râs era deranjant. Martha rareori râdea dimineața, cu excepția cazului în care unul dintre casnicii ei era pe aici.

„Ne mai vedem, mamă!" a spus Ribby când a ieșit din bucătărie și s-a îndreptat direct spre ușă. Odată afară, a observat o camionetă în care se afla un bărbat care stătea și aștepta. Pe partea laterală a camionetei scria numele afacerii: *Attics-R-Us*.

Cuvântul mansardă i-a trezit în minte ultima dată când a urcat acolo. Simplul gând o făcea să tremure și să tremure. A neutralizat amintirea, încuind-o cu o cheie în biblioteca imaginației sale.

S-a îndreptat în direcția stației de autobuz. A ajuns exact la timp. S-a urcat în autobuz și a privit pe fereastră cum lumea trecea pe lângă ea în ceață. Stomacul îi răsuna. Îi era din ce în ce mai foame. A ignorat durerile, dorind să economisească fiecare bănuț pentru excursia la mall. Astăzi era ziua în care avea de gând să se răsfețe.

Și-a deschis geanta. Simplul miros al tutunului i-a înăbușit stomacul.

La serviciu, și-a agățat haina și și-a asigurat geanta.

Deși colegii ei erau la posturile lor, nimeni nu ajuta la coada de clienți care așteptau.

Ribby era cea mai veche asistentă a bibliotecarului și totuși nu avea nicio autoritate.

Din nou, Ribby s-a ocupat singură de clienții care așteptau. Bibliotecara șefă, dna P. Wilkinson, nu părea să observe.

În timpul pauzei de prânz, Ribby și-a întrebat colegii de muncă de unde își cumpărau hainele. Cei mai mulți au recomandat magazinul din mall pentru mărci de calitate la prețuri accesibile.

Ribby era din ce în ce mai entuziasmată acum că știa unde va face cumpărăturile. Abia aștepta să facă ceva ce nu mai făcuse până atunci.

Ribby Balustrade avea de gând să își cumpere o rochie nouă.

✳✳✳

LA MAGAZIN, RIBBY A stat o clipă afară și a aruncat o privire pe ferestre. Zgomote de mașini, autobuze și tramvaie răsunau în jurul clădirilor. Un cântăreț de autobuz din apropierea intrării a început să fredoneze și să cânte. O mulțime a început să se adune, împingându-se și îmbrâncindu-se, unii purtând băuturi calde și fumând țigări. Era atât de zgomotos și atât de aglomerat încât tot ce dorea era să intre înăuntru. Înăuntru, în liniște.

A intrat pe ușile rotative și, pentru o secundă, a fost liniște. Apoi compartimentul s-a deschis și ea a pășit într-un alt fel de haos. Clienți cu genți în mână, venind și plecând. Și era mare, multe etaje. Mai multe persoane umpleau scările rulante care urcau și coborau. Mirosuri de mâncare prăjită, popcorn și gogoși îndulceau aerul, provocând o supraîncărcare senzorială.

„Pot să vă ajut?", a întrebat o doamnă de la biroul de informații.

„Da, Women's Wear, vă rog."

„Etajul trei", a spus ea.

Era liniște pe scara rulantă. Călătorii se uitau la telefoanele lor. Ea s-a ținut de balustradă.

Când a ajuns la etajul trei, a zărit-o— rochia visurilor ei. Un mic număr negru, așa cum o numeau revistele de la bibliotecă, perfectă pentru cocktailuri de seară și evenimente speciale. S-a uitat la ea, gândindu-se la cuvintele dintr-un film despre baseball. A zâmbit, schimbând cuvintele în: „Dacă o cumperi, ocaziile de a o purta vor veni".

„Pot să vă ajut?", a întrebat o femeie într-un costum elegant.

„Da, da, puteți. Caut să mă răsfăț. M-am gândit că o rochie neagră, ceva ușor de purtat și de îngrijit s-ar potrivi. Îmi place cea de pe manechinul de acolo. Dacă o aveți pe mărimea mea, aș vrea să o probez."

„Excelentă alegere", a spus femeia. „Acum, lasă-mă să văd, ce mărime porți? Doisprezece? Paisprezece?"

„Nu, nu știu."

„Ești un 12. De obicei sunt destul de bun la ghicit, dar în cazul în care, să ia un zece, doisprezece și paisprezece", a sugerat funcționarul. „Oh, și veți avea nevoie de o pereche de pantofi negri, pentru a termina aspectul. Ești mărimea șapte?"

Surprins, Ribby a spus: „Pantofii ăstia sunt mărimea șapte."

„Perfect atunci. Nu-ți fie teamă să ieși când ești gata. Știu cât de dificil poate fi când faci cumpărături de unul singur."

„Așa voi face, mulțumesc", a spus Ribby în timp ce închidea ușa cabinei de probă.

Înconjurată de oglinzi, Ribby a putut să se vadă din toate unghiurile pentru prima dată, în timp ce rochia Martha a căzut pe podea.

Ribby a probat rochia mărimea 12. Cu decolteul ei și pliurile de pe șolduri și talie, îi accentua cu adevărat silueta. Știa deja că vrea să o cumpere, dar a vrut totuși să obțină o a doua opinie. A ieșit din camera de schimb.

„Uau!", a exclamat funcționara. „Arăți uimitor! Dar lasă-mă să fac un lucru."

Angajata a dispărut după colț, dar s-a întors în câteva secunde. „Lasă-mă să-ți pun asta în păr, iar aceste perle false în jurul gâtului. Îți jur, vei arăta ca un milion de dolari!"

„Arăt atât de glam!" Ribby abia se recunoștea.

„Chiar arăți senzațional!"

„Aș vrea să mai încerc câteva ținute." A mers la un raft, a ales un costum roșu din două piese, o bluză și o pereche de pantaloni. S-a întors în vestiar. Costumul arăta minunat, cu sacoul său curat și fusta asortată, iar pantofii pe care îi încercase cu rochia se potriveau perfect cu el. Bluza arăta mai bine dezbrăcată decât îmbrăcată, iar pantalonii atrăgeau prea mult atenția asupra fundului ei.

„Voi lua costumul, rochia, pantofii și perlele", a spus Ribby. „Cât costă? Am uitat să mă uit."

Funcționarul a adunat totul. „Costul total fără taxe este de $760.00. În numerar sau credit?"

„Oh, e mai mult decât mă așteptam", a mărturisit Ribby.

„Nu-ți face griji, de ce nu-ți iei rochia astăzi și apoi, să revii mai târziu pentru pantofi și accesorii. Sau poți aplica pentru credit în magazin. Voi verifica dacă te califici și apoi poți obține credit instantaneu.”

„Aș putea?” a întrebat Ribby. „Asta ar fi de ajutor!”

Funcționarul i-a pus lui Ribby câteva întrebări și ea s-a calificat pentru un card de credit. A cumpărat lotul. Funcționarul a împachetat totul.

„Mulțumesc foarte mult. Ați fost minunat!”

„Cu plăcere.”

Ribby a sărbătorit cu o ceașcă de cafea și cum se întuneca, s-a îndreptat spre stația de autobuz. Pe drum, ea a fumat o țigară.

Furgoneta *Attics-R-Us* era încă parcată în fața casei ei când ea a dat colțul.

Odată înăuntru, Ribby a intrat în bucătărie. În spatele ușii închise, i-au ajuns la urechi sunetele familiare ale unei partide de amor. Nu era prima dată când se întorcea acasă și o găsea pe mama ei cu unul dintre prietenii ei. Tipul de la Attics-R-Us aici toată ziua? Ewwww. Ribby s-a retras la etaj.

În camera ei, Ribby a compartimentat incidentul de jos. Nu voia să-l lase să-i strice ziua.

Și-a pus noua rochie, pantofii și colierul cu perle. A băgat mâna în geantă și a scos o țigară. Cu ea în mână părea și mai sofisticată. S-a jucat cu părul ei. Testând cum arată în sus și apoi în jos.

Afară, ușa unui vehicul s-a deschis și apoi s-a închis. Ribby s-a uitat pe geam și a văzut cum dubița Attics-R-Us a plecat.

Câteva momente mai târziu s-au auzit pașii mamei ei, iar în cealaltă cameră a început dușul.

Ribby s-a schimbat înapoi în hainele ei vechi. În timp ce se dezbrăca, și-a îndepărtat din minte gândurile despre mama ei și soții ei. Când a fost gata, a coborât în liniște pe vârfuri scările, a ieșit pe ușă și s-a întors din nou. Această acțiune i-a întărit compartimentarea pentru acest incident și o va ajuta în viitor, când va avea loc un incident similar. Având în vedere gama de domni care o vizitau pe Martha, această acțiune era o tactică de autoconservare.

Și-a turnat o ceașcă de ceai fierbinte și a amestecat tocănița din oală, înainte de a merge în sufragerie să se uite puțin la televizor.

Martha a coborât scările la scurt timp după aceea și au luat cina. După ce mama ei a adormit pe canapea, Ribby a urcat la etaj în camera ei.

După ce a citit o vreme, Ribby a închis ochii și și-a lăsat imaginația să zburde. Și-a imaginat o casă a ei, pe malul mării. Și-a imaginat sufrageria cu un fotoliu confortabil și scaunele asortate. Pe peretele din spatele lor stampe cu Van Gogh și Monet. Flori în vaze. Își imagina venind acasă de la muncă, punându-și picioarele în picioare. Având controlul asupra televizorului.

Bula s-a spart și realitatea s-a infiltrat.

Martha nu ar fi permis asta niciodată.

Ceea ce nu știa nu-i putea face rău, totuși.

În plus față de cardul de credit nou achiziționat, Ribby a participat la Programul de economisire al personalului Bibliotecii Provinciei, așa că avea niște economii secrete, dar nu le atinsese până astăzi.

Ribby s-a gândit la un articol pe care îl citise în ziar. Era povestea adevărată a unui bărbat care a avut două vieți diferite cu două soții diferite. S-a întrebat dacă ar putea prelua ideea și să o facă a ei. Ar putea să-și creeze o viață nouă?

A venit somnul, dar Ribby nu a visat. În schimb, s-a hotărât.

Pentru mâine, va da naștere unei noi versiuni a ei. Un prieten imaginar. Un alter-ego.

O parte din ea însăși, care va face lucruri de care îi era prea frică să le facă.

O prietenă cu un nume frumos: *Angela.*

CAPITOLUL 3

S âMBĂTĂ DIMINEAȚA. RIBBY A sărit din pat entuziasmată de ziua care urma. Și-a împăturit rochia neagră, niște dresuri și le-a pus în geantă. Tocurile ei nu se potriveau. O pereche de sandale ar fi trebuit să facă.

Martha stătea la masa din bucătărie cu capul în mâini. Modul mahmureală. Percolatorul de cafea sforăia și șuiera în spatele ei. Când l-a văzut pe Ribby, a gemut. Ribby mai văzuse de multe ori semnele excesului de whisky la mama ei. Și-a turnat o ceașcă de cafea și a reumplut ceașca mamei ei. Mâinile Marthei au tremurat când a luat o înghițitură.

Ribby a continuat pe hol și a ieșit pe veranda din față de unde a luat ziarul. S-a întors în bucătărie și a sorbit din cafeaua rece în timp ce citea. Ziarul s-a dovedit a nu fi o barieră pentru felațiile Marthei intercalate cu gemete.

Ribby a răsfoit rubrica Apartamente de închiriat. Își trecu degetul pe listă și văzu că erau destule din care să aleagă în zona de la malul mării în care spera să locuiască. A închis ziarul și și-a clătit cana.

„Trebuie să plec, mamă. Ne vedem mai târziu.”

Martha și-a trântit pumnii pe masă. „Să nu te mai întorci atunci, dacă nu reușești să aduni nici măcar un gram de compasiune pentru biata ta mamă."

„Ia câteva Tylenols și vei fi bine", a spus Ribby în timp ce deschidea ușa de la intrare și o trântea în urma ei. Când a plecat, a observat că mama ei închisese jaluzelele din față. Azi nu au venit domni.

Ribby a luat autobuzul și, după ce a ajuns în zona principală de închiriere, a mai cumpărat un ziar. A încercuit câteva posibilități și a decis să participe la niște vizionări cu casa deschisă. Una se afla într-o zonă splendidă, nu departe de plajă, și era numărul unu pe lista ei de priorități.

Înainte de a putea vedea proprietățile, trebuia să se schimbe într-o ținută potrivită. O toaletă publică ar fi de ajuns. Îmbrăcată în noul ei echipament, a explorat zona, luând timp să privească lacul Ontario. A ascultat valurile blânde care se prelingeau pe maluri. Deasupra ei, pescărușii strigau după atenție. În spatele ei, mașinile claxonau în timp ce pasagerii așteptau schimbarea semaforului. Sunetul de AC-DC cu bas puternic a răsunat și ea s-a întors să vadă că o mașină neagră cu capota coborâtă era vinovată. Ea a continuat pe promenadă. I s-a făcut gura apă când a dat peste un stand de hotdog cu ceapă prăjită pe margine. S-a uitat la ora din vitrina unui magazin și și-a dat seama că trebuie să se grăbească să vadă prima casă.

Din exterior, clădirea părea primitoare. Nu era un zgârie-nori ca unele dintre celelalte. Era de mărime medie, cu balcoane private. Balcoane împodobite cu obiecte personale, cum ar fi biciclete și plante. Balcoane în care locatarii își creau propriul paradis. Unde se mândreau cu proprietățile lor.

Deasupra ei a zărit un panou cu „ *De închiriat* ". Așa cum se promitea în anunț, avea vedere la apă. Abia aștepta să ajungă acolo și să arunce o privire mai atentă.

Odată ajunsă înăuntru, s-a învârtit prin hol pentru a se face o idee despre locul respectiv. În zona de corespondență a citit numele care împodobeau cutiile, de parcă ar fi sperat să recunoască pe cineva. Nu a recunoscut. A apăsat pe butonul liftului și a urcat.

A fost ușor să găsească apartamentul cu indicatoarele care arătau drumul. Ușa era deschisă. A bătut oricum, apoi a intrat. Alții se învârteau în jur. La prima impresie a știut că trebuie să ia apartamentul. Era destinat ei.

Agentul din bucătărie vorbea cu un cuplu tânăr. Ei i-a spus: „Vin imediat la dumneavoastră. Nu ezitați să aruncați o privire în jur".

Interiorul avea o nuanță fadă de magnolie. Bucătăria era bine echipată cu aparate din oțel inoxidabil, inclusiv o mașină de spălat vase. Zona principală de zi era deschisă. Perfectă. Își imagina stând acolo, uitându-se la priveliștea uimitoare a valurilor. Ascultând valurile. A deschis ușile balconului și a ieșit afară. Copiii se jucau nu departe. S-a întors înăuntru și a văzut dormitorul. Era mai mare decât camera ei de acasă, avea o baie privată și un dressing mai mult decât încăpător. Ar fi trebuit să cumpere o mulțime de pantofi și haine noi pentru a umple acel spațiu. Era minunat. Totul. Își dorea atât de mult încât putea să simtă gustul.

„Priveliștea este uluitoare", a spus Ribby când agentul a fost liber. „Este exact ceea ce căutam."

„E la mare căutare. Dacă o vrei", a spus agentul. „Va trebui să completați o cerere astăzi. Ați mai închiriat până acum?"

„Nu, am locuit acasă."

S-a jucat cu niște hârtii. „Veți locui singur? Lucrezi cu normă întreagă?"

„Da, și da. Lucrez la bibliotecă. Sunt asistent bibliotecar și lucrez acolo de șapte ani."

„Proprietarul preferă să închirieze unei persoane singure sau unui cuplu tânăr... dacă totul este în regulă cu actele."

Ochii lui Ribby s-au luminat când ea a acceptat cererea. Agentul i-a oferit un stilou. În timp ce ea o completa, el vorbea.

„Odată ce cererea ta va fi acceptată, vom avea nevoie de un cec care să acopere prima și ultima lună de chirie."

„Nicio problemă." Ea a terminat formularul cu o semnătură. „Când voi ști dacă cererea mea a fost acceptată?"

„O să vă sun. Ar trebui să știm până marți."

„Eu, noi nu avem telefon. Dacă îmi dați cartea dumneavoastră de vizită, vă sun eu. Este marți dimineață, bine?"

„Perfect", s-a uitat la cerere. „Uh, doamnă Balustrade, mai vorbim atunci, și mult noroc", a spus agentul în timp ce a îndepărtat semnul Open House. A condus-o la lift și a ieșit din clădire. Când au ajuns pe stradă, el a întrebat: „Pot să vă duc undeva?"

„Nu, mulțumesc, voi face o plimbare pe malul mării, apoi voi lua un autobuz spre casă."

Ribby a alergat spre plajă. Și-a dat jos sandalele și a lăsat nisipul să i se scurgă între degetele de la picioare. Apoi le-a scufundat în apă. A adunat câteva scoici, s-a așezat și a ascultat sunetele orașului și ale lacului Ontario.

Un pescăruș a aterizat în apropiere. Apoi altul.

„Ce credeți?", a întrebat ea păsările. „Este acesta locul potrivit pentru mine și Angela?"

Pescărușii s-au uitat la ea, dar singurul lor răspuns a fost un cârâit.

***

Era încă devreme—prea devreme să mergem acasă. Ribby a decis să meargă să vadă niște mobilă. În sala de expoziție, fusese o selecție bună de articole. Totuși, totul era foarte scump, deoarece ea avea nevoie de orice.

O voce în capul ei spunea: „ *A doua mână. Eleganță. Sofisticare. Shabby chic.*

Ribby s-a uitat în jur. Îi vorbise cineva? Era singură. Și-a trecut degetele de-a lungul spătarului unei canapele gândindu-se: Shabby chic, nu? Perfect.

Vocea a spus, *Nu uita—un apartament nou necesită o garderobă nouă.*

Ribby a făcut o pauză. Oare o luase razna? Avea o conversație cu ea însăși, dar vocea era diferită. Vocea era Angela. Angela se născuse.

Nu te poți aștepta ca eu să mă nasc în viața asta purtând zdrențele vechi ale Marthei.

Ribby a zâmbit. De acord. Totuși, primele lucruri pe care trebuie să le facem. Apartamentul. Mobila. Ai nevoie de lucruri frumoase. Avem nevoie de lucruri frumoase. Va trebui să ne asigurăm că mama nu află niciodată. Ar avea o vacă.

Ea este o vacă.

Ribby a râs până aproape a făcut pe ea.

Cum m-am descurcat vreodată fără tine?

N-o să știm niciodată. Hei, ai de gând să-ți aprinzi vreodată o țigară? Plămânii mei strigă după una!

Ribby și-a băgat mâna în geantă și a scos o țigară. A strecurat-o între buze, a aprins capătul și a tras un fum.

Ahhhhh, a suspinat Angela, *aveam nevoie de asta. Ribby, acum, avem nevoie de un plan.*

Știu eu. Dacă luăm apartamentul ăsta, cum îl vom ține departe de mama? Cum voi continua să o plătesc pe ea și să plătesc pentru noul apartament, plus să fac rost de toate celelalte? Știu, o să cer o mărire de salariu.

Nu cere o mărire de salariu, cere una. Și fă-l pe vechiul sac să-ți reducă chiria!

Sunt în întârziere pentru o mărire de salariu. Ai dreptate în privința asta. Dar mama nu va fi niciodată de acord, chiar dacă ar pierde casa fără mine.

Asta e problema ei, nu a ta Rib. E o femeie în toată firea și dacă tu nu ești prin preajmă, va putea să închirieze camera ta, nu?

Se simțea ciudat pentru Ribby, să aibă măcar o dată pe cineva de partea ei.

Nu intenționez să stau la apartament tot timpul. Asta n-ar merge niciodată. Ar găsi o cale de a strica totul. Nu, voi locui acasă în timpul săptămânii şi la apartament în weekend-uri.

Dar o să se uite prin carnetul tău de cont, din nou, Costică şi o să vadă că soldul scade, scade şi o să sară în sus. Ştii cum e ea.

Ribby a făcut o dublă privire. De unde a ştiut Angela despre asta?

Ai dreptate; va trebui să am grijă unde îmi las poşeta. Cu ţigările în ea, am luat-o direct în camera mea. Voi continua să fac asta, iar ea nu va fi mai deşteaptă.

Şi dacă îţi cere bani, ce ai de gând să faci?

Îi voi spune nu.

Îţi aminteşti când te-ai oferit să-i dai fiecare cent pe care l-ai câştigat? Tot ce trebuia să facă, era să nu mai accepte vizitatori?

Şi de unde ştie ea despre asta? E ca şi cum ar fi fost cu mine tot timpul.

Da, cum aş putea uita vreodată? Mama a râs atât de tare, încât am crezut că se sufocă. Am încercat să o ajut să ia aer, lovind-o pe spate, şi în schimb ea m-a lovit atât de tare încât mi-a căzut un dinte.

Vacii bătrâne îi va fi dor de tine, Ribby, dar tu meriţi o viaţă, iar eu sunt aici să te ajut. Să am grijă să ai una. Acum, ar fi bine să ne întoarcem înainte ca bătrâna iapă să trimită cavaleria!

Fericirea era la vedere, dar uneori trebuia să întinzi mâna şi să o iei.

CAPITOLUL 4

Luni dimineață, Ribby s-a trezit și a ieșit pe ușă foarte devreme. Nu voia s-o vadă pe Martha. Pentru muncă, purta o specialitate Martha-muumuu în care sânii ei se luptau frontal cu volanele. Această ținută se încadra în politica vestimentară a bibliotecii. S-a grăbit să prindă autobuzul și a ajuns mai devreme decât de obicei.

„Bună dimineața, Ribby", a spus doamna Pigeon o frecventatoare obișnuită a bibliotecii. „Dacă cauți ceva excelent de citit, ți-o recomand pe aceasta." A întins cartea și Ribby a luat-o.

„*Viața mea pe o farfurie*", a citit Ribby. „Este despre mâncare?"

„Nu, în nici un fel!" a spus doamna Pigeon râzând. „Este despre viață, râsete și lacrimi." Ea a făcut o pauză. „Încetează, Billy! Jason, întoarce-te aici." Copiii s-au întors la tejghea. „Îmi pare rău că cartea se întoarce târziu."

„M-ați convins. Mulțumesc, doamnă Pigeon." Ea a zâmbit când a ștampilat cartea returnată.

„Cu plăcere, dragă. Data viitoare când mai trec pe aici îmi poți spune ce părere ai despre Clare Hutt. Spuneți la revedere lui Ribby acum, băieți. Jason nu mai scuipa la fratele tău. O să ai atâtea probleme când o să ajungi acasă!" Doamna Porumbel zâmbi în timp ce îi conducea pe Jason de ureche și pe Billy de mână. Trioul a ieșit prin ușile rotative.

Ribby era prea emoționată ca să citească. În plus, era din nou luni și trebuia să ajungă la spital.

La ora 17.00, Ribby și-a luat lucrurile din dulap și a luat autobuzul. Pe drum s-a simțit tentată să fumeze, dar nu voia ca copiii să simtă mirosul de țigară de la ea.

S-a dus la magazinul de cadouri unde a cerut baloane umplute cu heliu pentru fiecare copil din secție. Gândul era minunat, să le ducă era altă problemă.

Așa cum a promis, Ribby a început să meargă la camera lui Mikey Landers. El nu era acolo. A continuat pe coridor, băgându-și capul în camere pe parcurs. În spatele ei au urmat și alții, formând o paradă cântătoare. Scaune cu rotile, cârje, toată lumea era binevenită. Chiar și asistenta șefă Alice s-a alăturat.

Ribby a aruncat o privire în direcția ei și ochii lor s-au întâlnit. Ceva nu era în regulă, dar putea aștepta. Ea a continuat spectacolul.

Ribby a pășit în centru. A făcut contact vizual cu copiii. Lucy May Monroe avea nevoie de o panglică pentru păr, pe care Ribby a scos-o din sacul ei magic. Era o panglică mov, culoarea preferată a lui Lucy

May. Copila a țipat de încântare. Mama lui Lucy a înfășurat-o în jurul codiței ei de cal.

La ultima vizită, Benjamin Fish își dorise un puf cu dragon, pe care Ribby îl avea acum ascuns în sacul ei magic. L-a lăsat pe Benjamin să bage mâna în ea, iar el a scos-o. L-a pus în poală— s-a uitat după părinții lui, dar nu erau prin preajmă. Pentru că nu voia să o deschidă fără ei, a ținut cadoul în poala scaunului său cu rotile.

Mai erau câțiva copii care așteptau. Unul câte unul, Ribby le-a îndeplinit dorințele. A cântat din nou. De data aceasta a dansat și a interpretat piesa *Crocodile Rock* a lui Elton John. A împărțit restul baloanelor. A rămas doar balonul lui Mikey Landers.

Ribby și-a luat rămas bun de la copii. A cărat balonul roșu al lui Mikey și a mers de-a lungul coridorului. Sora Alice o aștepta.

„Ribby, așteaptă, am ceva să-ți spun.”

Ribby nu a vrut să audă vestea. A continuat să meargă. Dacă nu știa, atunci nu ar fi fost adevărat.

Sora Alice i-a prins brațul lui Ribby. „Ribby, Mikey a avut dureri mari și acum s-a liniștit.”

Ribby a vrut să țipe. A continuat să meargă și a ieșit din clădire. Odată afară, a dat drumul balonului, apoi a privit până când nu l-a mai putut vedea.

Ea nu a plâns.

CAPITOLUL 5

R IBBY A FOST ATÂT de încântată când a sunat la agentul imobiliar de la un telefon public și a aflat că apartamentul era al ei. În puțin peste o săptămână urma să se mute în el. O grămadă de timp să cumpere cele necesare și să se gândească cum să stea departe de Martha.

De ce să nu se folosească de mine? La urma urmei, suntem prieteni, nu-i așa?

Ce vrei să spui cu asta?

Uneori ești gros ca o cărămidă. Spune-i bătrânului topor de luptă că ești în vizită la o prietenă care locuiește în oraș, iar numele ei este Angela.

Și dacă vrea să te cunoască? În plus, nu pot minți; tenul meu m-ar da de gol.

Nu minți. Vei petrece timpul cu mine. Ai alibiul perfect—EU!

În seara aceea, la cină, Ribby a abordat subiectul. „Aș vrea să ies vineri seara cu prietena mea, Angela."

„Să-i spui?!" a spus Martha cu uimire în glas. „Ai o prietenă?"

„Citim aceleași cărți și ne înțelegem bine."

„Fiică, ai grijă cu această nouă prietenă. Ai grijă să nu profite de tine pentru că ești foarte naivă în privința lucrurilor lumești."

„Voi fi bine, mamă. Mergem să vedem un film și să bem o cafea."

Zilele treceau mai repede acum că viața ei ieșise din rutina obișnuită și în curând era vineri.

„Ar fi bine să mă mișc. Ne întâlnim în fața cinematografului."

„Înainte să pleci, ai putea să-i dai bietei tale mame câțiva dolari ca să înlocuiască sticla de Jack Daniels?"

Ribby a ezitat. Dacă nu-i dădea bani mamei ei, s-ar putea să nu mai iasă din casă. Trebuia să dea banii și așa a făcut.

„Voi întârzia, mamă; nu are rost să mă aștepți."

„Distracție plăcută", a spus Martha îndesându-și banii în sutien.

Mergând pe alee, Ribby a respirat adânc de câteva ori. Nu-i venea să creadă. Vineri seara și ea ieșea în oraș la film.

Nu uita de mine.

Cum aș putea? Fără tine, aș mai fi stat acolo în camera din față!

Ai făcut bine Ribby, dându-i banii în seara asta. Dar nu mai mult. Vom avea nevoie de fiecare Loonie!

În timpul filmului, Angela tot chicotea la momentele de dragoste.

E atât de plictisitor! Vorbește despre nerealist. Hai să plecăm de aici.

E romantic. Dă-i o șansă.

Ribby și-a băgat o bucată de ciocolată în gură.

Aș vrea să putem fuma aici.

Shhhh.

După film, Ribby s-a simțit prea supărat ca să ia o cafea și s-a îndreptat spre casă.

Ce ai de gând să spui când ne întoarcem dacă știi tu cine e trează?

Nu va fi trează. După ce bea Jack Daniels, va fi inconștientă.

Apoi, de dimineață, îi poți spune că stai la noua ta prietenă Angela sâmbătă seara. Te vei întoarce duminică seara. Ai înțeles?

Ar ști că mint. Întotdeauna știe.

Poate că va ști, dar asta a fost înainte să-ți iei propria casă. O viață dublă. Înainte să mă ai pe mine. În plus, e o chestie tehnică. Tu stai la mine acasă și eu sunt prietenul tău. Deci... chiar spui adevărul.

Când o spui așa, sună destul de bine.

Da, acum aprinde o țigară și hai să ne întoarcem.

CAPITOLUL 6

E RA ZIUA MUTĂRII ȘI Ribby era gata de plecare. A coborât scările pe vârfuri sperând să se strecoare neobservată. A fost de scurtă durată deoarece Martha o aștepta în bucătărie.

„O ceașcă de cafea?"

„Mulțumesc, mamă", a spus Ribby așezându-se și uitându-se la ceas.

Gâfâitul Marthei și bâzâitul frigiderului au fost singurele sunete auzite.

„Angela și cu mine ne-am simțit incredibil de bine vinerea trecută, mamă, și m-a rugat să stau la ea în weekend. Mi-ar plăcea să merg."

Martha și-a băgat nasul în ceașca ei. Cu o mână atingea fața de masă, iar cu cealaltă îl mângâia pe Scamp pe sub masă.

Tăcerea mamei ei era tulburătoare. Rareori fusese atât de tăcută. Ribby se simțea vinovată și mâinile îi tremurau în timp ce își sorbea băutura. Se întreba dacă mama ei știa.

Ribby se gândea să spună ceva, tăcerea era îngrozitoare, dar îi era teamă să o facă. Și-a terminat cafeaua, s-a ridicat şi a clătit ceaşca. A pus-o în suport să se usuce.

„Mă bucur că ai un prieten şi sper să te simţi bine.”

„Mulţumesc, mamă”, a spus Ribby în timp ce a fugit sus să-şi ia geanta şi a ieşit. A prins autobuzul şi a reuşit să traverseze oraşul înaintea celor care făceau livrările.

„Haideţi sus!” a spus ea, vorbind în interfon. Bărbaţii au cărat mobila modestă şi alte obiecte pe care ea le acumulase în timpul orelor de prânz. După ce au plecat, ea s-a simţit ca acasă, ascultând valurile din balcon.

La prânz, Ribby a făcut o plimbare pe malul mării. A observat câteva baruri şi cluburi de noapte de-a lungul drumului. Nu intrase niciodată într-unul până atunci pentru că nu i se părea interesant să meargă singură, dar acum era altfel. Se va întoarce mai târziu.

Cu Angela în lume, nu se mai simţea chiar atât de singură.

✳✳✳

MAI TÂRZIU ÎN ACEA seară, Ribby aștepta pe trotuar în fața clubului de noapte.

Oprește-te din mers, Ribby. Voi număra până la zece și apoi vom intra. În regulă, să mergem! Pregătiți sau nu, venim!

Mi-e frică.

Floare la ureche, Ribby, floare la ureche! Vino după mine.

De parcă aș avea de ales în privința asta.

Scările erau înguste și slab luminate. Gleznele lui Ribby tremurau în noii ei pantofi cu toc înalt în timp ce cobora. Când a cotit colțul în zona barului, luminile stroboscopice clipeau și pulsau în ton cu muzica.

Nu te mai frământa din cauza pantofilor. Paradisul așteaptă! Aici. Am de gând să mă așez pe scaunul ăsta, ca să pot să văd ce se întâmplă. Ca să nu mai spun că ei ne pot privi pe noi!

Nu știu ce să zic. Nu vom părea disperați?

Nu disperați—disponibili. Uită-te la locul ăsta Rib. E plin de râsete, muzică; o să ne distrăm de minune. Acum, de ce nu ne cumperi ceva de băut?

Ce să cer? N-am mai comandat o băutură până acum.

Să vedem, Angela a răsfoit meniul de băuturi. *Una din astea ar fi bună. Da, comandă o vodcă cu tonic— una mare!*

Ribby și-a limpezit gâtul, sperând să atragă atenția barmanului. Acesta purta o conversație cu un bărbat aflat la celălalt capăt al străzii. A tușit, dar cu muzica tare și luminile stridente, nu credea că va fi remarcată vreodată.

*Trebuie să fac **totul**?* gemu Angela. "Scuzați-mă, domnule barman; îmi puteți aduce un V&T mare aici când aveți o secundă, vă rog?"

Barmanul s-a uitat la Ribby, iar el a zâmbit. „Sigur că da."

Și-a făcut drum de-a lungul barului, aruncând o privire în direcția lui Ribby în timp ce amesteca băutura. „Nu-mi pari cunoscut. Ești de pe aici?"

„M-am mutat în acest weekend. M-am gândit să văd ce se întâmplă", a spus Angela.

„Bine ai venit în cartier. Și asta e din partea casei. Eu sunt comitetul de primire", a spus barmanul cu un clinchet din ochi.

Angela i-a bătut pleoapele lui Ribby. S-a aplecat spre el, ca și cum ar fi vrut să-i șoptească ceva la ureche. Sânii ei cădeau în față în rochie, oferindu-i barmanului o vedere completă a decolteului lui Ribby. „Mulțumesc foarte mult", a spus Angela. „Întotdeauna am vrut să cunosc comitetul de primire."

„Acum ai făcut-o, în carne și oase. Numele meu este Jake, al tău care este?"

„Eu sunt Angela, încântată să vă cunosc."

„Dacă mai ai nevoie de ceva, fluieră. Știi să fluieri, nu-i așa?"

„Așa cum a spus odată marea actriță Lauren Bacall, trebuie doar să-ți apropii buzele și să sufli." Jake a râs, iar Angela a scos un fluierat slab.

Acest comentariu l-a surprins pe Ribby, deoarece ea nu stăpânise niciodată arta fluieratului. Ca să nu mai spun că nu văzuse niciodată vreunul dintre filmele lui Lauren Bacall.

Jake s-a deplasat de-a lungul barului și a servit un alt client care urmărise schimbul de replici.

„Jake, bătrâne", a spus bărbatul apropiindu-se. „Ce zici de o bere aici?"

„Nigel. Amice. Nu te-am mai văzut de săptămâni. Ce naiba mai faci? Am crezut că te-ai mutat?"

„Eu? Să mă mut? Unde altundeva te-ai putea muta după ce ai trăit aproape de plajă cea mai mare parte a vieții tale? Nicăieri nu se compară! Ar trebui să mă scoată într-o cutie de lemn", spuse Nigel, râzând în timp ce Jake turna berea.

„Ce ai mai făcut?"

„Muncă, muncă, muncă, am spus destul", a spus Nigel. Chemându-l pe Jake mai aproape, i-a șoptit: „Cine e gagica? Ieși cu ea sau pot să încerc și eu?"

„E nouă. S-a mutat aici azi. O cheamă Angela. Are niște sâni grozavi și nici simțul umorului nu-i rău."

Vezi, ne place!

Nici măcar nu ne cunoaşte.

Dar vrea să ne cunoască.

„Scuză-mă, Jake," a spus Angela. „Aș dori să comand un Martini mare, agitat, nu amestecat. Să fie dublu."

„Un Martini dublu, imediat", a spus Jake.

„Deci, ești un fan James Bond, nu-i așa?" a întrebat Jake în timp ce punea Martini-ul în fața ei.

Angela s-a jucat cu măslina învârtind-o în pahar și apoi a dat-o pe toată înapoi.

Ribby a tremurat. Ca și înainte, nu văzuse nici un film cu James Bond și nici nu citise vreunul dintre romanele lui Ian Flemings. Se întreba cum putea Angela să știe lucruri pe care ea nu le știa.

Angela vorbea. „Portretul lui Sean Connery a fost Bond-ul meu preferat. Ar fi trebuit să nu mai facă filmele după ce el a renunțat." Îşi împinse paharul peste bar, „Încă un Martini dublu pentru mine, te rog, Jake."

„Whoa, asta e destul de puternic," Jake a făcut o pauză. „Ești sigur că ești în stare de încă un dublu, atât de repede?"

„Eu sunt clientul, nu-i așa, iar tu ești comitetul de primire, așa că fă-mă să mă simt binevenit. Îţi promit că voi fi cuminte", a spus Angela.

Jake se uită în josul barului la Nigel care stătea singur. Zece băieți au coborât scările, holbându-se la Ribby. „Aș vrea să ți-l prezint pe un prieten de-al meu. Nigel, ea este Angela. S-ar putea să aprecieze puțină companie. Nigel cunoaște bine zona și e un tip de treabă. Pot să garantez pentru el."

„Mă bucur să te cunosc", a spus Nigel, în timp ce îi întindea mâna.

„Și eu mă bucur să te cunosc", a spus Angela, în timp ce se mișca pentru a evita fundul amorțit. Ea a învârtit măslina în Martini-ul proaspăt și a înțepat-o. A băgat-o în gură și a turnat al doilea pahar pe gât.

„Am auzit că ești nou în zonă?" a spus Nigel, în timp ce privea o bucățică mică de Martini scurgându-se din colțul gurii Angelei.

Ribby a luat un șervețel și a îndepărtat lichidul. Încă avea un gust îngrozitor. Așa cum își închipuia ea că ar avea gustul dizolvantului de unghii. Cum putea Angela să se bucure de ceva ce nici ei nu-i plăcea?

„Da, am închiriat un apartament. E frumos aici", a spus Angela.

„Noi?"

Ribby s-a strâmbat.

Angela a râs. „Noi în sens regal. Eu locuiesc singură."

„Vrei să dansezi?" A întrebat Nigel.

Ribby nu dansase în viața ei.

Angela a încercat să coboare de pe taburet. Și-a pierdut echilibrul și s-a împiedicat.

Nigel a apucat-o de braț. „Whoa, ești bine?"

„Sunt bine", a spus Angela. „Sau voi fi după ce mă duc în camera fetiței. Ai idee unde este?"

„E chiar acolo, la capătul barului."

„Okie dokie", a spus Angela. L-a apucat pe Nigel de guler și s-a uitat în ochii lui albaștri și adânci. „Nu te mișca. O să mă întorc în câteva secunde și o să accept oferta ta de a dansa."

Ribby a respirat adânc în timp ce Nigel a dat din cap și s-a îndepărtat.

Angela și-a mângâiat rochia.

Odată ajunsă în toaletă, Ribby s-a sprijinit de ușa metalică care i se părea rece pe spate. A rupt suluri de hârtie igienică și a acoperit scaunul înainte de a se așeza.

Camera se învârtea.

Cred că o să mi se facă rău.

Nu, nu o să ne fie rău, Rib. O să stăm aici încă o secundă sau două. Apoi ne vom duce la chiuvetă și ne vom stropi cu apă pe față. Vom fi bine. Îți promit.

Câteva momente mai târziu, Angela s-a apropiat de Nigel. El părea îngrijorat. Nu arăta bine, dar nu era nici urât. Avea un aspect normal. Purta blugi negri, un tricou albastru deschis și cizme negre. Îi plăcea mica lui barbă.

„Haide, atunci", a spus Angela, luând mâna lui Nigel în a ei și conducându-l pe ringul de dans.

Era un cântec lent.

Ribby nici măcar nu știa cum să fie ținut în brațe. Palmele îi picurau cu transpirație.

Nigel o ținea la lungimea brațului.

„Mai aproape", a șoptit Angela, trăgându-l înăuntru prin a-i mângâia fesele.

În timp ce Chris de Burgh cânta *Lady in Red*, Angela și-a lăsat capul pe umărul lui Nigel și s-a relaxat. Ribby s-a relaxat și el. Îi simțea inima bătând împotriva ei. Îi putea simți respirația pe gâtul ei.

Angela a vrut să-l ia acasă.

Ribby nu voia.

***

DUPĂ DANS, ANGELA L-A luat de mână pe Nigel și l-a tras înapoi spre bar. S-au așezat pe scaune, cu genunchii atingându-se. Nigel a arătat două degete în direcția barmanului și a spus: „Tequila".

Angela și-a împins părul după ureche și s-a apropiat: „Încerci să mă îmbeți?"

„Uh, nu. Nu e stilul meu."

Angela i-a atins genunchiul când au sosit băuturile.

Nigel și-a aruncat shot-ul înapoi. „Uh, deci, cu ce te ocupi? Vreau să spun pentru a trăi. Adică, cred că ne mișcăm cam repede aici."

Sunt de acord!

Shhh Ribby. Du-te înapoi la culcare. Apoi către Nigel, "Un pic din asta și un pic din aia." Ea a aruncat înapoi shot-ul de tequila și a pus lămâia între dinți.

„Ah, o femeie misterioasă, eh?" El a râs. „Ei bine, sunt în relații publice."

„Ce interesant! Ați lucrat mereu pentru aceeași companie?"

„Da. Una dintre primele zece companii m-a recrutat direct de la facultate. Când începi să lucrezi pentru cei mai buni, singura cale de a merge este în jos.”

„Te-am auzit. Deci, ce îți place să faci? Adică, în afară de P.R. și să stai prin baruri.”

„De obicei nu stau prin baruri.”

„Sigur, sigur”, a spus Angela.

„Sincer”, a spus Nigel, atingându-i genunchiul cu mâna.

Ribby se simțea anxios. El devenea prea familiar. Voia să plece.

Angelei îi plăcea asta.

Nigel a continuat: „Îl cunosc pe Jake. Ne cunoaștem de ani de zile, așa că vin aici la Cat's Eye din când în când, ca să ies. Nu poți sta în apartamentul tău uitându-te la Netflix sau jucându-te la Xbox tot timpul. E mai bine să ieși. Să cunoști oameni, iar această zonă este un loc atât de activ!”

„Este, dar acum aș omorî o ceașcă de cafea. Ai vrea să mergi în altă parte, mai puțin zgomotoasă și să cumperi o ceașcă unei fete? Te-aș invita la mine, dar e o mizerie totală de când m-am mutat abia azi,” a spus Ribby.

Ți-am spus să lași asta în seama mea. Las-o baltă.

„E o mică cafenea nu prea departe, și apoi te conduc acasă. Dacă ești de acord, Angela?”

O ceașcă de cafea, sunt de acord cu asta.

la o pastilă de calmare.

Ribby și Nigel au mers braț la braț până la Night Owl Café unde au comandat cappuccino. Au discutat informal până la ora 1 a.m., când Ribby a spus că vrea să meargă acasă.

„Ești un gentleman pentru că m-ai rugat să mă conduci acasă. Mă bucur că Jake ne-a făcut cunoștință."

Când au ajuns la locuința lui Ribby, Nigel a întrebat-o: „Îmi dai numărul tău de telefon? Mi-ar plăcea să te mai văd."

„Încă nu am telefon", a spus Angela în timp ce scotocea în geantă după chei. Când și-a ridicat privirea, Nigel a sărutat-o. Când buzele lui s-au întâlnit cu cele ale Angelei, ea l-a sărutat la rândul ei. Mâinile ei au trecut peste umerii și pieptul lui. Ale lui, la rândul lor, le-au explorat.

Când genunchii lui Ribby au început să cedeze, ea a preluat controlul. Prea fără suflare ca să vorbească, ea s-a îndepărtat. „Mai bine mă duc înăuntru." Și-a atins buzele. Erau încă furnicături.

„Sper că nu am fost prea îndrăzneață. Părea să-ți placă."

„Mi-a plăcut," a spus Angela.

„Trebuie să plec," a spus Ribby. „A fost o zi lungă, cu mutatul și restul." Ea a deschis ușa și a intrat.

Nigel a urmat-o până la liftul deschis. „Când te voi mai vedea?"

Când liftul a început să se închidă, Angela a preluat conducerea. „Sâmbăta viitoare, la aceeași oră, pe același canal."

Când ușile s-au închis, Ribby i-a atins din nou buzele. Fusese primul ei sărut și îi plăcuse mult.

Angela voia mai mult. Sărutul lui o făcea fierbinte, febrilă.

Ea a deschis ușile spre balcon. Nigel stătea acolo jos, privind în sus. Îi făcu semn cu mâna.

„Noapte bună, Nigel," a spus Ribby.

„Noapte bună, Angela," a spus Nigel.

Am fi putut să-l invităm sus, să știi.

Abia l-am cunoscut și nu știu nimic despre el. În plus, capul și stomacul meu se simt ciudat.

E perfect inofensiv.

Dacă e adevărat, atunci se va întoarce.

Ribby s-a întors înăuntru. Ea a închis și a încuiat ușile de la balcon. S-a dus la baie și s-a privit în oglindă o vreme, așteptându-se să o vadă pe Angela acolo. Nu a găsit nici urmă de ea.

După un duș fierbinte, Ribby a căzut în pat. Și-a închis ușa de la dormitor, ca la ea acasă. Apoi și-a dat seama că nu mai avea nevoie să facă asta. S-a ridicat, a deschis-o larg și apoi s-a băgat înapoi în pat. Își purta cămașa de noapte de flanel, pentru că aerul nopții îi dăduse fiori. Odată ce a căzut pe pernă, camera a început să se învârtă. Tavanul era podea, iar podeaua era tavan. Când a închis ochii, stomacul i s-a ridicat spre gât. S-a agățat de marginile patului ca și cum ar fi plutit în derivă pe o barcă de salvare, până când nu a mai putut suporta învârtirea. A fugit în baie și a vomitat. Ribby s-a împrietenit cu bucata aia de porțelan, îngenunchind în fața ei de parcă era un zeu.

Când stomacul i s-a golit, s-a împiedicat înapoi în pat și a încercat să doarmă. Camera nu se mai învârtea. Nu se simţea confortabil cu vocea din capul ei. Angela părea să ştie lucruri. Să fi experimentat lucruri. Diferite de cele pe care le trăise ea însăşi. Cum era posibil? De ce comandase toate acele Martini?

Gândul că va bea Martini şi Tequila îi făcu stomacul lui Ribby să tresară. De data asta a fost o greaţă uscată; nu mai avea nimic de oferit zeului de porţelan.

A dormit la picioarele zeului, lipindu-şi fruntea de porţelanul rece.

CAPITOLUL 7

RIBBY A DESCHIS OCHII. Era în baie, pe podea. S-a ridicat, folosind vasul de toaletă drept ancoră. Nesigură, a lăsat capacul jos și s-a așezat pe el. A deschis robinetul din chiuveta de lângă ea, a lăsat apa să curgă câteva secunde, apoi a umplut un pahar și a luat o înghițitură. Mâinile îi tremurau, în timp ce apa i se scurgea în stomac.

Când Ribby s-a putut ridica, s-a ținut de chiuvetă, și-a privit reflexia în oglindă și a jurat să nu mai bea alcool niciodată.

Ce femeie ușoară.

Ribby a făcut duș, s-a îmbrăcat și a ieșit la o plimbare pentru a-și limpezi mintea. S-a oprit într-o cafenea și a comandat o ceașcă de cafea tare. În timp ce stătea și sorbea, a decis că e gata să meargă acasă și s-a dus să ia autobuzul.

Adică, acasă la Martha.

Chiar s-a întâmplat ieri? A fost ca un vis.

Partea cu vomitatul a fost mai degrabă un coșmar!

Sărutul lui Nigel a fost de vis.

Primul meu sărut a fost mai bun decât clătitele cu unt și sirop.

Shh, îmi faci foame.

Ribby a coborât din autobuz și s-a îndreptat spre casă Când a dat colțul, acolo stătea Martha, în cămașă de noapte, la 4 după-amiaza, sorbind dintr-o sticlă de bere.

„Cum se simte fiica mea?" a întrebat Martha.

„Ne-am distrat de minune, mamă. Angela este foarte amuzantă. M-a invitat să rămân și weekendul viitor."

„Bine. Toată lumea spune că ești mult prea serioasă. Ai nevoie de un prieten de vârsta ta cu care să te distrezi."

„Cine e toată lumea, mamă?"

Martha s-a ridicat. S-a împiedicat puțin, când Ribby s-a îndepărtat. Mirosul de bere combinat cu corpul nespălat a determinat-o să respire superficial.

„Nu contează. Cred că și tu ai nevoie de compania unui bărbat."

„Am întâlnit unul aseară, pe nume Nigel. M-a condus înapoi la casa Angelei și..."

„Ești plecată de acasă într-o noapte și găsești un bărbat care să te conducă acasă! Se pare că ești mai mult fata mea decât am crezut că ești!"

„Nu s-a întâmplat nimic."

„Nu de data asta, fiică, dar sângele meu curge prin venele tale, iar timpul va dovedi că ceea ce spun este adevărat. Odată ce pui mâna pe un bărbat, odată ce el începe să te atingă în locuri, oh, locuri, atunci vei prinde viață. Te va duce unde nu ți-ai imaginat niciodată că ar putea ajunge corpul tău. Orice bărbat poate face asta pentru tine, fiică, fie că îl iubești sau nu. Orice bărbat poate. Orice bărbat care știe te poate învăța.”

„Nu vreau să aud asta”, a spus Ribby, urcând în grabă scările în camera ei. Ea a trântit ușa și a încuiat-o. A dat drumul la baie, adăugând o mulțime de bule și a ales o carte de pe măsuța ei. S-a înmuiat ore întregi, încercând să nu se gândească la ce ar putea s-o învețe Nigel.

CAPITOLUL 8

Luni dimineaţa, înapoi la muncă. Coada obişnuită de clienţi. Ribby îi servea, bibliotecarul şef nu băga de seamă. Mai târziu, Ribby se afla la etajul al doilea, întorcând cărţile pe rafturi. S-a uitat pe fereastră să vadă dacă se întâmplă ceva interesant, dar nu era. Până când a fost. O limuzină de peste drum. Un şofer cu şapcă a coborât şi a deschis uşa. Ribby a privit cum a coborât o pereche de picioare lungi pe tocuri remarcabil de înalte, ataşate de o femeie blondă. Şoferul a închis uşa şi femeia a plecat în direcţia opusă bibliotecii.

Mi-ar plăcea să arăt altfel.

Şi mie. La ce v-aţi gândit?

Părul nostru, l-am putea schimba. Să-l vopsim. Blondele se distrează mai mult.

Poate o perucă în schimb? Mai puţin permanentă.

Sună ca un plan. Abia aştept!

După ce cărţile au fost puse la locul lor, Ribby s-a întors la biroul ei. A căutat un magazin de peruci în apropiere. Wigs-R-Us era la câteva străzi distanţă. S-a uitat la ceas şi era aproape ora prânzului. Putea ajunge ușor până acolo și înapoi. În fața magazinului, s-a uitat la perucile expuse în vitrină.

Îmi place aia. Și asta.

Pe bune? Ți-ar plăcea să fie atât de scurtă?

Da, cu siguranță mai scurt.

Clopoțelul a sunat când ea a intrat în magazin. Era vizibil liniște, mai liniște decât în bibliotecă.

„Alo?" a spus Ribby.

O femeie a apărut din spatele tejghelei cu mâna întinsă: „Bine ați venit la magazinul meu. Cu ce vă pot ajuta astăzi?" Chiar și în picioare, era mult mai scundă decât Ribby.

Ribby a deschis gura să vorbească, dar înainte să spună ceva, femeia a vorbit din nou.

„Dacă vreți să stați jos aici, vă pot aduce perucile. Doar arată-mi pe care vrei să le probezi. Îți voi potrivi peruca, apoi voila, te poți uita în oglindă la noul tu."

Femeia și-a pus mâna pe spatele lui Ribby și a condus-o la scaun. Ribby s-a așezat în timp ce femeia a coborât scaunul tot mai jos. Ribby s-a aplecat și mai mult pentru a se acomoda.

„Ce faci?" a întrebat femeia în timp ce-și trecea degetele prin părul lui Ribby. „Adică, cum îți câștigi existența? Chiar vrei o perucă care să se potrivească stilului tău de viață. Oh, apropo, părul tău este minunat."

„Uh, mulțumesc. Eu lucrez la bibliotecă. Aș vrea o perucă blondă. Scurtă, ca cea din vitrină. Acolo."

„Oh, asta e o alegere interesantă. Este cea mai populară perucă blondă a noastră. Știi cum se spune, blondele se distrează mai mult."

Femeia avea în spatele tejghelei o cutie plină cu peruci exact ca cea din vitrină. Ea a adus-o și a început să lege părul adevărat al lui Ribby.

„M-am răzgândit", a spus Angela. A arătat în sus, „Aș vrea să o încerc pe aia."

Ce? Ce vrei să faci?

Celălalt este obișnuit. Eu vreau ceva special.

Destul de corect.

Peruca avea bretonul măturat pe frunte și răsturnat în spate. Era lungă până la umeri și se simțea destul de rigidă.

Categoric nu.

De acord.

Ce zici de asta?

Era vizibil scurtă, cu o parte pe partea stângă, dar era eșalonată. Bretonul era cu pene, stilul era stratificat peste tot și părul se termina chiar sub lobul urechii. În momentul în care femeia și-a pus-o, atât lui Ribby cât și Angelei le-a plăcut. Era un contrast total cu look-ul de zi cu zi al lui Ribby.

Nu pot să cred, arăt minunat.

Bineînțeles că da, Angela.

„Perfect! Înfășoară-l!" a spus Ribby. „Trebuie să mă întorc la muncă."

Acum tot ce ne trebuie sunt niște haine noi!

Ribby și-a petrecut după-amiaza lucrând la calculator. A trimis e-mail-uri clienților care au întârziat să își returneze cărțile. Cei recidiviști aveau nevoie de un telefon.

După muncă, au mers la mall și au cumpărat câteva lucruri. Era târziu, așa că Ribby a trebuit să ia un Uber pentru a ajunge la timp la spital.

S-a aruncat în distracția copiilor. Absența lui Mikey încă plutea în aer, totuși copiii au reușit să zâmbească și chiar să râdă puțin.

Pe drumul spre casă cu autobuzul, vântul a prins jacheta lui Ribby și a împins-o.

De ce nu mergem la adevărata noastră casă?

E doar luni, nu vrem ca mama să devină suspicioasă.

Bine. Voi merge cu această șaradă.

Shhh.

Ribby a întors mânerul și a deschis ușa din față a casei Marthei.

O voce de bărbat a izbucnit în râs.

Ribby a ascultat câteva clipe și a auzit tacâmurile făcând clic pe farfurii. Stomacul ei mârâia. Nu mâncase nimic toată ziua.

În bucătărie, John MacGraw își înmuia pâinea în castronul său pe jumătate gol. Martha a turnat tocană în castronul lui Scamp, iar el a înghițit-o.

Când ea a intrat în bucătărie, Ribby s-a uitat la Martha, care zâmbea. Când John era prin preajmă, uneori Martha părea o altă persoană. Dintre toți casnicii pe care mama ei îi aducea acasă, John era cel mai decent. Scotea ce era mai bun din mama ei, care părea să vrea ca el să creadă că sunt apropiați.

„Bună, mamă. Bună și ție, John.”

„Vino cu noi", a răcnit Martha, mângâind scaunul cel mai apropiat de ea. Înainte ca Ribby să se poată așeza, Martha a sărit în sus. „Stai! Am ceva să-ți arăt mai întâi. Este un cadou de la John."

„Poate aștepta până după cină", a spus John, încurajându-i pe amândoi să se așeze cu o voce fermă.

„Cu siguranță miroase bine", a spus Ribby când Martha a luat-o de mână și a tras-o afară din bucătărie.

„Ta-dah!" a spus Martha. Era un telefon portabil nou cu o extensie foarte lungă.

„Wow, e grozav."

„Sigur că este, acum hai să ne întoarcem în bucătărie. Nu vrem să-l facem pe John să aștepte."

„Mama ta este o bucătăreasă grozavă", a spus John imediat ce s-au așezat.

„Mulțumesc, pentru telefon."

„Nu vă faceți griji, era și timpul să aveți unul aici. Îmi este mai ușor să iau legătura", a spus John.

Martha a mai turnat niște tocană în castronul lui John. „Nu sunt sigură dacă ți-am mai spus asta, John. Ribby își petrece serile de luni distrând copii bolnavi la spital." A pus și ea în castronul lui Ribby. „Cum a fost Mikey azi?" Fără să aștepte un răspuns, „Mikey este preferatul lui Ribby, el..."

Ribby a izbucnit în lacrimi. Nu mai plânsese pentru Mikey până atunci. Acum nu se mai putea opri. Lacrimile continuau să curgă, picurându-i pe obraji, în bolul cu tocană.

„Revino-ți, fată", a spus Martha cu o voce ridicată. S-a uitat la John să vadă dacă a observat. Mulțumită că nu a observat, l-a mângâiat pe Ribby pe mână și a răcnit. „Care-i problema? Noi cu musafiri și toate alea, iar tu te plângi ca un copil. Controlează-te." A apăsat cu o unghie pe dosul mâinii lui Ribby și a șoptit: „Îl faci de râs pe John."

„Ouch", a spus Ribby, îndepărtându-i mâna și continuând să plângă.

„Nu-ți face griji pentru mine", a spus John. „Un plâns bun nu face rău nimănui. Asta e casa ta, Ribby, și poți să plângi dacă vrei."

Ribby a început să râdă. Nu să chicotească, ci să râdă. În capul ei se auzea o melodie: *E casa mea și pot să plâng dacă vreau, să plâng dacă vreau, să plâng dacă vreau*. „Mikey e mort."

CAPITOLUL 9

 întregul weekend", a spus Ribby la micul dejun în dimineața următoare.

„Este o sincronizare bună Ribby, o sincronizare bună. John și cu mine ne petrecem weekendul împreună. Avem planuri."

Ribby a suspinat ușurat.

„Distracție plăcută și..." L-a apucat de încheietura lui Ribby. „Vreau să-ți spun cât de rău ne-a părut mie și lui John aseară, să auzim despre micuțul Mikey. Nu vreau să te înnebunești din nou, dar sunt mândră de tine. Sper să te simți bine în acest weekend. Îl meriți."

Ribby, surprinsă de cuvintele amabile ale mamei sale, și-a aruncat brațele în jurul gâtului ei.

„Bine atunci", a spus ea, mângâind-o pe spate pe fiica ei.

S-au despărțit și Ribby s-a îndreptat spre stația de autobuz. Ziua ei semăna din ce în ce mai puțin cu Ziua Marmotei.

Ce prostie. Cum ai putea s-o îmbrățișezi după tot ce ți-a spus și ți-a făcut? Cum ai putut? Mi s-a făcut pielea de găină.

Ea a fost sinceră.
Ești atât de naiv!

✳✳✳

Cu noua perucă și ochelari de soare închisi la culoare, Angela era hotărâtă să meargă la cumpărături.

Dar nu ne putem permite asta.

Pentru asta e creditul.

Eu tot trebuie să plătesc înapoi.

Calmează-te, o să fie bine.

Angela a încercat cele mai neasemănătoare ținute ale lui Ribby, epuizându-și cardul de credit.

Sincer, nu mai cheltui.

Bine, bine, dar nu arătăm fabulos?!

Ribby a recunoscut că nu se mai poate recunoaște.

Tu ești acolo. Tu ești fereastra, iar eu sunt rama.

Capetele se întorceau în timp ce ea mergea pe promenadă. Erau strigăte și fluierături.

A intrat într-un alt club de noapte, mai aproape de malul mării. Paznicul a verificat cartea de identitate a lui Ribby și s-a uitat de două ori la poză.

„Ești sigură că ești tu?", a întrebat el.

„Sigur că da", a răspuns Ribby. „E o perucă."

„Îmi cer scuze, nu am vrut să te jignesc. Uite un cupon pentru o băutură gratis.”

„Mulțumesc.”

Nu-mi plăcea cum se uita tipul ăla la noi.

Da, era ca și cum ar fi avut vedere cu raze X și putea vedea prin rochie.

Ce ciudat.

Hai să luăm băutura gratis și apoi să mergem la Cat's Eye.

Ceva mai târziu a ajuns la Cat's Eye și l-a zărit pe Nigel stând singur.

Nu cred că ne recunoaște.

De ce ar face-o? Purtăm ochelari negri și o perucă blondă.

Angela a comandat un Martini.

Simplul gând al alcoolului i-a făcut stomacul lui Ribby să se simtă grețos.

Nigel s-a uitat la Angela. Ea i-a făcut cu ochiul, apoi a aruncat Martini-ul înapoi. A mai comandat unul.

„Vrei să dansezi?" a întrebat el.

Nigel și-a pus brațele în jurul taliei Angelei și a ținut-o aproape de el. S-a uitat în ochelarii de soare negri ai Angelei.

Angela și-a strecurat mâna pe fesa dreaptă a lui Nigel. L-a legănat pe Nigel înainte și înapoi împotriva ei. Cei doi se învârteau în întuneric, în ritmul muzicii disco. Înainte ca melodia să se termine, se sărutau. Au uitat că se aflau într-un loc public. Nigel a luat-o de mână și a condus-o afară din club.

Nu au existat cuvinte, deoarece pasiunea dintre ei era prea mare. Au mers câțiva pași, apoi Angela l-a împins de zidul de piatră și l-a sărutat din nou.

Au mers mai departe, trecând pe lângă 7-11. Strânși unul de altul, sărutându-se, rujul Angelei era pe gulerul lui și pe partea laterală a feței lui. Amândoi arătau de parcă ar fi fost într-o luptă.

Când au ajuns la locuința lui Ribby, Nigel și-a dat seama cine era Angela. Ea l-a luat de mână și l-a condus la etaj.

„Uh, stai puțin", a spus Nigel. „E vreun fel de joc?"

„Bineînțeles că nu", a spus Angela, desfăcându-i nasturii de la cămașă, sărutându-l pe piept. „Haide."

„Nu știu ce se întâmplă cu tine", a spus Nigel. „I..."

„Oh, taci din gură! Și se spune că femeile vorbesc prea mult!", a spus ea în timp ce își smulgeau unul altuia hainele și cădeau pe pat.

După aceea, Nigel și-a luat hainele și s-a furișat afară înainte ca Angela să se trezească.

Ribby nu-și amintea să fi părăsit clubul de noapte.

Angela își amintea fiecare detaliu.

CAPITOLUL 10

Copilăria lui Ribby Balustrade nu a fost una fericită. A fost un copil singuratic care ar fi beneficiat de o familie cu doi părinți. Din moment ce nu și-a cunoscut tatăl, a trebuit să și-l imagineze. Îl vedea ca pe o încrucișare între personajul lui Atticus Finch din *To Kill A Mockingbird* și cel din viața reală al lui Gregory Peck.

Când Ribby a întrebat-o despre tatăl ei, Martha a schimbat subiectul.

Ribby s-a întors să citească *To Kill A Mockingbird*. „Niciodată nu înțelegi cu adevărat o persoană până nu privești lucrurile din punctul ei de vedere... până nu te urci în pielea ei și nu te plimbi prin ea."

După numeroase întrebări despre tatăl ei și niciun răspuns, Ribby a pus la cale un plan. Urca în ceea ce mama ei numea „zona interzisă" *podul* și investiga, așa cum făcea Nancy Drew. Din nefericire, tot ce descoperea acolo erau târâtoare, mai ales păianjeni. În plus, o duhoare bolnăvicioasă de praf vechi și mucegai de obiecte uitate în cutii, fără legătură cu tatăl ei.

Coborând pe furiș înapoi, a auzit pantofii mamei ei pocnind pe verandă. Realizând că uitase să închidă ușa podului, Ribby a intrat în panică. A mutat scara înapoi în poziția ei inițială, plănuind să o repare mai târziu. Spera că mama ei nu va observa.

Când s-au așezat la masă, Ribby s-a rugat mereu ca mama ei să nu observe. I-a spus lui Dumnezeu că nu va spune și nu va face niciodată nimic rău pentru tot restul vieții. A jurat să renunțe la jucăria ei preferată, o păpușă blondă, cu plete frumoase, pe nume Anna.

Martha și-a agățat haina și s-a dus direct în bucătărie. S-a așezat jos. Ribby a pus ceainicul la fiert și i-a servit mamei sale o ceașcă de cafea. Martha a sorbit, atentă să nu-și murdărească buzele.

Ribby a observat această nuanță. Păstrarea rujului însemna că Martha ieșea din nou. I-a mulțumit lui Dumnezeu că a auzit-o și i-a încetinit pulsul.

„Deci, ce ai făcut azi?" a întrebat Martha. „Ți-ai terminat temele?"

„Aproape, mamă, aproape," a răspuns Ribby aplecându-se în față pentru a umple ceașca de cafea a mamei sale.

„Apropo, ce făceai în No-Go-Zone, fata mea?" a întrebat Martha, stabilizând mâna tremurândă a lui Ribby în timp ce turna.

Ribby nu a făcut contact vizual cu mama ei. Câteva secunde mai târziu, urina i-a stropit picioarele, pantofii și podeaua, iar ea a început să plângă.

„La naiba, Ribby. Acum uite ce ai făcut! Ai făcut pipi pe toată podeaua mea. Ia mopul și curăță. Nu-ți face griji de curăţenie, curăţă asta! Ce ar trebui să facă o mamă cu o fiică care spune minciuni? Ce să facă o mamă cu o fiică care face pipi pe podeaua ei curată?"

Ribby a dat cu mopul frenetic. Stropitul înainte şi înapoi îi dădea timp să se gândească. Senzaţia rece a urinei pe pielea ei a făcut-o să tremure. Când podeaua a fost din nou fără pată, Ribby a pus mopul la locul lui şi a vrut să urce să se schimbe.

„Nu aşa de repede, fata mea", a spus Martha, apucându-şi fiica de păr şi târând-o până la scară. „Nu putem lăsa asta deschisă toată noaptea, nu-i aşa? Ştii tu, târâtoarele înfiorătoare. Acum, urcă acolo", a spus Martha împingându-şi fiica în sus.

Ribby îşi agita braţele. Îi era frică să urce. De teamă să nu cadă.

Când a ajuns sus, Martha a râs. „De fapt, dacă tot îţi place atât de mult acolo sus, ar trebui să rămâi peste noapte. Du-te înăuntru, fata mea." Martha a urcat scara în spatele ei. „Gândeşte-te ce înseamnă o zonă interzisă", a hulit Martha în timp ce închidea trapa. Scara se legăna sub greutatea Marthei. Când tocurile ei înalte au atins podeaua, au pocnit apoi s-au oprit. Ribby plângea deja. „Voi pune lacătul şi voi stinge lumina. Mă asculţi?"

Ribby a plâns şi mai tare.

„În caz că te întrebi, nu sunt numai păianjeni acolo sus. Sunt şi şobolani mici şi blănoşi!"

Ribby ţipa şi bătea în uşă, implorând-o pe mama ei să o lase să iasă. O implora. Jurând că nu o va mai nesocoti niciodată. Nu a răspuns nimeni.

Afară s-a trântit portiera unei mașini. Martha și unul dintre băieții ei au plecat în viteză.

Ceva blănos a trecut pe lângă piciorul ei și ea a fugit, s-a împiedicat și s-a lovit la cap. A sunat-o din nou pe mama ei. Tot nu a răspuns.

Când Martha s-a întors, i-a spus: „Să nu te mai duci acolo. Adică, niciodată.”

„Da, mamă”, a spus Ribby, și nu a mai făcut-o niciodată.

Amintirea de a fi prins în pod. Umilința de a-și uda pantalonii. Toată vinovăția și rușinea au revenit cu o răzbunare. Aceeași amintire traumatizantă. Forțându-l pe Ribby să o retrăiască, iar și iar.

Maică-ta e o COW totală și completă.

A avut intenții bune. A fost o lecție învățată.

Piciorul meu are intenții bune și i-aș pune-o în fund dacă ar mai încerca vreodată așa ceva.

Mă bucur că ești de partea mea acum.

Nu-l mai surprindea sau șoca pe Ribby, ceea ce știa Angela.

Și să nu uiți asta niciodată!

CAPITOLUL 11

ANGELA ERA COMPLET DERUTATĂ de loialitatea lui Ribby față de Martha. A trăi în mintea lui Ribby cu o relatare de primă mână a cruzimii Marthei a fost chinuitor.

Angela și-a folosit puterea dialogului intern pentru a-l ajuta pe Ribby să înfrunte trecutul. Ea l-a încurajat pe Ribby să strângă pumnii. Acest lucru i-a concentrat energia în acel moment. Acțiunea a funcționat la început, chiar și atunci când Ribby avea un coșmar sau un flashback.

Mai târziu, Angela a încercat să adune amintirile rele și să le împingă înapoi. Departe. Atât de departe în mintea lui Ribby încât să nu mai fie accesibile. În teorie era o idee bună, dar în realitate, Angela nu le putea bloca.

Singura cale de ieșire părea să fie cea evidentă. Să-l îndepărteze pe Ribby de situație o dată pentru totdeauna. Undeva, departe, unde Martha să nu mai poată profita de ea sau să o mai rănească. Angela credea că trebuie să fie o despărțire clară. Aștepta momentul în care momentul ar fi fost potrivit.

Lucrurile bune vin la cei care așteaptă.

După încă o săptămână petrecută în locuința Marthei, Angela era fericită să iasă la petrecere. Purta peruca blondă, ochelari de soare negri și o rochie roșie fără mâneci. În noua ei ținută, se simțea puternică, invincibilă. De asemenea, era hotărâtă să nu lase nimic să o împiedice să se distreze.

Pe drumul spre clubul de noapte, un grup de adolescenți fluieră și o strigă. Erau simpli adolescenți, dar băieți care ar fi trebuit să știe mai bine.

Angela l-a tras pe cel mai apropiat de ea de partea din față a tricoului. „Dacă vă mai apropiați de mine, **oricare dintre voi**, o să vă smulg boașele și o să vi le dau la micul dejun. Ai înțeles?"

Băieții au fugit.

Angela a râs, netezindu-și partea din față a rochiei și verificând dacă nu-și rupsese vreo unghie. Și-a aprins o țigară și a continuat să meargă de-a lungul plajei până la pub.

Feroce.

Wow, ce s-a întâmplat? Asta a fost mai mult decât un pic O.T.T.

Băieții devin bărbați. Ar trebui să învețe respectul.

Au fugit de parcă ai fi fost Bellatrix Lestrange!

Nu în peruca asta!

Ajungând la clubul de noapte, Ribby s-a apropiat de bar și a comandat o băutură. A sorbit cu reticență. Angela a preluat comanda și a aruncat Martini-ul înapoi. A mai comandat una, atrăgând atenția unui bodyguard foarte în formă de la intrare.

Să-l mai așteptăm un minut sau două pe Nigel.

Oricum nu-și va aminti de noi.

O, o să-și amintească de mine.

Două Martini mai târziu.

Să mergem; nu se întâmplă nimic aici.

Răbdare, dragul meu prieten, răbdare.

Paznicul s-a despărțit de tinerii care coborau scările în drum spre locul unde stătea Ribby.

„Ce mai faci?" a spus el încercând prea tare să fie sexy.

„Foarte bine, mulțumesc", a spus Ribby.

Taci Rib Lasă-mă pe mine să mă ocup de asta. „De fapt, acest loc este Bores-ville în seara asta."

„Da, seamănă puțin cu Sesame Street aici, nu-i așa?" a spus bodyguardul înainte de a se prezenta ca «Ed; Ed bodyguardul».

„Eu sunt Angela."

„Mă bucur să te cunosc, Angela", a spus Ed în timp ce încerca să se uite în jos pe partea din față a rochiei ei. „Uh, dacă vrei să te distrezi, stai pe aici până la două. Ies de la muncă atunci. Putem ieși undeva?"

„Uh, mulțumesc pentru ofertă", a spus Ribby, "dar, trebuie să...."

„Mă pot întoarce pe la 2:30", a spus Angela. „Unde ar trebui să ne întâlnim?"

Ed a fost extrem de explicit în legătură cu locul retras de pe plajă.

Angela a sperat că era la fel de bun pe cât arăta.

✳✳✳

NU POT SĂ CRED că te-ai întâlnit cu nemernicul ăla. Noi absolut și complet NU mergem.

Rib, nu-ți face griji pentru asta. Calmează-te. Trage un pui de somn. O să te pun la curent mai târziu. Acum pleacă, puștoaico, noapte în cămașă de noapte.

La 2:30, Angela aștepta pe plajă. Se schimbase într-o rochie neagră.

Ed, bodyguardul, a apărut în fața ei și ea l-a strigat. El s-a poticnit spre ea.

„Ești supărată."

„Un pic, dar nu destul." El a împins-o la pământ, i-a rupt rochia și a căzut peste ea.

„Ușurel, băiete, ușurel", a spus Angela încercând să preia controlul.

„Haide, iubito. Am promis să-ți arăt cum să te simți bine." El și-a apăsat gura pe a ei.

„Ouch", a spus Angela, "nu așa de dur, iubitule. Nu-mi place să fie dur."

Dar lui Ed nu părea să-i pese. Mâinile lui rupeau și sfâșiau.

„Mama ta nu te-a învățat nicio manieră?" a spus Angela, în timp ce îl împingea înapoi cu degetele depărtate. „Femeile ca mine vor ca un bărbat să fie bun; blând." Ea a bătut în pieptul lui.

El i-a prins încheieturile mâinilor în mâinile lui masive și a încălecat-o. „Unele femei vor, iar altele nu." El a râs. „Te-am prins din clipa în care te-am văzut. Stând la bar cu rochia ta sus. Te uitai la fiecare tip care intra pe ușă. Disperată după el. Gâfâind după el."

„Stai puțin", a spus Angela, luptându-se să se elibereze. „Chiar te vreau, dar nu aici. Aș vrea să fie, știi tu, ceva mai romantic pentru prima mea dată."

Ed a înghețat.

Ea a continuat. „Ai văzut vreodată filmul *From Here to Eternity* cu Burt Lancaster și Deborah Kerr? Îl știi pe ăla în care o fac în timp ce vine valul?"

El s-a aplecat mai aproape. „Sigur, e un clasic." S-a aplecat în jos și i-a sărutat gâtul. „Mai puțină vorbă, nu-i așa, iubito?"

„Vino mai aproape de apă, ca în film, știi ce vreau să spun?" a șoptit Angela. „Du-mă acolo, te vreau acolo."

Ed s-a oprit. Ea s-a îndepărtat și s-a ridicat în picioare.

A băgat mâna în geantă, apoi a scăpat-o și a fugit spre apă. S-a uitat peste umărul ei. El a privit-o.

La marginea apei, ea și-a ridicat tivul rochiei.

Ed și-a smuls cămașa și a alergat în direcția ei, lăsându-și blugii pe drum.

Când s-a năpustit asupra ei, cheia pe care o ținea i-a intrat direct în orbită. El a țipat, apoi a gemut când genunchiul i-a atins genunchiul. Ea a tresărit la auzul sunetului de scârțâit când i-a scos cheia din ochi. În timp ce sângele îi curgea pe față, el a plâns și s-a rostogolit ținându-se de zona inghinală. Ea i-a înfipt cheia în partea laterală a gâtului, atingând o arteră. Sângele a țâșnit ca apa din furtunul unui pompier.

S-a îndepărtat câțiva pași de cadavru și și-a băgat degetele de la picioare în apă. Se uita din când în când la el. Până când a încetat să se mai miște. S-a întors și a ascultat să vadă dacă era mort: era. În sfârșit. L-a rostogolit, ca pe un sac de cartofi, tot mai adânc în apă. Cu fiecare împingere, cadavrul părea din ce în ce mai ușor.

Arhimede avea dreptate.

Când a ajuns cât de departe a putut, a înotat până la mal, și-a adunat hainele și s-a schimbat.

I-a lăsat lucrurile acolo unde le lăsase.

În timp ce soarele noii zile a transformat cerul într-un roșu aprins, Angela s-a întors la apă.

A scanat țărmul și nu a văzut niciun semn de la el. A scufundat cheia în apă pentru a clăti sângele, apoi a fugit acasă. După un duș lung, a dormit ca un copil.

CAPITOLUL 12

RIBBY A DESCHIS OCHII. Soarele care pătrundea înăuntru a făcut-o să tresară. Un sentiment familiar de déjà vu a făcut-o să se ridice. S-a întins și a căscat, întrebându-se de ce se simţea atât de rău. Nu-și putea aminti nimic după ce stătuse la bar.

S-a dat jos din pat și a pus cafeaua la fiert în timp ce făcea duș și se îmbrăca. Și-a zărit rochia pe podea, încreţită. A ridicat-o și nisipul a căzut pe podea. A ridicat din umeri și a aruncat-o în coșul de rufe.

În timp ce amesteca zahărul în cafea, se gândea la rochie și la nisip. A încercat să își amintească noaptea precedentă, dar nu i-a venit nimic.

A căutat ziarul în faţa ușii. S-a uitat la titlu în timp ce își lua cafeaua. A băgat ziarul sub braţ, a tras ușile de sticlă și a fost asaltată de sunete de haos. Mașini de poliţie. Ambulanţe. Camioane de pompieri. Presa. O mulţime de spectatori. Bedlam și nu departe de casa ei. Poliţia blocase cea mai mare parte a zonei cu bariere de nisip. Aproape de malul apei, o altă zonă fusese delimitată cu steaguri.

Angela avea o idee destul de bună despre ce era vorba.

Trebuie să văd ce se întâmplă.

Poate că e un platou închis pentru un reality-show. Sau un film.

Oh, asta ar fi interesant. Mă duc să arunc o privire.

Ribby s-a îmbrăcat și s-a dus la plajă. S-a strecurat în mulțime și a întrebat o doamnă în vârstă ce s-a întâmplat.

„Mort", a spus femeia. „Găsită moartă. Țestoasele trebuie să fi ajuns la el. Ce priveliște!" Și-a șters fruntea cu o batistă.

Duuun dun duuun dun dun dun dun dun dun BOM BOM...

Tema lui Jaw? Trebuie? A spus că era o broască țestoasă.

„Oh, Doamne, săracul om."

Am făcut-o în felul meu.

Tu, shh. Te rog.

Polițistul avea un megafon. Le-a cerut tuturor să se împrăștie dacă nu au dovezi de prezentat.

Duuun dun duuun dun dun dun dun dun dun, BOM BOM...

Broască țestoasă.

***

RIBBY, SPERIATĂ DE HAOSUL din jurul noii ei case, s-a întors la vechea ei casă.

De ce te întorci acolo? Stai aici și vezi ce se întâmplă.

Nu, vreau să scap de zgomot.

Dacă Martha și unul dintre casnicii ei sunt mai gălăgioși cu bouncy-bouncy?

Ewww. O să trec podul ăsta când o să ajung la el.

A deschis jaluzelele din camera de zi. Afară nu se mișca nimic, nici măcar o briză. Ceasul ticăia în spatele ei, sincronizat cu bătăile inimii ei. Era liniște, aproape prea liniște. A închis jaluzelele.

S-a întins după telecomandă și a pornit televizorul. A dat click în jur, dar nu a găsit nimic care să o intereseze. A răsfoit o revistă, apoi a ales o carte de pe raft. Niciuna nu i-a atras atenția. S-a dus în bucătărie și și-a făcut o ceașcă de ceai.

Pe drumul de întoarcere, soneria de la intrare a sunat. A deschis ușa și s-a trezit față în față cu vecina lor. Doamna Engle era înarmată cu două caserole.

„Bună ziua, Ribby", a spus doamna Engle împingând-o înăuntru. „Ei bine, mama ta mi-a spus că ai loc în frigider pentru asta." Doamna Engle a pus caserola pe masă, a deschis frigiderul și s-a aplecat să spioneze un loc.

„Am fost plecată tot weekendul. Nici măcar nu am avut ocazia să mă uit în frigider."

„E destul loc. Trebuie să..." Doamna Engle nu a terminat. Ea a mutat totul în jur și apoi și-a pus bunurile înăuntru. „O să mă întorc să le iau în câteva zile, Costică. A murit stră-strănepotul meu Phil. Vin toți la mine. Ei mănâncă mult. Maică-ta a zis că orice aș putea să aduc ar fi bine pentru ea."

„Îmi pare rău să aud despre unchiul tău. Desigur, ești întotdeauna binevenit." Ribby a început să meargă spre ușa din față sperând că vecina ei o va urma.

„Ești o scumpă, Rib," doamna Engle a ezitat, a rămas nemișcată. „Îi mai distrezi pe micuții ăia dragi de la spital?"

„Sigur că da. Fără greș, în fiecare luni."

S-au îndreptat spre ușa din față.

„Oh, apropo, mama ta a spus că va fi plecată până marți sau miercuri. Ea și Tom, sau Jerry, nu știu sigur care dintre ei, au plecat pe coastă pentru câteva zile. El e astmatic, nu știi? Doctorul i-a sugerat să iasă din oraș. Mama ta a mers cu el pentru companie și l-a luat pe Scamp."

Ribby și-a încrucișat brațele. „Mama a plecat într-o vacanță prelungită. Mi-aș fi dorit să fi știut, pentru că aș fi putut sta mai mult la prietena mea Angela."

Sprâncenele doamnei Engle s-au ridicat. „Ei bine, ea nu avea numărul de telefon al prietenei tale."

„Mulțumesc că m-ați anunțat." Ribby a deschis ușa și a urmat-o pe doamna Engle pe verandă.

În întuneric, țânțarii bâzâiau, iar greierii ciripeau. Brațele ei încrucișate s-au dovedit o protecție slabă împotriva răcelii aerului nocturn.

„Noapte bună, Ribby, și mulțumesc din nou."

„Noapte bună, doamnă Engle." Ribby a închis ușa din față și a încuiat-o.

E o bătrână nebună.

A fost vecina noastră de când eram eu mică.

Oh, ce povești putea spune.

Nu e o bârfitoare, ca unii dintre ceilalți vecini.

Viața în suburbii.

Da, e foarte plictisitoare în cea mai mare parte a timpului.

E mult prea liniște pe aici și mi-e sete. Adică de o băutură. O băutură adevărată.

Probabil că mama are niște Jack Daniels, dar îi va fi dor de el dacă vom bea o picătură.

Haide, trăiește periculos.

Ribby a încuviințat, a turnat un jigger și l-a aruncat înapoi. A ars pe drum. A fost o arsură bună.

Mai mult, te rog.

Ar fi bine să înlocuim asta înainte ca mama să observe.

Gândește-te la asta... cine a plătit pentru ea? Noi.

Da, dar toată sticla. Mă doare stomacul și mi se învârte capul.

E timpul pentru culcare. Să dorm.

În drum spre etaj, Ribby s-a agățat de balustradă ca să se stabilizeze. În camera ei și-a dat hainele jos și s-a băgat în pat. S-a ridicat, amintindu-și că nu încuiase ușa. S-a clătinat până la ea, a încuiat-o, apoi s-a prăbușit înapoi în pat.

Mai bine să fie în siguranță decât să îi pară rău.

Curând Ribby a adormit adânc. A visat că era Deborah Kerr făcând dragoste cu Burt Lancaster în *From Here to Eternity*.

Valurile se prăbușeau peste trupurile lor în timp ce îi purtau spre mare. Erau strânși într-o îmbrățișare adâncă. Apoi, Lancaster s-a uitat la ea, doar că el nu mai era Burt Lancaster. Era un străin. Ochiul lui avea o cheie înfiptă în el. Era sânge pe mâinile ei.

Ribby s-a trezit țipând. A sărit din pat și a fugit la baie să-și spele sângele de pe mâini. În timp ce deschidea robinetul, s-a uitat la degetele ei. Sângele nu mai era acolo. Angela a continuat să viseze.

CAPITOLUL 13

A-ți O ZI LIBERĂ.

Îmi ceri să spun că sunt bolnav? Nu spun că sunt bolnav.

Măcar renunță la slujba de la spital. Nu pot să merg acolo azi.

O să mă gândesc la asta.

Pe măsură ce ziua avansa, Ribby avea un sentiment de neliniște.

Pentru prima dată, a sunat la spital și și-a anulat spectacolul. „Mă voi revanșa și voi face două reprezentații săptămâna viitoare", a spus ea, ca să se simtă mai bine.

Mulțumesc, Costică.

Nu o fac pentru că mi-ai cerut-o tu, am anulat-o pentru că trebuie să plec acasă.

De ce? Adică la Martha? Ea nici măcar nu e acolo.

Nu stiu de ce. Știu doar că trebuie să plec.

Nu contează!

După serviciu a luat autobuzul și a ajuns repede la casa ei. Acolo, pe verandă, stătea o femeie. O străină. Când s-a apropiat, a auzit plânsul și femeia și-a ridicat privirea. Era sora mamei sale, mătușa Tizzy, pe care nu o mai văzuse de ani buni. Ribby nu știa ce s-a întâmplat între ele, dar știa că mătușa Tizzy a jurat să nu mai pună niciodată piciorul la ușa surorii sale. Și totuși, ea era acolo.

Ce face ea aici?

Habar n-am. Sunt sigură că ne va spune la timpul ei.

Asta va fi interesant. Nu.

Ribby și-a amintit de ultima lor întâlnire. A fost la a șaptea aniversare a ei. Mătușa Tizzy îi făcuse un tort special pentru păpușa Barbie. Avea o rochie roz făcută din glazură, cu fundițe în jurul ei făcute din cireșe maraschino și nucă de cocos. Corpul lui Barbie era în centrul tortului. După ce toată lumea și-a luat feliile, Ribby, în calitate de sărbătorită, a scos-o pe Barbie. Era a ei s-o păstreze. Mătușa Tizzy cumpărase mai multe ținute pentru Barbie. Numai că mătușa Tizzy uitase să o împacheteze pe Barbie înainte de a o pune în tort. Timp de săptămâni întregi, glazura, nuca de cocos și tortul au căzut din apendicitele păpușii.

„Intră, mătușă Tizzy", a spus Ribby după ce s-a eliberat din strânsoarea de viciu a mătușii sale. „Ce s-a întâmplat? Mama este bine?"

„Asta nu are nimic de-a face cu Martha", a spus ea, urmată de o altă criză de plâns.

Nu avem nevoie de asta. Spune-i să meargă la un hotel.

Nu pot face asta, e din familie.

E o regină a dramei.

Odată înăuntru, Ribby i-a oferit lui Tizzy o ceașcă de ceai. Ea a refuzat.

„Hai să-ți luăm gândul de la lucruri și să ne uităm la televizor. Ți-e foame? Aș putea să comand ceva sau să-ți fac ceva?"

„Dacă nu te superi, aș vrea să gătesc cina pentru tine", a sugerat mătușa Tizzy. „O să-mi ia mintea de la toate, mai mult decât să mă uit la televizor." Ea a mers în bucătărie. „Un șorț?"

Ribby a deschis sertarul și a scos unul dintre șorțurile Marthei.

Mătușa Tizzy l-a fixat în jurul ei. „Ce îți place să mănânci?"

„Surprinde-mă", a spus Ribby. „Dacă nu găsești ceva, strigă."

„Așa voi face."

Chiar și cu televizorul pornit, Ribby o auzea pe mătușa ei mișunând în bucătărie și fredonând.

Ceva mai târziu, a auzit farfurii și tacâmuri așezate pe masă și a intrat să întrebe dacă poate ajuta.

„Nu, stai jos", a spus mătușa Tizzy. „Spaghete Bolognaise și pâine cu usturoi și brânză vin imediat. Ce doriți să beți? Ai vin?"

„Doar apă. O să caut vin."

„Nu, e în regulă. Nu am nevoie de nimic. M-am gândit că ți-ar plăcea puțin."

Au stat de vorbă și s-au bucurat de o cină minunată, apoi s-au aranjat.

„Sunt epuizată", a spus mătușa Tizzy. „Canapeaua este bună. Nu vreau să fac probleme."

„Nici o problemă, poți dormi în camera mamei. ”

„Ești sigură că nu se va supăra?”

„Nu, cred că se va bucura că ai trecut pe aici.”

Ar fi surprinsă să o vadă.

Câteva ore mai târziu, Ribby se zvârcolea și se întorcea în pat. De cealaltă parte a holului răsunau plânsetele sporadice ale mătușii ei.

Pe lista de lucruri de cumpărat, o pereche de căşti care blochează zgomotul.

Bună idee!

Pentru asta sunt aici.

CAPITOLUL 14

Î**N VIS, R**IBBY PLUTEA sus pe un nor. Totul era alb și negru, cu excepția rochiei ei roșii. Era ca o rochie de mireasă cu o trenă lungă care curgea peste marginile norului.

Ea a plutit în apartamentul ei și s-a văzut făcând dragoste cu cineva nu o dată, ci de două ori. Odată ce ea a adormit, bărbatul s-a îmbrăcat și a părăsit clădirea.

Pe stradă, ea era acum Angela. A mers pe jos blocuri și blocuri, apoi în ocean. Din ce în ce mai adânc mergea, în timp ce apa se ridica deasupra capului ei.

Ribby a vrut să se aplece și să o prindă, să o salveze, dar nu a putut. A strigat-o pe Angela de pe norul ei, aruncând în jos trena rochiei ei, rugând-o pe Angela să o apuce. Dar Angela nu părea să o audă.

Angela era complet sub apă. Doar bulele se ridicau la suprafață.

În apă, Ribby a plonjat din norul ei.

Când a găsit-o pe Angela, ea a plutit cu fața în jos.

Ribby a devenit Angela, Angela a devenit Ribby și împreună au ieșit la suprafață.

CAPITOLUL 15

CÂND RIBBY S-A TREZIT, vocile de la radio șopteau pe scări. S-a întrebat dacă mama ei se întorsese.

S-a îmbrăcat și a coborât scările unde mătușa Tizzy era așezată ca moartea încălzită la masa din bucătărie.

Percolatorul de cafea bolborosea. Mătușa Tizzy aranjase deja masa cu boluri de cereale, pâine prăjită și gem.

„Bună dimineața", a spus Ribby. „Ai dormit bine?"

Mătușa Tizzy a dat din cap fără să spună un cuvânt.

Ribby ar fi întrebat-o despre motivul vizitei ei, dar a decis să nu o facă. Nu voia ca mătușa ei să înceapă să se tânguiască din nou. Îi va spune de ce a venit când va fi pregătită.

Mi-aș fi dorit să treacă peste asta. Nu a venit până aici degeaba.

Shhhh. Nu fi nepoliticoasă.

După câteva momente de tăcere, Ribby a ieșit pe verandă să ia ziarul. Titlurile spuneau: „Autopsie completă Asasinat!" A trecut cu vederea articolul despre Jason Edward Thompson, identitatea bărbatului găsit mort lângă apartamentul ei. Se concentră asupra fotografiei și îl recunoscu: era Ed Bouncerul. Era un tip mare și se întreba cum se putea întâmpla așa ceva în cartierul în care locuia. Era trist ca el să moară atât de tânăr și, deși nu-l cunoștea, îi părea rău pentru familia lui.

Ribby a pus ziarul pe masa din bucătărie și și-a turnat o ceașcă de cafea. Și-a îndreptat atenția spre mătușa ei. „Când ești gata să vorbești, sunt aici pentru tine.”

„Nu aveam unde altundeva să mă duc", a spus mătușa Tizzy. „Soțul meu m-a părăsit pentru o altă femeie. Fiica mea mă urăște. Ea spune că tatăl ei nu ar fi plecat să caute pe altcineva dacă aș fi fost o soție mai bună pentru el. Jenny are douăzeci și cinci de ani, nu a plecat niciodată de acasă și e singură acolo, poate chiar trăiește pe străzi. A trebuit să vin și să văd dacă o pot găsi și aduce acasă. Prietena ei a spus că e destul de sigură că Jenny se îndreaptă încoace. Am sperat că te va contacta. Ai auzit ceva de la ea?"

Oh, frate.

„Îmi pare rău, dar am fost plecat tot weekendul și mama a fost și ea plecată. Are ea adresa noastră?"

„S-ar putea să o fi luat de pe telefonul meu. Ea nu are prea mulți bani, nici măcar un card de credit. Soțul meu dă vina pe mine. E îngrijorat la fel de mult ca și mine, dar are și el partea lui care îl consolează." Vocea îi tremura.

Sună ca un episod din The Young and the Restless.

Poartă-te frumos.

„Trebuie să fii atât de îngrijorată. Îmi pare rău, dar trebuie să mă îmbrac și să merg la muncă. Dacă vrei, am putea să ne întâlnim la prânz și să mai vorbim?" Ribby s-a grăbit să urce scările în timp ce ea continua. „Eu lucrez la bibliotecă. S-ar putea să vină să folosească wi-fi-ul gratuit. O mulțime de oameni o fac. Ai putea să te aventurezi și în oraș și să o cauți."

„Aș prefera să stau aici, dar are numărul meu de mobil."

„Ai contactat poliția?"

„I-am sunat. Au numărul meu și al lui Gordon. Ce altceva pot să fac?"

„Ai o fotografie recentă cu Jenny?" Își trase rochia pe cap și apoi adăugă: „O să fac niște fluturași și o să-i afișăm prin oraș."

„Bine gândit. Mă bucur că am venit aici", a spus mătușa Tizzy.

Ribby și-a trecut o perie prin păr. S-a grăbit să coboare în bucătărie. Mătușa Tizzy și-a scotocit prin poșetă, a scos o fotografie a fiicei sale și i-a înmânat-o. Ea i-a spus mătușii sale să se simtă ca acasă și a ieșit, oprindu-se momentan pentru a arunca o privire înapoi spre casă.

Mătușa ei i-a făcut cu mâna ca unui copil pierdut din spatele jaluzelelor deschise.

CAPITOLUL 16

RIBBY NU S-A DUS la serviciu pentru că Angela a anunțat că este bolnavă.

Angela s-a dus la apartament și s-a schimbat în costumul de baie. În timp ce lumina directă a soarelui era pe balconul ei, ea a prins câteva raze. Când s-a îndepărtat, și-a pus o rochie de plajă peste costumul de baie, și-a făcut bagajul și s-a îndreptat spre plajă. Angelei îi plăcea agitația, zumzetul și sunetele orașului. Plânsetele și văicărelile constante ale mătușii Tizzy o scoteau din minți.

Trecând pe lângă curtea școlii, a zărit o fetiță care plângea. Copila a ridicat privirea, apoi s-a uitat din nou în jos, ca și cum nu ar fi vrut să atragă atenția asupra ei.

„Ce s-a întâmplat?" a întrebat Angela.

„Nimic", a răspuns copila.

Clopoțelul școlii a sunat, iar fetița și-a șters lacrimile și și-a îndreptat rochia.

Angela a privit-o, sperând că a ajutat-o cumva oprindu-se.

Copila s-a întors spre ea și și-a scos limba.

O doamnă mică și obraznică.

Angela a cumpărat un exemplar din Pe aripile *vântului* pentru a-l citi pe plajă.

„Mă face să plâng", a spus doamna din spatele casei de marcat.

„Rhett Butler ar putea mânca biscuiți în patul meu oricând", i-a răspuns Angela.

Nisipul era extrem de fierbinte și i se strecura prin pereții sandalelor. Îi plăcea la nebunie plaja, dar nu prea îi plăcea să aibă nisip peste tot.

Și-a întins pătura, s-a întins pe burtă și și-a deschis cartea. Se uita la cuplurile care treceau mână în mână, îndrăgite unul de celălalt. Pescărușii se învârteau în jurul capului ei țintind ca și cum peruca ei blondă ar fi fost o țintă.

Angela a adormit ascultând sunetul pescărușilor și al valurilor care se izbeau de țărm. Când s-a trezit, era aproape ora 17.00. Și-a adunat lucrurile și le-a pus în geantă. Soarele nu dădea căldură. Fusta i se răsucea în jurul picioarelor în bătaia vântului.

Nu era o seară obișnuită pentru ea să cânte la spital. Acesta era un concert de machiaj.

Ribby a creat un fluturaș și a scos la imprimantă câteva exemplare cu intenția de a afișa câteva pe drum și la avizierul spitalului.

De ce trebuie să continuăm să cântăm pentru puștii ăia?

#1. Ei nu sunt niște mucoși. Sunt îngerași care au primit o mână proastă. #2. Aș face orice să îi fac să zâmbească, să îi văd râzând. Să ușurez povara familiilor lor. #3. Dacă nu-ți place, poți s-o lași baltă.

Asta mi s-a spus.

Exact.

Pentru moment.

***

D UPă SPECTACOLUL DE LA spital, Ribby s-a dus acasă. În fața casei ei stătea dubița albă Attics-R-Us. S-a uitat la fereastră, a observat că jaluzelele erau deschise și a fugit pe scări. A răsunat un țipăt înfiorător de sânge.

Inima lui Ribby a bătut atât de tare încât a crezut că îi va ieși din piept. A alergat de-a lungul holului, în bucătărie, unde a găsit-o pe mătușa Tizzy pe podea, lovindu-se cu pumnii de forma voluminoasă a bărbatului de la Attics-R-Us.

Ribby nu a ezitat când ea a băgat mâna în sertarul cu tacâmuri, ieșind cu un cuțit mare. Ea s-a năpustit și i-a înfipt cuțitul în spate.

El a căzut în față, scoțând un zgomot îngrozitor de gâlgâit. Ribby a scos cuțitul și sângele a curs.

Mătușa Tizzy, prinsă sub grăsimea bărbatului voinic, i-a dat un imbold corpului.

Ribby a ajutat-o să se ridice și cei doi au stat deoparte în timp ce balta de sânge se extindea.

Mătușa Tizzy a țipat.

Ribby a țipat.

Ca două găini fără cap au alergat prin bucătărie plângând și țipând.

STOP.

Ribby s-a supus și a stat nemișcat.

Mătușa Tizzy a continuat să alerge.

STOP. Mă faci să amețesc, mătușă Tizzy.

Ea s-a oprit. S-a uitat la cadavru, la balta de sânge. Și-a ridicat rochia. Mai mult sânge. A încercat să îl șteargă.

„Trebuie să..." Mătușa Tizzy s-a dus la chiuvetă și a vomitat în ea.

Ribby a ascultat sunetele vărsăturilor și ticăitul ceasului. Și-a bătut degetele pe masa din bucătărie.

Calm. Acum sunt calmă.

Iisuse, Ribby.

Trebuia s-o salvez pe mătușa Tizzy. A trebuit s-o salvez. Poate că nu e mort. Poate ar trebui să chem o ambulanță?

Fără ambulanță. Verifică dacă are puls.

Ribby și-a ridicat încheietura.

Nu ai nevoie de un ceas pentru asta?

Angela a preluat comanda.

Mort ca un cui de ușă.

Am omorât pe cineva, am omorât pe cineva!

Da, ai făcut-o. M-ai surprins. Acum, avem nevoie de un plan.

Trebuie să vorbesc mai întâi cu mătușa mea.

Nu, avem nevoie de un plan. Mătușa Tizzy poate aștepta.

Mătușa Tizzy a încercat să se așeze, dar în loc să o facă a țipat și a fugit la etaj.

Trebuie să îl întoarcem.

Cum rămâne cu cuțitul?

Sub chiuvetă, ia mănușile de cauciuc. Apoi găsește ceva în care să-l pui, cum ar fi un ziar, o pătură sau un prosop. Ceva ce nu va fi ratat.

Ribby a găsit mănușile și le-a pus pe ea. A luat un ziar din coșul de reciclare în care a înfășurat cuțitul, plus o pătură și un prosop din dulapul cu lenjerie.

Acum, înapoi la cadavru, s-a aplecat și l-a împins. Acesta a ricoșat din nou. A mai făcut o încercare, de data aceasta împingând corpul cu mișcarea și ținându-l cu piciorul. A vomitat, dar a reușit să-și țină conținutul stomacului jos. L-a întors pe restul drumului. Penisul lui a plutit, iar capul a lovit piciorul mesei cu o lovitură surdă. Ea a aruncat pătura peste el, convinsă că acum era mort.

De la etaj, mătușa Tizzy a strigat: „Cine naiba a fost acel S.O.B.?"

$$***$$

Mătușa Tizzy s-a întors în bucătărie. „Ar trebui să sunăm la poliție", a spus ea.

Categoric nu.

Are dreptate, trebuie să sunăm la poliție.

Vrei să ajungi la închisoare pentru că l-ai ucis pe violatorul ăla nenorocit?

Îți voi explica. Am salvat-o pe mătușa Tizzy.

Dar cum vei explica de ce a fost aici în primul rând?

"Uh, mătușa Tizzy. Cum a intrat? De ce l-ai lăsat să intre?" a întrebat Ribby.

„A bătut la ușă și a intrat direct, de parcă era așteptat. M-am gândit că e un prieten al Marthei și i-am oferit o ceașcă de cafea. În momentul în care i-am întors spatele, m-a împins pe podea și... și..." și-a pus mâinile pe față și a plâns.

Ribby a consolat-o cu: „O să fie bine. Îți promit. Ne vom descurca."

Trebuie să scăpăm de cadavru.

Să scăpăm de el! Cum? De ce?

Pentru că tu l-ai ucis și pentru că dubița lui e încă parcată în fața casei.

Dubița. Am uitat de dubă.

Trebuie sa-l scoatem de aici.

E mult prea greu de ridicat. Avem o roabă.

E o idee bună. Îl vom pune în cărucior.

„Mătușă Tizzy," Ribby i-a bătut mâna. „De ce nu ne faci o ceașcă bună de ceai? Mă duc afară pentru un minut... poți să ne faci o ceașcă de ceai, da?"

„Ai de gând să mă lași singur   cu asta?"

„Voi sta doar câteva minute. Fă ceaiul, să-ți iei gândul de la asta. Nu-ți poate face rău acum."

Odată afară, Ribby a descuiat magazia și a scos roaba. A împins-o, roțile scârțâind pe gazon. A încercat să o ridice pe scări, dar chiar și goală era prea greu. S-a întors și a întors-o. Mergând cu spatele, a tras până când a urcat treptele pe veranda din față. Epuizată, a deschis ușa din față și a continuat să împingă roaba de-a lungul holului și în bucătărie.

Rugați-o să vă ajute. Adică să-l bagi în ea.

Așa voi face. Trebuie să scăpăm de cadavrul lui înainte să răsară soarele. „Și cum rămâne cu dubița lui?"

„Ce dubiță?" A întrebat mătușa Tizzy.

Oops. Chiar am spus asta, nu-i așa?

Yepper.

„Și-a lăsat dubița afară," a spus Ribby. Ea a închis ușa din față în urma ei.

„Hai să scăpăm de cadavru și de dubă în același timp", a sugerat mătușa Tizzy.

Acum intra în spiritul lucrurilor.

Oh, frate.

Chiar când se pregăteau să mute cadavrul pe roabă, au fost întrerupți de o bătaie în ușa din față.

„Cine ar putea fi?" A șoptit mătușa Tizzy.

Ribby s-a dus în vârful picioarelor la ușă și s-a uitat pe gaura cheii. Era doamna Engle înarmată cu tăvi mari de mâncare în fiecare mână. Trebuie să fi bătut cu cotul. Ribby s-a uitat în jos la ea; avea pete de sânge peste tot pe haine.

„Yoo-hoo, Ribby. Sunt eu, doamna Engle. Mai am doar câteva lucruri de pus în frigider. Sper că nu vă deranjează."

Ribby și-a luat haina de pe cârlig și a aruncat-o pe ea, apoi a deschis ușa. Ea s-a oferit să pună tăvile în frigider. A încercat să închidă ușa din față cu piciorul.

„Mulțumesc, dragă", a spus doamna Engel. „Oh, și apropo, voi pleca pentru câteva zile, apoi mă voi întoarce pentru înmormântare. O să intru singură cu cheia de rezervă dacă nu ești aici." S-a aplecat înainte să șoptească. „Toată lumea vine aici după înmormântare să mănânce. Nu am înțeles niciodată de ce înmormântările fac rudele atât de înfometate. Cred că este o reacție naturală, confruntată cu mortalitatea unei persoane dragi. Întotdeauna are efectul opus asupra mea."

„Sper că totul, uh, merge bine pentru tine și familia ta," a spus Ribby încercând să închidă ușa din nou.

„Mulțumesc, dragă." Doamna Engel a coborât scările și a ieșit pe peluză.

Ribby a răsuflat ușurat, dar a continuat să privească,

Doamna Engle s-a întors: „Apropo, ai vești de la Martha?"

„Nu, nu, nu am auzit", a recunoscut Ribby.

„Oh, m-am gândit..." A spus doamna Engel, uitându-se la dubița albă.

„Mai bine pun astea în frigider pentru dumneavoastră, doamnă Engel", a spus Ribby. „Miros atât de bine și mi-e atât de foame încât aș putea să le mănânc chiar acum!"

„Sunteți binevenit la resturile de mâncare de la mine, după reuniune. Ar fi un păcat să rămâi fără mâncare." Ea sa întors și a făcut drumul ei spre casă.

„Whew!" a spus Ribby. A dat cu piciorul în ușa din față și a intrat în bucătărie. Mătușa Tizzy era înghesuită într-un colț, strângându-și mâinile ca Lady Macbeth.

Ribby a pus caserolele deoparte, și-a rupt haina și a aruncat-o în hol, apoi s-a ocupat de mătușa ei.

„Ce vom face, Ribby?" a spus mătușa Tizzy. „Trebuie să-l scoatem de aici. Ce-o să facem? Ce să facem? Ce vom face? Ce?"

Ribby a pălmuit-o pe Tizzy. După șocul inițial s-au strâns într-o îmbrățișare.

„Am un plan, mătușă Tizzy. Nu-ți face griji. Dar mai întâi, trebuie să iau câteva lucruri din magazia de afară. Mă întorc imediat, promit."

Când doamna Engle și sora ei au dispărut, Ribby a ieșit afară, lăsând-o pe mătușa Tizzy prăbușită pe canapea.

Mătușa Tizzy și-a verificat telefonul. Acesta a primit un SMS de la soțul ei. Jenny era cu el. Era în siguranță și bine.

Tizzy a închis ochii, lăsându-se copleșită de ușurarea că fiica ei era în siguranță. A fost o zi grea.

Emoțiile copleșitoare din ultimele zile se umflau în ea ca un val uriaș. Fiecare emoție a ieșit la suprafață. Durere, ușurare, durere, regret.

Tizzy a încercat să se ridice, dar genunchii au cedat sub ea. Tremura și se zguduia în timp ce încerca să se ascundă de adevăr și să se împace cu el.

CAPITOLUL 17

R IBBY S-A ÎNTORS LA bucătărie. Avea cu ea câteva unelte, printre care: o lopată, un topor, o prelată, o salopetă, mănuși de grădinărit și o foarfecă. A evaluat situația.

Pentru ce naiba sunt toate lucrurile astea?

Am luat la întâmplare lucruri care credeam că ar putea ajuta.

Cu siguranță ai făcut-o.

Ribby și-a pus mâinile pe șolduri. „Acum hai să-l punem în cărucior.”

„Ești sigură că va încăpea?” a întrebat mătușa Tizzy.

Da, va încăpea.

Trebuie să încapă, nu avem un plan B.

„Vom folosi pătura și îl vom trage pe ea”, s-a oferit Ribby. „Nu trebuie să îl ridicăm, în sine. Îl vom rostogoli pe pătură și îl putem ajusta după cum avem nevoie. Tot ce trebuie să facem este să-l punem în cărucior și de acolo va fi ușor.”

„Ribby, mă sperii! Parcă, parcă ai mai făcut asta”, a spus mătușa Tizzy. „Uh, nu ai făcut-o, nu-i așa?”

„Doamne, nu, mătușă Tizzy, dar am citit cărți și am văzut filme. Acum să ne mișcăm. Apucă-te de celălalt capăt al păturii și când ajung să număr până la trei, îl mutăm amândoi. Bine?"

Odată ce au luat avânt, el a fost ușor de rostogolit pe pătură. Acum venea partea cea mai grea.

„Și încă o dată. După trei."

„Bine Rib, cum spui tu."

„1, 2, 3 heave ho!" a spus Ribby. Capul mortului a scos un sunet găunos când s-a conectat cu recipientul metalic.

„Încă o dată!" Ribby a poruncit, „1, 2, 3   da!" a spus Ribby în timp ce depozitau cadavrul pe trei sferturi din drum pe roabă.

„Acum, eu îl pun în poziție verticală", a spus Ribby, «iar tu îi bagi picioarele și ...bucățile».

„În nici un caz nu-l voi băga pe ĂLA nicăieri!" a spus mătușa Tizzy. „Poate atârna tot drumul până la venirea Regatului!"

Ribby a râs în ciuda ei, și curând mătușa Tizzy a căzut și ea în hohote de râs.

Cele două femei erau isterice.

Amatoare.

Angela a luat cuțitul împachetat și l-a dus la etaj. A șters sângele și amprentele înainte de a-l înveli din nou. A ascuns cuțitul chiar în fundul sertarului cu șosete al Marthei.

Angela s-a întors la parter unde a șters mizeria însângerată din bucătărie.

Când a terminat, atât Ribby cât și Tiz erau suficient de calmi.

Treci la treabă, Rib.

„Haide, mătușă Tiz. Hai să facem asta.”

„Sunt cu tine.”

Aleluia! Am decolat.

✳ ✳ ✳

B INE, ACUM TREBUIE SĂ-I găsim cheile de la mașină. Caută în buzunarele lui, Tizzy."

„Nu o voi face!"

„Dă-te din drum", a spus Angela. Ea a găsit cheile în buzunarul hainei lui.

„Acum, îl ducem înapoi la dubă și apoi..."

„Adică îl ducem afară, în asta?" A întrebat mătușa Tizzy.

„Yepper. Nu avem de ales, Tiz. Trebuie să facem asta cât e întuneric afară. Trebuie să-l ducem în dubița lui."

„Cum îl vom urca în ea, Rib? E imposibil."

„Trebuie s-o facem. Nu avem de ales", a spus Ribby.

Ribby a aruncat prelata peste cadavru.

Vezi, ți-am spus eu că o să ne fie de folos.

Inteligent.

Ribby și mătușa Tizzy au trebuit să se împingă împreună pentru a duce cadavrul la dubă. Ribby a deblocat ușa șoferului și a deschis partea din spate a dubiței. A apăsat un buton albastru chiar în zona de încărcare și liftul hidraulic a gemut în jos. Împreună, cele două femei au reușit să urce căruciorul pe lift și, în curând, cadavrul era în spatele dubiței.

Ribby s-a întors în casă și și-a schimbat hainele însângerate, ascunzându-le în fundul dulapului într-o pungă de plastic.

Dar cuțitul?

E în regulă, m-am descurcat cu el.

Odată ajunși din nou afară, Ribby a spus: „Trebuie să conduci tu, mătușă Tizzy, pentru că eu nu știu cum".

„Dar sunt prea speriată să conduc într-un oraș atât de mare! Nu pot! Nu vreau!"

„Uite, nu avem timp pentru prostiile astea", intervine Angela. „Ți-e frică să conduci când avem aici un mort gras de care trebuie să scăpăm! Ca să nu mai vorbim de vecinii băgăcioși! Trebuie să scăpăm de dubiță și de cadavrul lui cât e întuneric."

„Doar dacă nu vrei, desigur, să sun la Poliție și să le spun că l-am ucis, mătușă Tizzy?"

Mătușii Tizzy i-a căzut falca.

Tehnic Rib, tu l-ai omorât. Ziceam și eu.

Știu și eu.

Mătușa Tizzy închise gura, sau o să intre o molie.

„O să mergem cu mașina până la Bluffs, unde ne putem descotorosi de cadavru și de dubiță, mătușă Tizzy, dar trebuie să te trezești din asta. Trebuie să ne duci acolo! Ce zici?"

Mătușa Tizzy a dat din cap.

„Bine atunci, să mergem!" Ribby a pus cheile mortului în palma mâinii tremurânde a mătușii sale.

CAPITOLUL 18

ÎN CIUDA TUTUROR LUCRURILOR, mătușa Tizzy era un șofer bun, deși nervos.

Pe drum, s-au oprit la o benzinărie, nu departe de The Bluffs, unde Ribby a comandat un taxi care să îi ia peste o oră.

Pe măsură ce înaintau în zona izolată, Ribby a spus: „Aprinde luminile de drum, mătușă Tizzy". Au înaintat cu greu, în timp ce luna de la orizont îi îndemna să se apropie.

„Stop!" a spus Ribby. Când vehiculul s-a oprit complet, ea și mătușa Tizzy au coborât.

„Woo-ee!" a exclamat mătușa Tizzy. „Cu siguranță este un drum lung până jos!"

„Nu vă apropiați prea mult", a spus Ribby, «abruptul se prăbușește».

Au făcut câțiva pași înapoi chiar când norii s-au despărțit și lumina stelelor a strălucit. Au stat împreună, tremurând, unul lângă altul, cu vântul bătând în jurul lor. Mătușa Tizzy s-a îmbrățișat singură.

„Cu siguranță este frumos", a spus mătușa Tizzy.

„Va trebui să te aduc aici în timpul zilei, ca să îi poți vedea toată frumusețea.”

„Mi-ar plăcea foarte mult, Ribby. Apropo, am uitat să-ți spun Jenny este cu tatăl ei. Mi-a trimis un mesaj cu puțin timp în urmă.”

„Asta e o veste excelentă.”

OMG! Ce-i asta, The Young and the Restless? Treci la treabă Rib!

Bine, bine. „Mătușă Tizzy, tot ce trebuie să faci este să pui furgoneta în viteză, și odată ce vehiculul se mișcă înainte, sari afară. O să cadă în prăpastie, iar hoții îl vor mânca la micul dejun. La revedere, gras nenorocit. Adio, dubița grăsanului nenorocit. Adio probleme. Sfârșitul poveștii! Apoi ne putem întoarce la viețile noastre. Va fi micul nostru secret.”

„Dumnezeu va ști”, a spus mătușa Tizzy.

Și eu.

„Dumnezeu va înțelege pentru că a fost autoapărare. El te viola, mătușă Tizzy!”

Îi este frică, Ribby. Fă-o acum.

„Dumnezeu întotdeauna știe”, a spus mătușa Tizzy în timp ce se întorcea și pleca. S-a uitat peste umăr, apoi a deschis ușa dubiței și a urcat în ea. A tras ușa și a pornit motorul. L-a turat o dată, de două ori, de trei ori. Apoi s-a îndreptat spre marginea prăpastiei.

„Sări, mătușă Tizzy!”

Era prea târziu. Dubița a continuat să meargă. S-a terminat.

Ribby a alergat spre margine și a ajuns acolo la timp să vadă dubița lovind apa.

A încercat să țipe, dar nu i-a ieșit nimic.

N-a ieșit nimic. Până când a început să vomite. A căzut în genunchi.

Femeie proastă.

Nu trebuia să facă asta. Nu trebuia să moară.

A fost decizia ei. Alegerea ei.

Îmi tot amintesc de tortul cu păpuși Barbie pe care l-a făcut de ziua mea.

Nimeni nu-mi poate lua acea amintire. Acum hai să plecăm naibii de aici.

Nu a mers conform planului. Dar niciodată nimic nu merge așa   nici măcar în filme. Crezi că Cary Grant va rămâne pentru fată, dar nu rămâne. Crezi că Humphrey Bogart o va opri pe Ingrid Bergman să urce în avion, dar nu o face. Chiar și atunci când vrei să fie așa, nu se întâmplă așa cum îți dorești.

CAPITOLUL 19

R IBBY ȘI-A AGĂȚAT HAINA în antreu și a strigat: „Sunt acasă, mamă". S-a îndreptat spre bucătărie, unde Martha stătea cocoșată deasupra mesei, ținând în mână arma crimei.

„Ai omorât porci, Rib?", a întrebat ea ridicând cuțitul. Martha s-a ridicat în picioare.

„L-am ucis pe grăsanul ăla nenorocit", a spus Angela. „L-am înjunghiat, mort."

Martha a deschis gura, dar nu a scos niciun cuvânt sau sunet, așa că Angela a continuat. „Era un animal dezgustător, doar un porc, cu scula atârnându-i afară din pantaloni."

„A trebuit să Ma", a intervenit Ribby. „O viola pe mătușa Tizzy!"

Ea nu învață niciodată. Eu mă descurcam cu asta.

Martha și-a pus mâna stângă pe șold. Mâna dreaptă care ținea cuțitul a rămas la lungimea brațului. „Despre ce naiba vorbești? Grăsan nenorocit? Mătușa Tizzy?"

„Tipul din dubița albă Attics-R-Us. El e grasul nenorocit", a spus Angela. „Cât despre sora ta, Tizzy, păi era la fel de lipsită de apărare ca o pisicuță când a violat-o."

„Am salvat-o de el", a spus Ribby.

Martha s-a întors, ca și cum ar fi vrut să pună cuțitul jos. Apoi se pare că s-a răzgândit și a făcut un pas înapoi. „Și unde sunt ei acum? Dacă l-ai omorât, unde este cadavrul lui?"

Ribby s-a holbat la cuțit. „L-am împachetat în duba lui și l-am aruncat de pe o stâncă."

„A fost un plan perfect", a spus Angela. „Până când nebuna aia de soră-ta a refuzat să coboare din dubă și a căzut și ea în prăpastie." Angela a ocolit-o pe Martha și s-a așezat supărată pe un scaun.

Ribby a început să vorbească, dar s-a răzgândit când ceainicul a fluierat. Martha a lăsat cuțitul pe masa din bucătărie. A luat lapte din frigider și două căni din dulap. Lingurile erau deja pe masă, aliniate ca niște soldați de jucărie. În timp ce turna, ea a spus: „Să văd dacă am înțeles bine, Costică. Sora mea a venit aici. Carl Wheeler a crezut că am deschis afacerea și a încercat-o cu Tiz. Tu l-ai înjunghiat și apoi te-ai descotorosit de el. Te aștepți să cred asta? Era un om excepțional de mare."

„Bineînțeles că era", a spus Angela. „Costică adică noi   l-am pus în cărucior. Așa l-am scos afară."

„Oh, înțeleg", a țâșnit Martha. „Și apoi ați plănuit să scăpați de cadavru, dar Tiz a dat peste cap planul când s-a dus și ea? Și ce făcea Tiz aici, oricum? Nu am mai auzit o vorbă de la ea de ani de zile."

„Soțul ei a părăsit-o pentru o altă femeie, mai tânără", a spus Angela. „Apoi fiica ei a fugit. Era un dezastru."

Martha s-a așezat și a luat câteva înghițituri din ceaiul ei. „Ei bine, trebuie să facem ceva cu cuțitul ăsta. Nu poate rămâne aici, în casa mea." Martha a ridicat cuțitul și s-a uitat la Ribby care bea ceai cu mâna dreaptă. Mâna ei stângă era cu palma în jos pe masă. Martha a ridicat cuțitul și l-a adus în jos, secționând mâna lui Ribby de prietenul ei, încheietura mâinii.

Ceașca de ceai a lovit masa și a ricoșat. Ribby a țipat. Martha i-a apucat mâna dreaptă și a apăsat-o cu palma în jos pe masă. „Spune-mi ce se întâmplă aici și cine naiba ești", a cerut ea. „Pentru că știu că nu ești fiica mea". Martha a ridicat cuțitul în sus, astfel încât vârful aproape s-a conectat cu nasul lui Ribby. „Pleacă naibii de lângă fiica mea, orice ai fi. Altfel, o voi sfâșia membru cu membru."

„Mamă, nu. Nu, te rog. Nu o face!"

„Eu sunt Ribby. Doar Ribby," a răcnit Angela folosind vocea cea mai slabă a lui Ribby.

Pentru o secundă, a crezut că Martha a crezut-o. Un alt CHOP, a doua mână retezată, transformându-l pe Ribby într-o fântână cu două vârfuri.

„Mori. Murim cu toții", a cântat Angela în timp ce Ribby plângea și țipa în agonie. Angela nu simțea nici durere, nici plăcere adevărată. Tot ceea ce făcea, tot ceea ce încerca să facă   era întotdeauna Ribby cel care culegea roadele. Însă nu și de data aceasta.

„Bietul Ribby", a spus Angela. „Cum se va ocupa acum de copiii bolnavi de la spital?"

Ribby s-a trezit în apartamentul ei cu un țipăt. Și-a verificat mâna dreaptă. Apoi mâna stângă. Ambele erau încă acolo. Prea speriată ca să se dea jos din pat, s-a ținut de mână și a privit lumina soarelui desenând modele pe tavan.

$$***$$

CÂND S-A TREZIT COMPLET, Ribby a făcut duș și s-a îmbrăcat. S-a hotărât să facă o plimbare și să-și limpezească gândurile Era recunoscătoare că era duminică. Astăzi nu putea face față muncii sau copiilor.

Odată ieșită afară, visul urât a trecut în mintea ei. A evitat plaja și sunetul valurilor pentru că îi trezeau amintiri despre mătușa Tizzy.

Înainte de a se întoarce, s-a oprit la o cafenea și a comandat un cappuccino. Avea un gust atât de bun încât a vrut imediat încă unul. În timp ce aștepta să comande din nou, Nigel a trecut pe lângă ea. Nu-l mai văzuse de săptămâni întregi. Nici măcar nu era sigură că el și-ar fi amintit de ea.

„Yo! Nigel", a strigat Angela, bătând în geam.

El a zâmbit și a intrat în cafenea. L-a sărutat pe Ribby pe obraz. Ea s-a gândit că asta îi era prea familiar.

„Cum naiba ai mai fost?" a întrebat Nigel.

„Ocupată cu munca", a spus Angela. „Și am nevoie de puțină odihnă și relaxare. Vrei să facem ceva în seara asta?"

Nigel s-a uitat la picioarele lui. „Am o prietenă acum, așa că dacă ies, vine și ea cu mine."

„Bietul Nigel", l-a tachinat Angela, "Nici măcar nu e căsătorit și deja e biciuit!"

Nigel și-a aruncat capul pe spate și a râs. A apucat-o de mână pe Angela și a bătut-o într-un mod frățesc.

„Deci, cum o cheamă?" a întrebat Angela. „Sau este un secret?"

„Nu, Doamne, nu", a spus Nigel, îndepărtându-se astfel încât o persoană care se alăturase cozii să poată intra și comanda. „O cheamă Anne-Marie."

Angela s-a răzgândit în privința comenzii și a pornit spre ușă. „Va trebui să ne prezinți într-o zi."

Nigel a înaintat în coadă.

Angela a bombănit tot drumul spre casă.

CAPITOLUL 20

DUPĂ SPITAL, ÎN SEARA următoare, Ribby a luat autobuzul spre casă. Era aproape întuneric când a ajuns. Ușa de la intrare era larg deschisă. Dinăuntru se auzea o muzică suficient de puternică pentru a rivaliza cu traficul de pe stradă. Precaută, a urcat scările din față când labele lui Scamp s-au îndreptat spre ea. El a sărit în sus, dând-o peste cap. Martha s-a apropiat, râzând în timp ce câinele îi lingea fața lui Ribby.

„Dă-te jos acum, Scamp", a spus Martha împingându-i fundul cu piciorul. Și-a întins mâna să-l ajute pe Ribby. Odată pusă pe picioare, Ribby s-a periat.

„Ești aproape piele și os", a spus Martha. „Nu ai mâncat?"

Ribby și-a apucat mama și și-a aruncat brațele în jurul gâtului ei. Martha a îmbrățișat-o la rândul ei, apoi i-a dat drumul întrebând: „O ceașcă?"

„Arăți minunat, mamă!" a spus Ribby în timp ce se plimbau împreună spre bucătărie. „Ai un bronz uimitor."

Martha a râs. „Ne-am distrat de minune. Aș locui acolo într-un minut dacă aș avea bani. Tom a fost o gazdă minunată." Se mișcă prin bucătărie, pune ceainicul la fiert, pregătește cănile. „Cu ce te-ai ocupat? Și ale cui sunt lucrurile din camera mea."

„A mătușii Tizzy."

Martha aproape că a scăpat o cană. „Sora mea e aici? Să locuiască în mahala, presupun. Unde este ea atunci? La cumpărături?"

„Uh, nu, nu chiar," a spus Ribby. „A venit aici s-o caute pe Jenny." Ribby avea un sentiment ciudat de déjà vu. A tremurat și și-a băgat ambele mâini în buzunare.

„Ei bine, sigur e un lucru ciudat pentru ea să vină până aici. Cu siguranță avem multe de recuperat."

„Nu știu dacă se va întoarce", s-a bâlbâit Ribby. „Cred că poate a trebuit să plece acasă. Adică brusc."

Martha a amestecat puțin zahăr. „Fără bagajele ei?" Ea a luat o înghițitură. „Ai văzut-o azi?"

„Nu, am fost la prietena mea Angela." Ea nu a băut ceaiul și nici măcar nu a încercat. Mâinile ei erau încă bine înfipte în buzunare.

Martha și-a dat jos ceașca de ceai. Și-a împins scaunul înapoi și a bâzâit cu gura atât de largă încât ar fi putut trece un autobuz prin ea. „Acum mă duc la culcare."

„Atunci noapte bună, mamă", a spus Ribby. Și-a curățat cana și s-a mișcat prin bucătărie până când a auzit-o pe Martha strigând din capul scărilor.

„Uh, apropo Rib, am găsit asta," a ridicat un cuțit. „Era învelit în sertarul meu cu șosete."

„Poate mătușa Tizzy a omorât pe cineva cu el", a spus Angela urcând treptele.

Martha i-a înmânat cuțitul și a scos un râs zgomotos. „Ai o imaginație pe cinste. Îl vom spăla bine dimineață. Noapte bună, noapte bună."

Angela a acceptat cuțitul de la Martha într-un prosop nou.

De ce ai folosit un prosop nou?

Asta trebuie să știu eu și să afli tu.

Ribby a ascuns cuțitul în fundul dulapului cu hainele ei însângerate.

Bine, du-te la culcare atunci.

Nu mai vorbi cu mine și o voi face.

Noapte bună, Ribby.

Noapte bună, Angela.

CAPITOLUL 21

RIBBY A CĂZUT ÎNTR-UN somn adânc. A visat că era sus în nori, unde stătea și privea alți nori trecând pe lângă ea. Uneori norii aveau oameni călare pe ei. Din când în când recunoștea pe cineva. O persoană faimoasă care părea să se uite în jur să vadă dacă cineva o recunoaște.

A fost foarte ciudat să-l vadă pe Cary Grant zâmbindu-i și făcându-i cu mâna în timp ce norul său surfa pe lângă ea.

Ribby a strigat: „Domnule Grant, oh, domnule Grant, sunteți actorul meu absolut preferat!"

„Ești foarte drăguț", a spus Cary, în timp ce norul lui continua să meargă înainte.

Ochii lui Ribby l-au urmărit până când ea nu l-a mai putut vedea, deoarece majoritatea norilor se rostogoliseră. Dispăruți.

Cu excepția unui nor negru uriaș care venea furtunos spre ea

Nu era sigură ce să facă, cum să se propulseze mai departe. Își flutură brațele, dar asta nu funcționa. A luat o gură mare de aer și a expirat în nor, dar nici asta nu a funcționat. De data asta nu se simțea bine pe un nor. Anterior, acesta se mișcase când voia ea, dar de data asta nu se mai mișca.

Norul mare și negru a plutit mai aproape. Ribby s-a așezat, apoi și-a strâns genunchii. Urma să plouă și de aceea ceilalți călăreți de nori plecaseră să caute adăpost. Se simțea foarte singură. Dacă ar fi sărit pe norul lui Cary Grant, măcar n-ar mai fi fost singură.

BOOM! A căzut lateral în brațele norului pufos. Un tunet a răsunat pe cerul gol.

CRACK.

Fulgerul a ieșit din norul negru invadator și a intrat în norul lui Ribby. Ea a țipat. Era foarte aproape. Părul de pe brațe i s-a ridicat de la electricitatea statică. Pielea ei se încălzea, din ce în ce mai tare.

„Oprește-te!"

„N-o voi face!" a strigat o voce de femeie furioasă.

Fulgerul a lovit din nou norul lui Ribby, de data aceasta rupându-l în două. Ea s-a rostogolit pe o parte și a luat poziția fetusului. A ridicat privirea și a găsit o femeie care semăna foarte mult cu mătușa Tizzy. Purta haine largi, negre, nu chiar o rochie sau o mantie, care biciuiau în sus și în jurul ei.

„Mi-ai făcut rău și vei plăti. Nu te poți ascunde la nesfârșit. Încearcă-ți șansa acum   și SĂRI!"

„Dar, mătușă Tizzy", a gemut Ribby, „ți-am salvat viața!"

„Mi-ai luat viața și m-ai trimis în iad! Fată proastă, proastă! Acum renunță la a ta și SĂRI!"

„Dar eu, eu nu vreau să mor."

„Nici eu nu am vrut! Acum sunt alungată din Rai. De Dumnezeu. Destinat să plutesc pe aici pentru eternitate."

Un alt fulger a sfâșiat norul lui Ribby în sferturi.

Norul s-a risipit într-o ceață, iar apoi în nimic. Ribby și-a ținut nasul, ca și cum ar fi sărit într-un râu, în loc să cadă la moarte. A strigat „Shiiiiiiiiittt!" așa cum au făcut Redford și Newman în *Butch Cassidy and The Sundance Kid* când au sărit de pe stâncă.

Plonjând în brațele deschise ale neantului, Ribby a căzut din pat și a aterizat cu o bufnitură pe podea.

CAPITOLUL 22

M ARTHA ERA JOS și bătea în oale și cratițe. Ribby a tras cu urechea și a auzit două voci. Mama ei avea musafiri.

Era vineri dimineața și Ribby ceruse să înceapă mai târziu la serviciu. Voia să audă despre călătoria mamei sale înainte ca ea să plece la ea acasă pentru weekend.

„Bună dimineața, mamă", a spus Ribby, întorcând colțul. L-a zărit pe John MacGraw citind ziarul.

Martha stătea în spatele lui, citind peste umărul lui.

„Bună dimineața, John", a spus Ribby în timp ce-și turna o ceașcă și apoi stătea lângă frigider.

„Nu-l găsesc nicăieri. Ai luat-o tu, Ribby? Sticla mea de Jack Daniels? Era aici, și era plină."

„Mătușa Tizzy a băut-o", a spus Angela. „Era într-o stare și a înghițit-o ca să-și calmeze nervii. Sunt sigură că a vrut să o înlocuiască. O să-ți aduc una nouă mai târziu."

„Aveam nevoie de ea ca să ne facem ouăle, Costică."

„Da, nimic nu se compară cu turnarea unui pic de Jack Daniels în ouă. Remediul perfect pentru o mahmureală", a spus John.

„Ei bine, va trebui să ne descurcăm fără în dimineața asta", a spus Martha.

„Atunci fără ouă pentru mine, iubire", a spus John. „Doar încă o ceașcă de cafea."

Martha a adus oala la masă. „Stai jos, fiică. Avem ceva important de discutat cu tine."

Doamne, despre ce este vorba?

Ribby i-a studiat pe Martha și John în timp ce aceștia schimbau priviri. S-a așezat vizavi de mama ei și a așteptat ca ei să explice.

Oh, Doamne, ei NU se căsătoresc. Nu-i așa? Gros.

„Aveți un vizitator special care sosește mâine seară pentru a vă cunoaște. Numele lui este domnul Edward Anglophone", a spus Martha.

„Am? Dar... cine este el?"

„Lasă-mă să termin de explicat. Știu că trebuie să pleci în curând la muncă. Asta nu ar trebui să dureze mult."

Ribby a dat din cap și Martha a continuat.

„Când am fost la malul mării, am stat la un mic B&B drăguț și l-am cunoscut pe Edward. Prietenii lui îi spun Teddy. Are propria lui bibliotecă acolo. L-am cunoscut și ne-am înțeles bine. Ne-a invitat să bem ceva. A menționat de biblioteca sa, de nevoia sa de un nou bibliotecar șef."

„Știa despre tine, Ribby", a recunoscut John.

„De mine?"

„Cunoaște oameni la biblioteci din toată lumea", a adăugat Martha. „Și bibliotecari."

„El ține degetul pe puls, din moment ce el însuși caută să angajeze unul nou", a spus John.

„Da", a adăugat Martha. „Biblioteca lui s-a închis. De aceea vrea să te cunoască."

„Pentru a-i prelua biblioteca?"

„Potențial", a spus John.

„Bibliotecar șef? Eu?" a exclamat Ribby. „Nu sunt calificat să fiu bibliotecar șef. Ai nevoie de o diplomă pentru asta!"

Am putea fi cu siguranță Bibliotecar Șef.

„Ei bine, tot ce știu eu, Costică, este că dacă cineva are propria bibliotecă, poate angaja pe oricine dorește să fie bibliotecar-șef. E mică Rib, nu ca Biblioteca din Toronto   dar e o șansă unică în viață. Deci, el va fi aici la 8. Trebuie să-ți cumperi ceva nou de îmbrăcat. Aranjează-te ca să faci o impresie bună." Martha își sorbi cafeaua. „Ca să nu mai spun că e complet beat."

Acum, ea ne agață, afară?

Sigur că nu.

Mie așa mi se pare.

„Da, are o grămadă de bani. Și nu are familie. Nici rude", a spus John.

„Nu vreau să mă întâlnesc cu el. Slujba mea e bună. În plus, nu vreau să mă mut prea departe. Îmi place aici."

Nu vrem să fim proxeneți! Tu, liliac bătrân și prost!

„Îmi pare rău, mamă, dar această oportunitate nu este pentru mine."

„Fiică, o să-l cunoști și cu asta basta!"

„Doar întâlnește-l", a spus John. „Ce ai de pierdut?"

Ribby a împins scaunul înapoi. Angela s-a întors spre scări.

„Când va îngheța iadul", a spus Angela.

Scaunul Marthei s-a zgâriat de podea.

Ribby a fugit pe scări și a încuiat ușa.

Angela a deschis dulapul lui Ribby și a luat cuțitul învelit. A așteptat.

Dacă târfa aia încearcă să intre în camera asta, o să regrete.

Pași. Stomp Stomp. Stomp Stomp. Două seturi. Alerg. Râzând.

Ribby și-a ținut respirația.

Câteva minute mai târziu, era destul de clar ce puneau la cale. Martha a strigat: „Da!" în timp ce tetiera se izbea de perete.

Absolut dezgustător.

Hai să plecăm de aici!

CAPITOLUL 23

BIBLIOTECA ERA ÎN HAOS când a sosit Ribby.

Doamna P. Wilkinson, bibliotecara șefă, plănuia de luni de zile o sesiune de autografe. Era copilul ei, deoarece era prietenă personală cu P.K. Schmidlap, autoarea bestsellerului pentru copii.

În timp ce Ribby se îndrepta spre intrare, doi copii au strigat: „Hei, unde crezi că te duci, doamnă? Suntem aici de ore întregi. Nu puteți intra!"

„Lucrez aici", a spus ea, arătându-și insigna de bibliotecar.

Odată intrată, s-a dus să o caute pe doamna Wilkinson.

„E haos afară", a exclamat Ribby. „Unde este doamna Wilkinson?"

„A sunat soțul ei. E în spital cu apendicele spart. Nu-i știm parola, așa că nu putem obține programul de la computerul ei. Ne așteptam la câteva sute de copii nu la mii!" Monica a spus, cu vocea tremurându-i, „Nu știu ce să fac. P.K. mai este aici doar pentru șaizeci de minute pentru că are alte angajamente". Ea a izbucnit în lacrimi.

„O, Doamne, trebuia să mă suni. Nu-ți face griji, voi vorbi cu P.K. și vom vedea dacă putem rezolva ceva."

„Nu poți trece de supraveghetorul lui, sau mai degrabă, de soția lui", a spus Monica. „Acolo   înaltă, blondă și plină de sine."

Doamna Schmidlap purta un costum de designer scump și tocuri de 15 centimetri. S-a uitat de mai multe ori la ceas în timp ce Ribby se îndrepta spre ea.

„Scuzați-mă, doamnă Schmidlap?"

„Yeeeeeeeeees."

„Aș putea să vorbesc cu dumneavoastră? Avem o problemă."

„Noi nu avem o problemă! TU ai problema!" a strigat doamna Schmidlap, făcându-și soțul să scape stiloul și copiii să sară.

Tensiunea s-a acumulat în jurul lui Ribby.

„Eet is okay my darvlings," a spus doamna Schmidlap, apucând brațul stâng al lui Ribby și trăgând-o deoparte. „Voi nu sunteți organizați. Soțul meu, semnează pentru încă o oră și apoi, zip, ve fi plecat. Ze copii nu trebuie să fie dezamăgiți, dar el nu poate rămâne. El are alte angajamente. Ve au alte angajamente", a șoptit ea cu o voce furioasă.

Ribby trebuia să găsească o soluție. Erau cel puțin 1.000 de copii afară și alți 50-100 înăuntru. Trebuia să-l convingă pe P.K. să semneze cărțile pentru copiii care așteptau cel mai mult. Putea să o facă dacă grăbea lucrurile.

„Ce zici de ze compromis?" a întrebat doamna Schmidlap.

„Da, bună idee."

„Trebuie să mergem la ze 12, pe ze punct, fără dacă și fără dar. Noi, P.K., nu putem semna pentru toată lumea, nu astăzi. Ce se întâmplă dacă, zeeze childrens cumpăra o copie a ze carte astăzi, sau comanda-l ve va spune astăzi? P.K. va semna toate comenzile și ele vor fi livrate aici până la sfârșitul săptămânii, ar funcționa?"

„Tot ce putem face este să încercăm. Mulțumesc pentru sugestie. O să văd ce pot face."

Ribby s-a întors afară. Ea a tras ușa închisă în urma ei.

„Hei, ce faci, cucoană? Încă nu l-am văzut pe P.K.! P.K.! P.K.! P.K.!" au strigat ei, năvălind înainte.

„Nu mai vorbiți cu toții! Vă rog să faceți liniște și o să vă explic!"

Copiii s-au liniștit.

„Bine, așa e mai bine!" a spus Ribby. Ea a observat că poliția sosise ca măsură de precauție. „P.K. trebuie să plece de aici exact la ora douăsprezece pentru a îndeplini un angajament anterior."

Mulțimea a huiduit și a huiduit. Poliția a intrat în acțiune.

„P.K. vă va semna toate cărțile. Avem aici ordinele dumneavoastră. Dacă există vreo modificare a informațiilor noastre, vă rugăm să ne anunțați în scris până astăzi la ora 17.00. Le puteți ridica de aici săptămâna viitoare", a sugerat Ribby.

„Peste o săptămână!? Toată lumea va fi terminat deja de citit exemplarele lor. Ne vor spune finalul. O să ni-l distrugă."

„Puteți să vă luați cartea astăzi și să o citiți nesemnată sau să o lăsați aici pentru ca P.K. să o semneze, depinde de voi."

S-au auzit niște mormăituri, iar Ribby știa că se putea întâmpla oricum.

Doamna Schmidlap a venit afară să ajute și i-a șoptit o sugestie la ureche.

Ribby a transmis mesajul ei copiilor. „Dacă vă lăsați astăzi cartea pentru a fi semnată, veți primi gratuit un cadou exclusiv de la P.K.   un semn de carte în ediție limitată   !"

Copiii au aplaudat. Ribby și doamna Schmidlap s-au îmbrățișat. Polițiștii și-au ridicat pălăriile. La douăsprezece fix, P.K. a plecat într-o limuzină.

Când totul s-a terminat, Ribby și-a relaxat umerii în timp ce tensiunea s-a topit. Restul zilei, slavă Domnului, a fost lipsit de evenimente.

În drum spre apartamentul lor, Ribby s-a gândit la evazivul domn Anglofon.

Poate ar trebui să mă întâlnesc cu el?

Ar fi grozav să fiu bibliotecar șef și după ziua de azi, o meriți.

Da, faptul că am preluat conducerea azi m-a făcut să simt că pot s-o fac. Adică, să fiu bibliotecar șef și când o să mai am o șansă?

El trebuie să fie foarte încărcat, pentru a avea propria sa bibliotecă.

Da. Dar de ce eu? Ar putea cere oricui.

N-am crezut niciodată că voi spune asta, dar Martha trebuie să fie responsabilă pentru interesul lui.

Ca să nu mai spun că m-a luat în considerare pentru acest rol.

Deci, de acord. Ne vom întâlni cu el.

Da, de acord.

CAPITOLUL 24

E RA ORA 20:34 în seara următoare când Ribby a ajuns acasă. Purta rochie neagră și pantofi cu toc înalt.

O limuzină era parcată la bordură.

Șoferul și-a înclinat pălăria. „Frumoasă seară", a spus el.

„Da, cu siguranță este frumoasă", a răspuns Ribby.

„Și tu la fel", a spus șoferul cu o sclipire din ochi.

Asta l-a prins pe Ribby cu garda jos.

Angela i-a făcut și ea cu ochiul.

Ribby a pufnit înăuntru, dar a zâmbit repede când ea a intrat în sufragerie. „Bună seara", a spus ea.

Anglofonul s-a ridicat și s-a întins să-i sărute mâna. Avea în jur de 1,80 m înălțime și aproximativ optzeci de ani. Stătea în picioare cu un baston și purta un costum scump, croit la comandă, în dungi albastre, cu o cravată roșie.

„Vrea cineva ceva de băut?" a întrebat Martha.

„Aș vrea", a spus domnul anglofon, "să-l iau pe Ribby la o plimbare cu mașina mea. Asta, dacă e în regulă cu ea?" El a aruncat o privire în direcția ei, apoi s-a uitat la ceas. „Avem rezervare la restaurantul Revolving pentru ora 9.”

„Îmi cer scuze pentru întârziere.”

Oh, Doamne! Probabil că nici măcar nu va reuși să ajungă la cină! El este absolut și complet geriatric!

„Oh, da, înțeleg că frumusețea cere timp,” a spus Anglofonul ridicându-se și întinzându-i brațul lui Ribby.

Ribby l-a luat.

Ribby și Anglophone s-au îndreptat spre ușă.

„Nu-ți face griji că o aduci acasă mai devreme, Teddy. Știm că vei avea grijă de ea.”

O, Doamne! Cu siguranță NU mergem acasă cu AȘA.

Ribby a privit-o pe mama ei peste umăr în timp ce se apropiau de mașină. Odată înăuntru, Anglofonul a spus: „Șofer, poți merge la destinația noastră. Presupun că te-ai uitat pe hartă să vezi unde este?”

„Da, domnule Anglophone, domnule, GPS-ul este pregătit”.

„Bun, bun. Atunci ai învățat”, a spus domnul Anglophone. „Acum închide peretele despărțitor, astfel încât eu și doamna să avem puțină intimitate.”

Bătrân murdar.

Ochii șoferului limuzinei au făcut contact cu cei ai lui Ribby în oglinda retrovizoare, în timp ce acesta a apăsat un buton. O barieră de sticlă s-a ridicat între ei. Perdele de catifea roșie pluteau peste, transformând bancheta din spate într-o cameră privată. Domnul Anglofon a apăsat un buton pentru a dezvălui un bar cu șampanie rece.

„Ribby, dragul meu, abia așteptam să te cunosc."

Ribby, neștiind ce altceva să spună, a spus: „Mulțumesc, domnule Anglofon."

„Poți să-mi spui Teddy, deoarece numele meu este Edward. Spune-mi totuși, de unde ți-ai luat numele, Ribby? Este prescurtarea de la ceva? Este un nume destul de unic, dar frumos."

Ribby a râs. „Ciudat. Nimeni nu m-a mai întrebat asta până acum."

„Dacă e un secret pe care nu vrei să-l împărtășești, înțeleg perfect, draga mea."

E un bătrân neted. Un fermecător. Îi recunosc asta!

„Când eram mică, nu-mi puteam pronunța prenumele. Se scrie ca Rebecca, dar se pronunță Reee-becca. Știi, cu acel „e" lung teribil de exagerat. Întotdeauna l-am pronunțat ca Rib-ecca", a râs ea. "Mamei nu-i plăcea să-l scurteze la *Becky.* Credea că sună prea comun, așa că a început să-mi spună Ribby. I-a rămas, și așa mă cheamă de atunci."

„Ei bine, atunci îți voi spune Rebecca dacă dorești, dar prefer să îți dau un nume special."

„Numele care îmi place este Angela. Vrei să-mi spui Angela?"

OMG! De ce îmi faci asta?

„Angela", a spus Teddy, în timp ce îi ieșea de pe limbă. „Foarte bine atunci, Angela să fie." Teddy și-a periat mâna peste genunchiul lui Ribby.

Ribby a decis că a fost un accident.

Angela nu era atât de sigură.

✳✳✳

L A RESTAURANT, ȘOFERUL A deschis ușa mai întâi pentru Teddy și apoi pentru Ribby.

„Vom sta cel puțin două ore", a spus Teddy. „Îți trimit mesaj când suntem gata de plecare."

„Da, domnule."

„E un prost nenorocit de cele mai multe ori", a spus Anglophone referindu-se la șoferul său, «dar loial cât cuprinde».

CAPITOLUL 25

ERA COADĂ LA RESTAURANT, dar prezența lui Anglophone a deschis calea.

Ca un gentleman, el i-a oferit brațul lui Ribby și a însoțit-o prin restaurantul aglomerat.

A fost ca o experiență extracorporală pentru ea. Oaspeții întorceau capul, îi salutau, chiar ridicau paharele în semn de toast pentru ei. Se simțea ca o celebritate.

Cuplul a continuat spre o cameră privată. Tavanul era înalt, cu un candelabru strălucitor suspendat deasupra mesei lor. Masa în sine era aranjată cu farfurii frumoase, tacâmuri și pahare de cristal strălucitor. O sticlă de șampanie era răcită într-un suport.

Odată ce au fost așezați, anglofonul a comandat pentru amândoi.

Ribby se simțea ca Bella în Sala Mare de Bal din Frumoasa și Bestia.

E bătrân, dar nu e fiară.

Shhh.

Anglofonul a vorbit destul de mult despre afacerile lui și despre banii lui.

Ribby l-a întrebat dacă a fost vreodată căsătorit.

„Am fost aproape căsătorit de două ori. Femeile nu erau cine păreau a fi. Căutătoare de aur, știi tu.” A făcut o pauză și s-a apropiat de Ribby. „Le-am ucis pe amândouă.”

„Ce-ai făcut?” a spus Ribby, aproape vărsându-și paharul de șampanie.

„O mică glumă, să văd dacă mă asculți”, a spus Teddy. El a râs și a bătut-o pe dosul mâinii. „Nu sunt mulți cei care ar vrea să vadă un bătrân ca mine în zilele noastre!”

Ribby a mai băut o înghițitură de șampanie. Se simțea deja amețită.

„Bine atunci. Hai să-l găsim pe șoferul ăla leneș și inutil al meu.”

„Sunt foarte obosită”, a spus Ribby. „Vrei să mă duci acasă?”

„Desigur, mă deranjează, Ribby, vreau să spun, dragă Angela. Noaptea este tânără și încă nu am discutat despre rolul din biblioteca mea.”

„Mi-a plăcut această seară, dar nu cred că sunt calificată pentru a prelua această poziție. Sunt flatată, dar...”

„Nonsens! Nu e treaba ta să decizi! Am un sentiment bun despre tine și asta e suficient.”

Când s-au întors în limuzină, Ribby i-a cerut lui Teddy să explice ultima sa declarație.

„Eu am bani. Banii fac să fie ușor să ai ochi peste tot. Eu știu despre tine. De exemplu, cum o ajuți pe mama ta cu ipoteca și cum închiriezi și un apartament la malul mării."

Ribby a oftat.

El a continuat: „Cum îi distrezi dezinteresat pe bieții copii bolnavi și cum ai evitat de unul singur o debandadă la semnarea cărții lui P.K.. Soția lui, doamna Schmidlap, nu-i place multă lume, dar tu i-ai plăcut. Dacă poți lucra cu ea, poți face orice. Slujba este a ta dacă o vrei."

Lui Ribby i se învârtea capul când Teddy a apăsat pe butonul interfonului și i-a spus șoferului să se întoarcă la ea acasă.

Ne-a urmărit singur sau a angajat pe cineva să o facă.

„Încă trebuie să mă gândesc la asta."

„Așa să fie atunci. Ai șapte zile să te hotărăști. Iată cartea mea de vizită; mă puteți contacta oricând, zi sau noapte." După o pauză, el a spus: „Stai puțin! De ce nu veniți să vedeți biblioteca cu ochii dumneavoastră? Nimic nu se compară cu prezentul. Am putea conduce împreună chiar acum!"

„Uh, nu știu."

Ți-a oferit postul de bibliotecar șef. E a ta. Știu că pare înfiorător acum, dar ne spune direct. Nu ascunde nimic și nu minte în legătură cu asta. Asta e ceva. El e biletul nostru de ieșire. Îl putem observa, să vedem cum e cu adevărat fără să ne angajăm. Haide Ribby, ia o șansă. În plus, șoferul e super drăguț. Uită-te la buclele alea blonde care-i ies de sub șapcă.

Ca să nu mai vorbim de ochii lui albaștri.

Știu, știu. Știu și eu. În plus, ar putea fi distractiv!

„Am fi acolo dimineața devreme. Puteți sta la același B&B în care au petrecut vacanța Martha și John. Totul va fi pregătit pentru sosirea voastră. Te va ajuta să te decizi".

„Dar nu am alte haine   în afară de cele pe care le port."

„Ah, nu-ți face griji pentru asta."

Ribby și-a deschis gura.

El a anticipat următoarea ei obiecție. „O voi suna pe mama ta și îi voi explica."

Ribby nu mai era sigură de nimic. Mergea înainte și înapoi în mintea ei. Ar trebui, sau nu ar trebui?

„Ar fi plăcerea mea", a spus Angela, luând mâna lui Teddy în a ei.

Îți lua prea mult timp să te decizi.

Ribby, care fusese distrasă de șoferul care se uita la ea în oglinda retrovizoare, a încremenit.

Teddy i-a ordonat șoferului să îi ducă acasă.

Ribby s-a prefăcut că doarme pe drumul de întoarcere.

Angela a sperat că Teddy va trage un pui de somn, ca să poată urca și să stea cu șoferul.

Teddy și-a scos laptopul și a început să tasteze.

Click-ul excesiv de zelos îmi dă dureri de cap.

Sunt sigur că vom ajunge acolo în curând.

Câteva secunde mai târziu, *„Am ajuns deja?*

CAPITOLUL 26

A U AJUNS LA Port Dover în primele ore ale dimineții.

Șoferul i-a deschis ușa lui Teddy. „Du-o pe domnișoara Angela la doamna Pomfrere. Nu te întoarce până nu i se face cunoștință.”

„Da, domnule anglofon.”

„Roag-o pe doamna Pomfrere să aibă grijă ca domnișoara Angela să fie trează și pregătită pentru micul dejun în patru ore. Anunțați-o că veți fi acolo imediat pentru a o lua pe domnișoara Ribby.”

„Da, domnule”, a răspuns șoferul, s-a urcat înapoi în mașină și a plecat.

Ribby, care ațipise, a deschis acum ochii. S-a uitat pe fereastră, încercând să vadă cum arată casa lui Anglophone, dar era prea întuneric.

Câteva clipe mai târziu au ajuns la B&B. Doamna Pomfrere s-a grăbit să îi întâmpine. Șoferul a făcut prezentările, apoi a informat-o discret despre micul dejun de la moșia Anglophone și a plecat.

„Sunt incredibil de încântat să vă cunosc, domnișoară Angela. Domnul Anglophone mi-a spus atât de multe despre dumneavoastră.”

Ribby nu s-a putut abține să nu observe ținuta doamnei Pomfrere. Deși era extrem de devreme dimineața, ea purta o rochie de seară. „Mulțumesc, doamnă Pomfrere. Dacă vă grăbiți să mergeți undeva, vă rog să nu mă lăsați să vă rețin. Arătați-mi în direcția camerei mele și sunt sigură că mă voi descurca."

„Să te descurci? Să mă descurc? De ce sunt îmbrăcat așa ca să te întâmpin. Acum, te rog să mă urmezi și o să te instalăm!" Au intrat, unde ea s-a mișcat ca un vârtej de-a lungul coridorului și a urcat scările spre camera lui Ribby.

„Ești chiar mai dulce decât mi-am imaginat. Teddy este cu siguranță îndrăgostit de tine, și pot să văd de ce. O, Doamne, picioarele alea ale tale nu se termină niciodată, nu-i așa?" a spus doamna Pomfrere pe un ton prea familiar.

„Uh, păi," a bâlbâit Ribby.

„Asta e camera ta," doamna Pomfrere a deschis o ușă.

Trandafiri de toate felurile și culorile umpleau camera. Mirosea a paradis. Ușa dulapului stătea larg deschisă, revărsată cu haine de firmă.

„Sper că mărimile sunt corecte. a estimat Teddy. Veți găsi tot ce vă trebuie. Dacă ai nevoie de altceva, sunt la dispoziția ta douăzeci și patru de ore pe zi."

„Adică, toate astea sunt pentru mine?"

„O, da, da, hainele și multe altele. Ești o fată norocoasă, ești. Să-l ai pe domnul Anglofon de partea ta. El poate face orice. El este ca magia."

„Uh, da, sunt", a spus Ribby, urmat de un slab, «Mulțumesc», în timp ce doamna Pomfrere a închis ușa în urma ei.

Wow! E un fel de om.

A făcut asta pentru mine.

Cred că de asta a stat pe laptop toată călătoria.

Ribby a râs brusc. Se simțea ca un copil într-un magazin de dulciuri. Acum că avea un al doilea suflu, a alergat dintr-o parte în alta a camerei, găsind bibelouri și cadouri în fiecare colț. În baie era o cadă Spa, plină cu bule, care o aștepta.

Ea și-a așezat cotul sub bule, apoi a ieșit la suprafața apei. Un geamăt încântat îi ieși din gât. Temperatura era perfectă. Și-a scos hainele și a coborât în apă. Bulele îi furnicau pe piele. S-a întins, respirând adânc și închizând ochii. I-a deschis din nou, pentru a se asigura că nu visa. Se simțea ca Frumoasa Adormită și se trezise să descopere că era în paradis!

Aș putea ajunge să îmi placă asta.

Și eu!

Relaxată și îmbrăcată într-o rochie de noapte confortabilă, s-a cuibărit sub pătură și a adormit.

✳✳✳

SUNTEȚI TREAZĂ, DOMNIȘOARĂ ANGELA?" a întrebat doamna Pomfrere prin ușa închisă. Fără să-i dea timp lui Ribby să răspundă, persoana a bătut din nou.

O altă voce, șoptită. A lui Teddy.

Ribby s-a acoperit, așteptându-se să dea buzna direct înăuntru.

„Ei bine, ia cheia și trezește-o!" a cerut Teddy. „Avem locuri unde să mergem și lucruri de văzut."

Lăsați-mă să intru! Lăsați-mă să intru! Ticălos bătrân și murdar.

„Trebuia să o trezești când a sosit make-up artistul", a exclamat Teddy.

Make-up artist. Interesant...

„Am încercat, domnule anglofon, dar dormea atât de profund, încât nu-mi plăcea s-o deranjez."

„Voi ieși în cinci minute, Teddy."

„Te voi aștepta la mine acasă. Șoferul meu te va aduce la mine când vei fi gata. Te rog să nu mă faci să aștept."

Mișto. Timp liber cu șoferul.

Avem cinci minute să ne pregătim.

A făcut un duș rapid, a răsfoit cutia cu sertare și a descoperit o serie de lenjerie de mătase.

Bătrânul are gusturi remarcabile.

Și ochii lui sunt destul de buni. Mărimile astea sunt perfecte*!*

Ar face un infarct dacă am pleca purtând doar mătase. Pun pariu că și șoferului i-ar sări ochii din cap.

Nu fi dezgustător. Ribby și-a butonat bluza de mătase și și-a închis fusta.

Apoi a venit o altă bătaie mai fermă. „Scuzați-mă, am venit să o machiez pe doamna".

El se gândește la toate.

O femeie mică, cam de vârsta Marthei, a completat machiajul lui Ribby într-o clipită.

"Eu sunt Angela!" a spus Ribby în timp ce zâmbea la reflecția ei.

„Bineînțeles că ești," a răspuns femeia cu nonșalanță.

Nu, cu siguranță nu ești.

Ești geloasă?

„Mulțumesc. Ți-aș oferi un bacșiș, dar nu am bani la mine."

„Oh, nu trebuie să-mi dai bacșiș; domnul anglofon se ocupă de asta."

Stomacul lui Ribby a mormăit în timp ce își încălța pantofii cu toc țepos.

Pe drumul spre limuzină, a mers ca o bețivă. Șoferul a zâmbit când ea aproape s-a răsturnat. Dacă o plăcea, nu o arăta. I-a deschis ușa fără să vorbească.

Drumul spre casă a fost destul de plăcut. B&B-ul doamnei Pomfere se afla în centrul unui mic sat. În timp ce mașina șerpuia pe drumul de țară, Ribby a zărit la prima vedere lacul Erie.

„Marina și farul sunt acolo", a explicat șoferul. „Iarna, Plonjarea Ursului Polar este foarte populară."

„Oh, îmi amintesc că am văzut ceva despre asta la știri. Din moment ce se aruncă în apă în scopuri caritabile, admir curajul de care trebuie să aibă nevoie." Ea a tremurat.

„Prietenul meu a participat anul trecut, aproape că i-a înghețat," a făcut o pauză, "placa."

Ribby a râs.

Crede că ești prea pretențios ca să spui bile în fața ta.

Ei bine, eu sunt oaspetele șefului lui.

„Vom ajunge în curând", a spus șoferul.

Au trecut prin câteva cătune, suficient de mici pentru a le observa, dar dispărute cât ai clipi din ochi.

„Am ajuns", a spus șoferul.

Ribby s-a așezat drept. Acum că ajunsese la casa principală, voia să cuprindă totul.

Angela a fredonat tema muzicală a serialului *Dallas.*

Aleea care ducea la casa lui Anglophone era prea lungă. Copacii erau aliniați pe bulevard, îndoindu-se în voia vântului. Ea tremura.

Și-a întors gâtul, încercând să vadă casa. Când a reușit, a inspirat și a reținut. Nu era o casă frumoasă. Cu ferestrele sale înguste și clădirea de cărămidă întunecată, părea rece, neprimitoare. Un contrast total cu cealaltă casă în care rămăsese peste noapte.

E de-a dreptul Bronte-ish.

Uite totuși, tufe de trandafiri.

Să sperăm că e frumos înăuntru.

Sunt sigură că va fi.

Șoferul a oprit mașina și a venit să deschidă ușa. Ribby a tremurat când s-a împiedicat pe asfalt.

Înainte să poată bate la ușa din față, un bărbat a deschis-o. Era înalt, subțire și zvelt, și îmbrăcat din cap până în picioare în negru. Avea o expresie pe care ar fi avut-o cineva după ce a supt o lămâie.

„Bună ziua", a spus Ribby.

Cu o voce ascuțită, el a spus: „Doamnă, domnul anglofon vă așteaptă prezența. L-ați făcut să aștepte prea mult timp!"

„Îmi pare rău."

Nu vă cereți scuze, el este ajutorul. Treci pe lângă ca și cum ai fi proprietarul localului. Ești oaspetele lui Theodore Anglophone. Meriți să fii aici.

Adică exact ceea ce a făcut.

Bărbatul buimăcit nu era mulțumit, dar era un profesionist. A anunțat sosirea lui Ribby.

Teddy s-a ridicat imediat în picioare și, cu o înflorire a mâinii, a spus: „Bine ați venit în casa mea".

Ribby a scrutat camera în care se afla Teddy. Deși nu era un om înalt, în împrejurimile acelea părea înalt. Chiar și haina de armură de peste cameră era mai scundă decât el.

Cavalerii erau mult mai mici decât îmi imaginam.

Ribby a zâmbit. „Mulțumesc, Teddy. Ce cameră uimitoare!"

Jackpot!

„Draga mea", a spus Teddy, „Arăți ca un tablou în ea. De fapt, trebuie să-ți pictez portretul așa cum ești acum."

Teddy pare să fi uitat că era supărat pe noi.

Ribby a roșit. „Mulțumesc foarte mult   pentru tot."

„E plăcerea mea, dragă Angela. Acum vino aici și stai vizavi de mine ca să te pot privi cu lumina dimineții intrând în spatele tău." Teddy a pocnit din degete și servitorul său a scos scaunul pentru Ribby. „Am încredere că totul a fost satisfăcător la B&B?"

„Da, e minunat, domnule, uh, Teddy."

„Nu eram sigur ce-ți place la micul dejun, așa că l-am pus pe bucătarul meu să pregătească două feluri din fiecare." Din nou, a pocnit din degete și a început parada mâncării.

„Oh, Doamne!" a spus ea. Mirosuri de șuncă, sirop de arțar, brioșe cu afine și cârnați i-au ajuns la nări.

Vorbind despre un smorgasbord! Suficientă mâncare pentru a hrăni o armată!

Servitorul le-a spus subalternilor săi să-l servească mai întâi pe domnul Anglophone.

Anglofonul a bătut din palme.

Personalul s-a dus direct să-l servească pe Ribby.

Anglofon a bătut din nou din palme. „Tibbles, trebuie să avem mimoze!".

Imediat un chelner a tăiat două portocale în două și a stors sucul. Un alt chelner a desfăcut o sticlă de șampanie. Primul chelner a combinat cele două băuturi. Ribby a urmărit cu atenție cum chelnerul a turnat fiecare substanță cu mare precizie.

I-a înmânat un pahar plin lui Teddy pentru a-l testa. Teddy a dat din cap că era satisfăcător. A umplut un al doilea pahar și i l-a înmânat lui Ribby. Au toastat pentru un sejur plăcut și au savurat mâncarea.

„Sper că nu te superi, dar am plătit ipoteca mamei tale."

Ribby a rămas cu gura căscată.

Teddy a făcut semn să mai aducă cafea și i s-a turnat. În timp ce amesteca, a adăugat: „Am cumpărat și clădirea în care este apartamentul tău."

Ribby a oftat. A folosit șervețelul pentru a-și șterge colțurile gurii.

O întorsătură neașteptată a evenimentelor.

„Bineînțeles, nu mai trebuie să plătești chirie. Economisește banii dacă nu te muți aici. Călătorește. Vezi lumea!"

Spune ceva, orice.

„Oh, și ți-am plătit și cardul de credit." El a sorbit Mimosa lui.

„Uh, mulțumesc. Foarte mult. E foarte drăguț din partea ta."

Ribby se simțea inconfortabil după anunțurile lui Teddy și asta se vedea.

„Spune-mi, Angela, care este dorința inimii tale?"

„Dorința inimii mele?" a spus Ribby, roșind. „Nu știu."

„Trebuie să știi ce-ți dorești. O fată deșteaptă ca tine. Ceva mereu prea departe de mâna ta, și totuși inima ta a dorit asta. Gândește-te la asta. Te voi întreba din nou la momentul potrivit."

Ribby a ascultat cum Teddy vorbea despre călătoriile sale în jurul lumii.

„Am putea sta aici și să vorbim mai mult, dar sunt foarte nerăbdător să-ți arăt biblioteca."

„Oh, da. Abia aștept să o văd", a spus Ribby. Mimosa i se urcase direct la cap. „Dar aș vrea să iau puțin aer proaspăt. Nu sunt obișnuită cu șampania atât de devreme. E prea departe de mers pe jos?"

Teddy râse. „Nu pentru un spiriduș tânăr ca tine, nu este, dar porți pantofii ăia nepotriviți." A pocnit din degete. A intrat o femeie. „Vă rog să-i aduceți oaspetelui meu o pereche de pantofi potriviți." Femeia s-a înclinat, a ieșit din cameră, iar câteva momente mai târziu s-a întors cu o pereche de pantofi de alergare. „Schimbă-te în astea. O să vă iau tocurile cu mine în mașină." Apoi, către servitorul său: „Tibbles, desenează-i oaspetelui nostru o hartă."

„Pe drum, gândește-te la dorința inimii tale. Nu uita, vreau să-i dai un nume."

Aerul era proaspăt și curat. I-a limpezit mintea.

El e atât de bun, blând și darnic.

S-ar putea să nu fie cine sau ce pretinde a fi. Să ținem garda sus până când știm ce vrea. Amintiți-vă că nimic nu este gratis.

Ribby a continuat să meargă, mintea ei fiind absorbită în găsirea unui răspuns la întrebarea lui.

Fă-l să ghicească. Să nu ne dezvăluim cărțile încă.

A trecut de colț; a văzut limuzina și apoi biblioteca.

Stephen a deschis ușa pentru Teddy, care a ieșit ținând pantofii lui Ribby. Ea s-a așezat în limuzină și a schimbat pantofii lăsându-i pe cei fără toc în spatele mașinii.

„Aici este, draga mea", a spus Teddy. Semnul de deasupra ușii scria*: E. P. Anglofon: Bibliotecă privată.* Sub semn era o plăcuță: Bibliotecar șef: spațiu gol.

Sunt surprins că numele nostru nu este deja acolo. Pare destul de sigur pe el.

Poartă-te frumos.

„Haideți", a spus el.

Arcadele mari de lemn au primit-o înăuntru. Anglofonul a luat-o de mână.

Inima lui Ribby a făcut un salt. Biblioteca era rotundă. Rafturi circulare. Cărți, cărți și iar cărți cât vedeai cu ochii. Mii și mii. Și scări, la îndemână, care să te ducă la raftul de sus. Până la înălțimea tavanului, vitraliu până la vreo șase metri înălțime. Când s-a uitat în sus și s-a întors, a amețit.

Teddy a condus-o la un scaun în care a căzut cu un oftat.

„Satisfăcătoare?"

„O, Doamne, da!" a spus Ribby, încercând să-i stăpânească emoțiile. „Parcă e ceva desprins dintr-un vis."

E frumos Ribby, dar ceva nu pare în regulă.

„Spune-mi acum. Care este dorința inimii tale?"

„Asta e!"

Ce prost mic!

„Nu-ți face griji", a spus Teddy. „Poate, și va fi, a ta. Dacă tu..."

Aici Teddy s-a oprit când șoferul i-a atras atenția. „Uh, un moment te rog, Angela. Simte-te ca acasă."

Ribby s-a ridicat și s-a clătinat. A urcat pe o scară, a coborât și a urcat pe alta. Fiecare autor la care se putea gândi era aici. Realizând că șoferul se întorsese și stătea sub ea, ea și-a ajustat fusta.

„Oh, m-ai speriat".

Nu eu! Vino la mine.

„Îmi pare profund rău, dar domnul Anglofon a fost chemat. M-a rugat să vă escortez înapoi la proprietate când veți fi gata."

„Eu, eu am fost..." Ribby a spus, coborând fără să fie pe deplin atentă. A pășit greșit și a căzut.

Șoferul, al cărui nume nici măcar nu-l știa, a prins-o.

Ribby s-a înroșit puternic. Ochii lor s-au conectat. El a lăsat-o jos și a plecat.

„Mulțumesc."

El nu a răspuns.

El crede că am făcut asta intenționat. Că îmi place de el.

Angela a chicotit.

L-a urmat pe ușă și a intrat în parcare, apoi s-a hotărât să nu ia mașina.

„Prefer să merg pe jos", a spus ea.

„Ești sigură?" El s-a uitat în jos la pantofii ei.

Ea și-a ridicat bărbia și, fără să răspundă, a început să meargă.

„Cum dorește doamna."

Trebuia să-i fi cerut alergătorii.

Eu știu! Știu!

Întors la casă, cu picioarele îndurerate și pline de bășici, Ribby a zărit-o pe șoferiță stând în față.

A înclinat pălăria în direcția ei, apoi și-a acoperit ochii și s-a culcat la loc.

Doamne, ce drăguț e.

Ha! Teddy l-ar concedia dacă i-aș spune că nu mi-a dat ceilalți pantofi.

Să nu îndrăznești!

Ribby și-a scos până la urmă pantofii și a mers restul drumului în ciorapi.

Privirea pe care i-a aruncat-o Tibbles când a intrat în casă cu pantofii în mână a fost undeva între un rânjet și un zâmbet.

La naiba cu el!

„Scuzați-mă, domnișoară", a spus Tibbles. „Domnul Anglofon este reținut. Ar dori să vă întoarceți la B&B. Îl voi sfătui pe șofer să vă ducă."

Ei bine, nu pot merge pe jos până acolo.

Nu, înghite-ți mândria și urcă în mașină.

A fost o tăcere stânjenitoare tot drumul până la doamna Pomfrere, pe care niciunul dintre ocupanți nu a vrut să o rupă.

Te porți ca o puștoaică răsfățată!

Nu-mi pasă.

Mașina a plecat în viteză și Ribby s-a clătinat înăuntru.

CAPITOLUL 27

RIBBY A TRÂNTIT UȘA în urma ei când s-a întors în apartamentul ei. Ea și-a aruncat pantofii prin cameră, apoi s-a aruncat pe pat, înăbușindu-și plânsul în pernă.

E atât de visător!

Știa că am nevoie de pantofii mei și totuși, nu mi i-a dat.

Nu i-ai cerut.

Totuși, el lucrează pentru Teddy. Eu sunt oaspetele lui Teddy. El ar trebui să încerce să mă facă fericită.

Exagerezi. Spală-te pe față, te va face să te simți mai bine și uită de asta.

Problema e că nu pot. Mă simt ca o proastă. Eu căzând în brațele lui ca, ca, Jane Eyre.

Cui îi pasă? Dacă el a crezut asta, atunci probabil a fost flatat. Segue. Biblioteca.

E frumoasă, e totul. Dar de ce vrea Teddy ca eu, o persoană necalificată, să-i conduc biblioteca?

Vezi, de aceea am spus că nu ar trebui să-ți pui toate cărțile pe masă. Acum știe că locul ăsta e dorința ta sinceră. Se joacă de-a Nașul Zânelor și ne ține de țâțe.

Inima mea spune că e la nivel. Că nu are motive ascunse. Dar capul meu, oh capul meu.

Ribby i-a luat poșeta și a scos pachetul de țigări. Și-a strecurat una între buze. Chiar și fără să o aprindă, mirosul o liniștea. Ținând-o lângă buze, a adormit.

„Trebuie să vorbim", a șoptit Teddy prin ușă.

Ribby s-a ridicat cu țigara încă atârnându-i de buze. Ea a pus-o înapoi în pachet. Vorbind prin ușa închisă, a spus: „Scuze, cred că am adormit."

„Pregătește-te. Trebuie să te duc acasă acum. Împachetează-ți lucrurile și ne întâlnim jos în mașină."

Ea l-a ascultat în timp ce el pleca, apoi s-a prăbușit pe podea, luptându-se cu un plâns.

Anglofonul dă și Anglofonul ia.

Dar de ce? Ce am făcut eu? E din cauza lui Stephen?

Nu fi ridicol.

Nu contează. Totul e spre binele tău. Schimbă-te de hainele lui. Pleacă de aici cu capul sus.

Dar biblioteca. Dorința mea sinceră. Acum că i-am spus, nu mă mai vrea până la urmă.

Ribby s-a schimbat în hainele în care venise.

E pierderea lui, Rib. Ține minte, capul sus. În plus, tot ce câștigăm acum, e al nostru. Fără chirie, fără ipotecă, fără card de credit. Practic suntem fără datorii! Imaginează-ți cât de mult ne putem distra!

La plecare, i-a dat doamnei Pomfrere un pupic pe obraz.

„Nu ne luăm niciodată la revedere de la oaspeții noștri. Sperăm să vă mai vedem".

„Mulțumesc."

Șoferul stătea lângă ușă, așteptând-o pe Ribby. Odată ajunsă în mașină, ea și-a pus centura de siguranță. A întors capul și s-a uitat pe geam, luând în considerare tot ceea ce nu va mai vedea niciodată și pentru a-și masca dezamăgirea.

„Angela, aceasta este strict o afacere. Nu are nimic de-a face cu tine sau cu aranjamentul nostru."

„Vrei să spui că încă mă mai vrei?" a întrebat Ribby cu o voce tremurândă și cu inima pe cale să-i sară din piept.

„Bineînțeles, vreau să fii noua mea bibliotecară", a spus el, atingându-i coapsa cu mâna.

Perversul. Se joacă cu tine. Plesnește-i mâna.

Ribby s-a înroșit. A fost un accident. N-a fost nimic.

Obrazul bătrânului pervers. Ți-am spus eu. Dă-i un centimetru...

„Șofer, te rog să ridici bariera. Doamna și cu mine am dori puțină intimitate."

Ribby s-a uitat în sus, a surprins privirea șoferului în oglinda retrovizoare. Și-a încrucișat brațele în jurul ei.

Anglofonul a deschis o sticlă de apă și i-a înmânat-o lui Ribby, cerându-i să își desface brațele. Ea a luat-o și a sorbit.

„Ribby, vreau să spun Angela dacă biblioteca este dorința inimii tale, atunci este a ta. Ce am eu, e al tău."

Ea stătea dreaptă, ascultând, dar Anglofonul a tăcut. A mai luat câteva înghițituri de apă, așteptând.

Așteaptă ca eu să spun ceva?

Joacă un joc. Rămâi tăcută. Ne-am pus cărțile pe masă, lasă-l pe el să facă la fel. Între timp, păstrează-ți calmul. Bucură-te de priveliște.

Cu siguranță e frumos aici, dar inima îmi bate tare.

Calmează-te. Respiră adânc de câteva ori. Inspirați. Expiră. Inspirați. Expiră.

Exercițiile ei de respirație au fost întrerupte.

„Ce-mi vei da în schimbul dorinței inimii tale?"

Începem. Lasă-mă să mă descurc.

„Eu, eu nu am nimic să-ți dau, Teddy. Doar pe mine."

Serios Rib, te rog taci naibii din gură!

„Doar pe tine? Nu te simți demn?"

Ribby a încercat să vorbească, dar cuvintele i s-au blocat în gât.

Vrea mai mult Rib; vrea sex.

Ribby s-a înroșit ca un fagure.

„Oh, Doamne, Doamne", a spus Teddy, mângâind-o pe dosul mâinii. „Pari foarte îngrijorată, și nu am vrut să te îngrijorez. Sunt un om bătrân. Am trăit fără dragoste, fără atingere, pentru o perioadă foarte lungă de timp. Nu m-aș putea aștepta niciodată să iubești pe cineva ca mine. Chiar dacă ar fi pentru dorința inimii tale."

„Eu", a spus Ribby.

„Shhh, lasă-mă să termin. Îmi doresc să te am în viața mea. Pentru companie. Pentru prietenie. Dacă te-ai îndrăgosti de mine   dacă m-ai putea iubi, asta ar fi dorința inimii mele. Poate că într-o zi o vei îndeplini."

Asta a fost o minge curbă. Psihologie inversă? Fii atent.

Acum era liniște în mașină și doi pasageri extrem de incomozi. Ribby a mai luat câteva înghițituri de apă, iar Anglofonul și-a verificat telefonul.

„Vrei să te căsătorești cu mine?", a rostit el.

OMG a doua curbă a fost atât de deplasată, am rămas fără cuvinte, Rib.

Și eu, adică, ce să zic. Vreau la bibliotecă, dar nu-l iubesc.

Suntem tineri și plini de viață. El e bine, atât de departe peste deal încât aproape că a coborât pe partea cealaltă. Stai, acum...

Oh, nu, nu te gândești la ce cred eu că te gândești?

Mijloace pentru un scop. Vrea să fii prietenul lui, să-i conduci biblioteca. Nu cere sex, ci companie și dragoste. Nu-i așa? Deci, dacă tu îi îndeplinești dorința inimii lui și el ți-o îndeplinește pe a ta, atunci, unde e răul?

Atunci de ce să propui căsătoria? Chiar și eu știu că nu ar fi o căsătorie legală dacă nu ar fi consumată. Doar gândul la mine și la el...

Știu, știu.

✳✳✳

T EDDY S-A OCUPAT DE telefonul său.

Ribby și Angela au dezbătut problemele în cauză.

El bate din nou din degete. Atât de enervant! Acum, face clic pe stilou - clic clic clic, clic clic clic, clic.

Așteaptă un răspuns.

Nu știu cum aș putea să accept. Dă-mi un motiv pentru care ar trebui să spun da. Cum să spun da?

Simplu. Un cuvânt: bibliotecă. Încă două cuvinte: Bibliotecar șef.

Bibliotecar-șef de ce? Nu am personal, nu am colegi și momentan nici patroni.

Dar tu vei fi șeful cărților.

Nu ești de ajutor.

Ba încerc!

Știu, dar pentru el relația noastră nu este nimic mai mult decât o afacere. Vom fi soț și soție, dar doar cu numele. Vreau un bărbat pe care să-l iubesc și care să mă iubească în schimb. Asta e o înțelegere.

Înțelegere? Asta numești tu aranjament? Ai treizeci și cinci de ani și treizeci și șase sunt după colț. Nu ai perspective, nu ai viitor. Asta îți va da un viitor. Teddy poate deschide lumea pentru tine, pentru noi. Dragostea nu este tot ceea ce pare a fi. Dacă nu ești de acord, vei regreta pentru tot restul vieții.

Ribby a aruncat o privire în direcția lui Teddy.

Spune ceva. Orice.

„Am nevoie doar de timp, Teddy, să mă gândesc la asta."

Teddy a privit în depărtare.

Curând, dar nu destul de curând, șoferul a oprit pe trotuar în fața casei Marthei.

***

ÎN ÎNTUNERICUL BANCHETEI DIN spate, Ribby și-a strâns și și-a desfăcut pumnii. Mișcarea rapidă, deschiderea și închiderea au adus-o la o decizie. „Teddy, sunt sigură că putem ajunge la o înțelegere convenabilă."

Teddy și-a aruncat brațele în jurul ei, radiind un zâmbet. „Oh, mulțumesc că m-ai făcut cel mai fericit bătrân din lume."

Bravo, Costică! Bravo! Lucrează cu el. Rezolvă-l. Ține minte, noi deținem controlul aici.

Vocea lui Ribby tremura, dar ea a reușit să zâmbească ușor când s-a desprins din îmbrățișarea lui. „Va trebui să-mi acorzi câteva zile ca să închei lucrurile."

„Te pot aștepta Angela, dar te rog să nu mă faci să aștept prea mult. Pentru tine, am așteptat deja o viață", a spus Teddy sărutându-i mâna.

Oh, Doamne, e îndrăgostit!

Au făcut schimb de sărutări pe obraz.

Șoferul a deschis ușa lui Ribby, iar el a ținut-o în timp ce ea a pășit pe trotuar.

„O să te sun în douăzeci și patru de ore", a spus Teddy.

Ribby a dat din cap. În spatele ei, pe verandă, Martha a strigat: „Tu ești, Ribby? Oh, bună Teddy." I-a făcut cu mâna.

Teddy i-a făcut cu mâna înapoi în timp ce șoferul a închis portiera și s-a întors în fața mașinii. Au plecat.

„Da, mamă, eu sunt."

„Te-ai întors mai repede decât am crezut. Vino înăuntru și povestește-mi totul."

Ribby s-a împiedicat să urce scările verandei.

CAPITOLUL 28

RIBBY L-A SALUTAT PE Scamp cu o bătaie pe cap și cei trei au intrat în bucătărie.

„Ribby, stai jos. Am un milion de întrebări pentru tine. Cum a fost?" a bolborosit Martha, fără să-l lase pe Ribby să scoată o vorbă. „O ceașcă, da, o să-ți fac o ceașcă de cafea și apoi... Doamne, chiar arăți epuizat."

„Mamă, da, sunt obosită. A fost un drum lung. Dl. anglofon, Teddy, este interesant."

„Am crezut că vă veți înțelege bine. Ți-a pus întrebarea?"

Ea știa că el va pune întrebarea? Ea știa? Ce anume?

„Știai că o va face?"

Asta face parte din vreun plan măreț? Oh acum, acest lucru este profund tulburător.

„El iubește biblioteca, și nu ar lăsa pe oricine să o conducă."

Ha, ha, oh, se referă la bibliotecă. Răul meu.

„Bineînțeles că nu. Este foarte generos să-mi ofere această oportunitate."

„Domnul Anglofon s-a asigurat   înainte chiar de a te întâlni   că tu ești aleasa."

Ce ar trebui să însemne asta? Ne-am întors la conceptul de Master Plan?

Ribby și-a stăpânit furia. „Știai?"

Mămica Dragă se apleacă din nou mai jos decât jos.

„Acum, Rib, nu-ți învârti chiloții. El a avut intenții bune. A vrut să fie sigur. Cu atâția bani, trebuie să fie foarte atent."

Ribby stătea liniștită, amestecându-și ceașca de cafea.

Martha s-a ridicat și s-a ocupat să facă ordine. S-a uitat la Ribby. „Ești epuizat, vrei să-ți pregătesc o baie?"

Să-ți fac o baie? Bine, dă-ți jos masca. Cine e femeia asta?

„Ar fi minunat."

Mai târziu, în baie, Ribby a adormit și a visat.

Plutea, complet goală, într-un balon roz în biblioteca lui Anglophone.

Anglofon a apărut la vedere. Se dădea mare, roșu la față și cu pumnii strânși, în timp ce șoferul său îl urmărea.

Anglophone a spus: „Vreau ca aceste cărți noi să înlocuiască imediat cărțile vechi. Puneți-le la nivelul ochilor, astfel încât fata mea să le poată găsi".

„Asta nu face parte din fișa postului meu", a răspuns șoferul, apoi i-a întors spatele.

Anglofonul l-a prins de braț, l-a tras în jos și l-a pălmuit pe obraz. Deși palma a fost dură, șoferul fusese pregătit pentru ea și nici măcar nu a tresărit.

„Treaba ta este ceea ce îți spun eu că este, băiete!"

„Domnule anglofon, bineînțeles că voi face tot ceea ce doriți să fac, de dragul ei și numai de dragul ei. Sunt al dvs. să faceți cu mine ce doriți", a spus șoferul.

Anglofon i-a dat drumul la braț. Șoferul își îndreptă spatele.

Ce stăpânire are Anglofon asupra lui?

Acesta este un vis. Noi visăm. Trezește-te, Ribby! Trezește-te!

Shhh, asta e interesant. Încearcă să faci zoom pe cărțile pe care vrea să le vedem.

Încerc, dar...la naiba.

„Sunt generos cu tine, Ștefan, și generos cu ea. Nu cer prea multe de la tine. Sunt un om bătrân. Sunt angajatorul tău. Să nu mai fii impertinent pe viitor."

„Îmi cer scuze", a spus Stephen, înclinându-se până la podea cu pălăria în mână. „Pot să vă asigur că nu se va mai întâmpla. Mă aștept ca acest lucru să îmi ia cea mai mare parte a zilei."

„Foarte bine. Atunci începeți să refilați cărțile. Informează-l pe Tibbles când ai terminat sarcina."

„Ce ar trebui să fac cu cărțile vechi?" întrebă Stephen.

„Sunt cutii goale în spate. Deocamdată depozitează-le", a spus Teddy. „Nu înseamnă nimic. S-ar putea să le dăm în viitor. Deocamdată, puneți-le deoparte."

Teddy a ieșit.

Stephen a continuat să lucreze. S-a uitat peste umăr unde Ribby stătea goală în bula ei imaginară.

„Stephen," a șoptit ea.

Acesta este un vis ciudat.

Teddy este foarte dur cu el.

Da, se așteaptă la perfecțiune.

Atunci ce face cu mine?

„Trezește-te, Ribby!"

Bula lui Ribby se sparse când Martha intră în cameră.

„Am bătut la ușă de mult timp."

„Scuze, mamă, am adormit."

„Bun. Asta înseamnă că te relaxezi. Uite ceva din care să sorbi."

Ribby s-a ascuns în mare parte sub bule.

„Nu e ca și cum n-aș fi văzut totul înainte, fiică." Martha a râs.

Ribby a tremurat apoi a întins mâna după paharul de șampanie. Martha s-a așezat pe marginea căzii.

„Pentru tine", a spus Martha în timp ce ciocneau paharele.

Asta e foarte ciudat. Femeia asta nu poate fi mama ta. Te lingușește de parcă ar ști că bătrânul a pus întrebarea și că intenționează să se mute cu voi doi.

Norul de săpun se scurgea pe brațul lui Ribby și pe tija paharului. „Mamă, cum l-ai cunoscut pe domnul anglofon?"

„Ți-am spus deja asta, nu-i așa?"

„Nu prea cred. Dacă ai făcut-o, nu-mi amintesc".

„Ei bine, eram la cină, iar Anglophone a intrat", și-a amintit Martha. „Era foarte gălăgios și exigent cu personalul și părea să aibă o anumită importanță. Eram curioși cine ar putea provoca o asemenea scenă. Când l-am văzut prima dată, părea cunoscut. Ne-am gândit că era o figură politică sau că îl văzusem la televizor. Părea agitat și îl agresa pe șoferul limuzinei sale care îl urmărea. Toată lumea se holba la el."

„A observat?" a întrebat Ribby. „Adică, că toată lumea din restaurant se holba la el?"

„La început a avut un dispreț total pentru ceilalți clienți. Când și-a dat seama că face scandal, și-a cerut scuze față de noi, nu față de angajata lui. Apoi a cumpărat șampanie pentru toată lumea."

Sună ca un bătăuș.

De acord. „Și asta a fost tot?" Ribby a spus.

„Nu, nu, fata mea. După aceea, l-am rugat să ni se alăture, iar el a acceptat. El a tratat, și am mâncat și am mâncat. A fost o seară minunată. Ne-a invitat să stăm la doamna Pomfrere ca oaspeți ai lui. De aceea ne-am prelungit vacanța, pentru că nu ne costa nimic."

„Dar atunci, cum am intrat eu în discuție?"

„La cină, nu știu sigur despre ce vorbeam, dar i-am povestit despre tine. Despre rolul tău la bibliotecă și despre voluntariatul cu copiii de la spital. Teddy a fost foarte intrigat. A vrut să te cunoască. A menționat biblioteca lui. A spus că a fost închisă, până când a găsit persoana potrivită să o conducă. A întrebat despre tine."

Spune-ne mai multe despre obsedatul Teddy.

„E foarte timid în legătură cu toate astea, având în vedere că știa deja despre mine."

„Să știi despre cineva nu înseamnă să ajungi să-l cunoști, fiică."

„Da, dar se pare că deja s-a hotărât."

„Nu știu despre asta."

„El, Teddy, mi-a cerut să îi conduc Biblioteca Ma, dar au existat și alte condiții. Complicații."

„Complicații cum ar fi?"

„Cum ar fi că trebuie să renunț la slujba mea. Să mă mut într-un loc nou. Trebuie să las copiii."

„Altcineva va prelua conducerea. Trebuie să fii egoist măcar o dată în viață."

Ribby s-a relaxat puțin și a mai băut o înghițitură de șampanie.

„Din câte l-am văzut pe domnul Anglofon era foarte generos. Nu era un zgârcit."

Mă întreb dacă știe despre ipotecă.

Nu e treaba mea să-i spun.

„Adevărat." Ribby a tremurat. „Trebuie să mă mai gândesc la mama asta și să plec de aici înainte ca trupul meu să se transforme într-o prună."

Martha s-a ridicat și a luat paharul de șampanie al lui Ribby. „Fiică, probabil că nu vei mai avea niciodată o șansă ca asta. Știu că nu am fost întotdeauna cea mai bună mamă. Știu că vei lua decizia corectă."

„Mulțumesc", a spus Ribby. După ce ușa a fost închisă, ea a ieșit din cadă, s-a uscat și și-a pus cămașa de noapte.

Acela a fost momentul în care mamă și fiică au fost absolut și complet „înfundate cu o lingură".

Mama se străduia din răsputeri să mă susțină.

Da, cu siguranță. Am putut vedea semnele dolarului în ochii ei. Dar să schimbăm subiectul. Să discutăm despre acel vis ciudat.

Da, în visul meu numele lui era Stephen.

Întotdeauna am crezut că-mi amintește de Stephen Moyer din True Blood.

Nu am văzut serialul ăla, dar știu la cine te referi.

A fost ciudat totuși, anglofonul înlocuiește cărțile cu altele noi. Eu nu înțeleg.

Afară cu cele vechi și înăuntru cu cele noi. Asta e dublu scop. Cărți noi cu un bibliotecar nou. Pentru mine are sens.

Am simțit mai mult ca o premoniție.

Ribby a râs. Nu sunt destul de deștept să am premoniții.

Dar eu sunt.

Ești atât de amuzant.

CAPITOLUL 29

D UPĂ O DIMINEAȚĂ GRĂBITĂ, deoarece a dormit prea mult, Ribby a ajuns la serviciu și a intrat în clădire.

Imediat un banner pe care scria: „FELICITĂRI RIBBY!" i-a atras atenția.

Ro-ro. Se pare că cineva a scăpat pisica din sac.

Cine? Ma? O să...O să....

O avalanșă de strigăte și aplauze.

Oh, nu, trebuie să ies de aici!

Nu, nu trebuie. E prea târziu pentru asta. Ei te văd. Zâmbește!

Ribby a zâmbit în timp ce colegii ei angajați se adunau în jurul ei.

„Bravo Ribby!"

„Știam că o poți face!"

„Suntem extrem de mândri de tine! Bibliotecar șef! Wow!"

Pe avizier era următoarea notă:

„Felicitări propriului nostru Ribby Balustrade!
Bibliotecar șef, E. P. Anglophone Private Library.
Semnat, doamna P. Wilkinson, bibliotecar șef".

Ribby și-a frecat ochii, neîncrezătoare. Deschizându-i din nou, a mormăit în sinea ei. Cum a putut el să anunțe asta fără s-o întrebe mai întâi? Și-a strâns pumnii în timp ce căldura îi creștea în obraji. Nu mai era stăpână pe viața ei, pe destinul ei. S-a dus în spatele tejghelei și și-a lăsat capul pe birou.

Revino-ți, Costică. Le strici bucuria. Sunt atât de mândri de tine și e ultima ta zi aici. Ia-o cu calm. Ține-ți capul sus.

Dar a promis! A spus că-mi pot lua timp. Acum asta e ultima mea zi. ULTIMA MEA ZI!

Ce e făcut, e făcut. Îi poți spune mai târziu despre asta. Pentru moment, bucură-te de moment. Fii o sursă de inspirație.

Doamna Wilkinson se plimbă pe lângă birou. „În primul rând, vreau să-ți mulțumesc că m-ai acoperit când am fost în spital. În al doilea rând, sunt atât de mândră de tine, Ribby! Când m-a sunat domnul Anglofon, adică Theodore Anglofon, m-am simțit atât de mândră de tine. Am plâns. Chiar am plâns. Întotdeauna ai fost ca o fiică pentru mine".

„Mulțumesc, doamnă Wilkinson."

„Adică, un om atât de puternic. Să te aleagă pe tine, la vârsta ta, să fii bibliotecar șef. Vei ajunge departe."

„Ați mai auzit de domnul Anglophone?"

„Nu-l cunosc personal, dar știu DE el. Pe lângă asta, arhitectura bibliotecii sale a apărut în mai multe reviste. Așa cum a fost și casa lui."

„Da, biblioteca este destul de frumoasă, la fel și casa lui, dar nu știam de reviste."

„Avem un prânz în onoarea dumneavoastră. Catering complet, mulțumită domnului Anglofon, care a insistat să acopere toate cheltuielile.”

„Oh, el a făcut-o, nu-i așa?” a spus Ribby.

Acel cerșetor bătrân și viclean.

„Între timp”, a continuat ea, ”bucurați-vă de ultima voastră zi.”

„Mulțumesc, doamnă Wilkinson.”

Ribby a aruncat o privire în direcția colegilor ei care se întorseseră la sarcinile lor. Curioasă, s-a conectat la computer și a *căutat* pe *Google* Theodore Anglophone.

Cel mai căutat element a fost un articol din ziarul local. Titlul scria: „Moarte suspectă în biblioteca locală”.

Ce anume?

Ribby a citit mai departe.

Bibliotecarul șef a murit?

De asta a închis-o. Se pare că femeia era nebună.

Oh, Teddy i-a găsit cadavrul. Asta trebuie să fi fost groaznic pentru el.

Nu, uite aici. Spune că a sunat la poliție, dar reporterii au ajuns primii.

Reporterii întotdeauna ajung primii. Oh, au fotografii ale femeii. Pare nebună. Unde sunt hainele ei? Și pare că scuipă la reporteri.

Mulți ar vrea să scuipe la reporteri.

De acord, dar uitați-vă la ochii ei. Pare disperată. Speriată.

Isterică. Se spune că Teddy a închis biblioteca după aceea, a jurat că nu o va mai deschide niciodată.

Până acum. Trebuie să ies de aici să iau puțin aer proaspăt înainte să înceapă prânzul. Se apropie de doamna Wilkinson și îi ceru permisiunea să plece.

„Ei bine, cu greu te pot concedia acum, nu-i așa?" a răcnit doamna Wilkinson. „La urma urmei, aceasta este ultima ta zi!"

„Da, oh, adevărat", a spus Ribby. Mai mulți binevoitori au aclamat-o când a trecut pe lângă ea. Odată ajunsă afară, a scos o țigară din geantă și și-a aprins-o.

Poate că ne-am grăbit un pic.

Un pic!

✳ ✳ ✳

RIBBY S-A ÎNTORS LA bibliotecă la timp pentru masa de prânz. Sortimentul de mâncare din bufet a fost mai mult decât suficient pentru toți. Toată lumea a mâncat, s-a amestecat și a stat de vorbă.

Doamna Wilkinson a început să cânte: „Pentru că e un tip vesel". Obrajii lui Ribby s-au încins. Doamna Wilkinson a ținut un scurt discurs, apoi i-a prezentat lui Ribby un cadou.

„Deschide-l! Deschide-l!" au cântat colegii ei.

Ea a rupt pachetul. Era un telefon mobil.

„Am adăugat deja toate datele noastre de contact ca să putem ține legătura", a spus doamna Wilkinson.

De parcă am vrea să ținem legătura cu ei!

„Mulțumesc, foarte mult", a spus Ribby.

„Discursul! Discurs!" au strigat ei.

Ribby nu era obișnuit să vorbească în public și a bolborosit câteva propoziții incoerente.

Am devenit verklempt.

A spus că-i va lipsi tuturor.

Ai făcut-o, Rib. Acum, hai să plecăm naibii de aici.

Ei au aplaudat. Doamna Wilkinson a atras atenţia tuturor clătinându-și gâtul. „Îi dau lui Ribby restul zilei liber! Îţi mulţumesc Ribby, pentru anii de servicii remarcabile în cadrul Bibliotecii din Toronto. Te rog să ţii legătura".

Personalul a format o procesiune.

E ca la o nuntă.

Sau o înmormântare.

Afară o limuzină aștepta la bordură.

Ribby îşi strânse pumnii.

Respiră adânc.

Șoferul a coborât.

Stephen.

Și-a scos pălăria, apoi s-a apucat să deschidă ușa din spate. Înăuntru aștepta Teddy cu un zâmbet imens pe faţă. A bătut pe scaun, încurajându-l pe Ribby să intre.

Intră şi calmează-te înainte să spui ceva.

Corect. Ea și-a desfăcut pumnii. S-a așezat și și-a fixat centura de siguranţă. A tras adânc aer în piept. „Bună, Teddy."

„Închide ușa, Stephen!" a lătrat Teddy.

Stephen. Numele lui chiar este Stephen.

Un fel de Twilight Zone-ish, nu-i așa?

„Înainte", a ordonat Anglofonul. Bariera s-a ridicat și șoferul a plecat mai departe.

„Sper că ai avut o zi plăcută, Angela."

„A fost destul de ciudat", a spus Ribby. „A fost ultima mea zi până la urmă." Ea a respirat adânc. „Nu știam că ai de gând s-o informezi pe doamna Wilkinson de aranjamentul nostru. Am vrut să mă resemnez. Era un lucru important pentru mine." Obrajii ei s-au înroșit, iar vocea i-a tremurat în timp ce se lupta să-și păstreze calmul.

„De ce să faci tu ceea ce pot face eu pentru tine?" a șoptit Teddy. Și-a pus mâna pe piciorul ei.

De data asta nu mai exista nicio îndoială cu privire la intenţiile lui. A lăsat-o acolo. Ea nu a îndepărtat-o.

„Știu că acești oameni de la Bibliotecă nu au fost întotdeauna buni cu tine. Știu că au profitat de tine și că nu te-au apreciat. Vreau să îi părăsești. Vreau ca ei să știe că tu ești mai bună decât ei. Tu câștigi și ei pierd."

Ce? Știam că ne urmărește, dar asta e... extrem...

Adevărat. Mă întreb ce mai știe?

Ribby a respirat adânc.

„Știu multe, multe lucruri despre tine. Despre lume", a mărturisit Teddy. „Proștii sunt o duzină. Nu sunt în stare să-ți lingă cizmele. Dacă cineva ți-a făcut rău, arată-mi-l și mă voi ocupa eu de el."

Și un asasin plătit! Rib, asta se îndreaptă într-o direcție nebunească.

Ribby își înfipse unghiile în mânerul ușii. L-a eliberat. „Nu, nu, nu există așa ceva. Eu duc o viaţă destul de simplă. Lucrez, merg la spital, vin acasă și nu prea am o viaţă socială."

Păstraţi-vă calmul. Păstraţi-vă calmul.

„Vei fi." El și-a ridicat mâna cu palmele deschise, ca și cum ar fi vrut să îi dea un „bate palma". Ea i-a urmărit mâna când s-a ridicat și când a lăsat-o din nou lângă el.

„Când vom fi împreună, lumea se va înclina în fața ta și toată lumea te va iubi și va dori să te mulțumească."

Descrierea unei regine sau a unei prințese.

S-a uitat în ochii lui Ribby. Stomacul i s-a zvârcolit. L-a sărutat.

Ah Doamne, Rib...wtf?

„Îmi pare rău," a spus Ribby, dezgustată de acțiunile ei. E vina ta. Eu mă vedeam ca o regină sau o prințesă.

Și eu, dar am fost închiși într-un turn de fildeș.

„A fost un gest frumos", a spus Teddy. „Și cu atât mai frumos cu cât ai avut impulsul să-l faci și tu și l-ai urmat. Da, văd că vom fi fericiți împreună. Vino înapoi cu mine acum. Vino la noi acasă. Să ne începem astăzi viața împreună."

„Așteaptă, Teddy, așteaptă. Mai trebuie să pun niște lucruri în ordine."

„Să luăm cina împreună în seara asta. Să sărbătorim!"

„Sunt epuizată Teddy și vreau să petrec ceva timp cu copiii de la spital. Trebuie să-mi iau rămas bun și să închei niște socoteli."

Teddy se uită în altă parte pentru o secundă când ea făcu o pauză.

El știe.

Poate, dar l-am sărutat.

Da, sigur că ai făcut-o. De ce?

Sincer, nu știu.

Ciudat.

„Da, văd că e ceva ce trebuie să faci. Dar eu sunt atrasă de tine. Vreau să fiu lângă tine. Vreau să fim împreună. Lasă-mă să te duc acasă, Angela", imploră Teddy.

„De fapt, apreciez oferta, dar aș prefera să iau autobuzul."

Ea i-a atins dosul mâinii.

„Unde ai vrea să te lăsăm?"

„Aici, chiar aici e bine."

Ștefan a oprit mașina. Înainte să poată coborî și să deschidă ușa, Ribby a deschis-o și a ieșit.

„Până când ne vom întâlni din nou", a spus Teddy, suflând un sărut în direcția ei și fără să întrerupă contactul cu ochii ei.

Ribby s-a trezit că îl prinde și își duce degetele la propriile buze.

Blech, Rib. Ai mers mult prea departe.

Parcă eram posedat sau ceva de genul ăsta.

A fost o interpretare de Oscar. Adică, am spus unele lucruri și am făcut unele lucruri, dar tu, Ribby, tu iei tortul.

Mușcă-mă!

CAPITOLUL 30

R IBBY A AJUNS ACASĂ și a auzit-o pe mama ei
plângând.

„Ce s-a întâmplat, mamă?"

„E mătușa ta Tizzy. E moartă."

„Nu-mi vine să cred."

Bine jucat, Ribby.

„Da, nici mie nu mi-a venit să cred, dar i-au găsit cadavrul. Era în dubița Attics-R-Us cu unul dintre castorii mei."

„Oh."

„Era un om ciudat", a spus Martha.

Poți spune asta din nou.

„Asta e îngrozitor. Săraca mătușă Tizzy."

„Tocmai m-am întors de la identificarea corpului ei. Acum îi sună soțul și fiica. Nu ar trebui să o vadă, nu dacă pot scăpa de asta. Ar trebui să-și amintească de ea, cum era. Nu așa cum am văzut-o eu. Toată umflată și...." S-a dus la bar și și-a turnat un pahar de whisky curat. L-a dat pe gât.

„Cum, cum s-a întâmplat?"

Ribby, acesta este un alt spectacol premiat cu Oscar. Ușor. Ține-ți vocea constantă.

„Ei cred că ea a căzut de pe o stâncă cu dubița lui după ce l-a înjunghiat, deoarece el avea o rană înjunghiată în spate. Echipa medico-legală m-a chemat, au spus că a fost violată."

„Violată? Oh, Doamne, ce oribil."

„Stai un pic. Îți amintești cuțitul pe care l-am găsit zilele trecute? Unde e cuțitul ăla? Ar putea fi arma crimei. Ce am făcut cu el?" a spus ea scuturându-l pe Ribby. Apoi s-a oprit și a devenit mai palidă decât palid. „Și domnul Anglofon... oh, scandalul ăsta ți-ar putea ruina totul!"

„Ce are el de-a face cu asta?"

„Adică, despre mine. Despre domnii mei interlocutori. Dacă iese la iveală, îți va ruina șansele."

Ribby a pălmuit-o tare pe Martha.

Din nou. Din nou.

„Trebuie să te aduni, mamă. Nimic din toate astea nu are de-a face cu tine, cu noi, iar domnului Anglofon nu-i va păsa de nimic din toate astea. În plus, el nu este străin de scandaluri."

„Atunci știi?" a întrebat Martha.

„Da, știu despre fostul bibliotecar care a murit în biblioteca lui Anglophone. Totul sună foarte bizar."

„Bărbații", a spus Martha. „Bărbații pot spune, și soțiile lor pot spune, și toată lumea va ști că mama ta este o curvă."

„Oh, te rog mamă, nu mai divaga. Îmi faci rău la cap."

„Promite-mi ceva, Ribby. Promite-mi că-l vei suna pe Teddy și-i vei spune că vrei să te alături lui acum. Pleacă de aici și din oraș. Înainte să izbucnească scandalul."

„Dar mamă, moșia Anglophone nu e departe de oraș. Teddy ar fi aflat. Tocmai l-am părăsit. Am lucruri de rezolvat. Nu sunt încă pregătită să plec."

„Nooooooooo!" a strigat Martha. „Trebuie să ieși din casa asta ACUM!" Martha a fugit pe scări și a început să arunce lucrurile lui Ribby într-o valiză.

Ribby a urmat-o.

Își pierde mințile, Rib.

Înțeleg. Se prăbușește.

Martha a continuat să împacheteze, să împăturească și să rostogolească hainele ei de mână. Mormăind pentru sine, „Te salvez pe tine. Tu ești tot ce contează."

Ribby, neștiind ce altceva să facă, a strigat: „STOP!"

Martha a rămas nemișcată ca o căprioară prinsă în faruri.

Ribby a explicat. „Domnul Anglofon mi-a dăruit o garderobă plină cu haine noi uimitoare." A luat geanta pe care o luase cu ea la performanțele din spital și a aruncat-o peste umăr.

N-o să ai nevoie de asta!

Poate că da și poate că nu, dar nu o las aici.

„Oh, înțeleg," a spus Martha, despachetând. „Sună-l înapoi. Nu poate fi departe. Fiică, dacă m-ai iubit vreodată. Dacă ai putut vreodată să mă ierți și să faci asta pentru tine, atunci te rog fă-o ACUM!"

Cred că ar trebui, Costică.

De acord. Când nu voi mai fi, se va aduna singură.

În starea în care e, nu știu.

Trebuie s-o facă.

Ribby l-a sunat pe Teddy.

„Sigur, nu sunt departe. O să vin să te iau."

Martha și Ribby s-au îmbrățișat.

În timp ce limuzina pleca, Martha și-a privit fiica până când nu a mai putut-o vedea. A închis ușa din față și a căzut în genunchi. A rămas acolo pentru o secundă sau două, cu spatele sprijinit de ușă.

Viața Marthei i-a trecut prin fața ochilor, tot ce făcuse bun și tot ce făcuse rău. Erau mai multe lucruri rele, decât bune. Doar Ribby făcea parte din ultima categorie. Își amintea de sora ei când erau apropiate cu ani în urmă. O soră cu care se certase pentru nimic. O soră pe care nu o va mai vedea niciodată.

Gândul ei s-a întors la cuțitul pe care îl găsise. Cât de prudentă fusese fiica ei în legătură cu el și cum făcuse chiar o glumă despre faptul că Tizzy ucisese pe cineva cu el. Ciudat. Ca să nu mai vorbim de cât de vagă fusese fiica ei cu privire la întoarcerea surorii ei. Totul era destul de ciudat. Ceva nu era în regulă. Se întreba unde era cuțitul acum. Fiica ei era implicată, de asta nu exista nicio îndoială.

Și-a imaginat ce s-ar fi putut întâmpla. Carl Wheeler ar fi putut apărea. Tizzy deschisese jaluzelele? Dacă acestea erau deschise din greșeală, Carl ar fi intrat ca un musafir invitat. Și apoi, a oftat. S-a așezat, gândindu-se la ce s-ar fi putut întâmpla. Cum ar fi putut intra fiica ei... ce ar fi putut vedea...

A urcat în fugă scările spre camera lui Ribby. Fiica ei ascundea lucruri în dulapul ei, făcea asta de când era mică. Cu siguranță, Martha a găsit cuțitul înfășurat într-un prosop. Și nu doar cuțitul, ci și hainele însângerate ale fiicei ei.

A scos cuțitul afară și l-a îngropat sub podeaua magaziei, împreună cu hainele însângerate.

S-a întors înăuntru și și-a mai turnat un whisky. De data asta unul mare. Telefonul a sunat, dar ea nu a răspuns. A stat acolo, sorbind și sorbind până când a sunat de la sine.

CAPITOLUL 31

D RUMUL SPRE CASA LUI Teddy a fost unul liniștit. În viziunea ei periferică a observat că Teddy adormise. Neputând să doarmă, s-a hotărât să o sune pe Martha.

A sunat de mai multe ori fără răspuns. „Răspunde mamă, răspunde. Știu că ești acolo."

„Ah, um, ce?" a spus Teddy, trezindu-se speriat.

„Îmi pare rău că te-am trezit, Teddy. Încerc să o sun pe mama."

„Oh, cum e Martha atunci?"

„Nu răspunde", a spus Ribby, punând telefonul înapoi în geantă.

„Nu contează", a spus Teddy, bătând-o pe Ribby pe coapsă. „O poți suna dimineață. Poți să-mi spui, Angela, la ce te gândeai?"

„Când?" A întrebat Ribby.

„Înainte să adorm", a remarcat Teddy. „Păreai pierdută undeva adânc în gândurile tale."

Ribby a început să spună ceva, dar Teddy a întrerupt   „Angela, nu este o critică la adresa ta, dar când suntem împreună, aș spera să te gândești doar la mine. La noi."

Acum vrea să-ți controleze gândurile.

Nu cred că asta vrea să spună.

„De când eram mică, mama a trebuit să mă crească singură."

„Știu asta, Angela. Martha mi-a spus. A spus că de multe ori a fost o mamă rea. Și totuși, îți faci griji pentru ea. Ce ciudat." I-a luat mâna în a lui.

Scoate vioarele.

A adormit din nou, ținându-i mâna.

Mai mult timp de somn este bine!

CAPITOLUL 32

ÎN DIMINEAȚA URMĂTOARE, ÎN fața casei Marthei a avut loc un scandal. Claxoane. Anvelope țipând. Camere video care clipeau. Voci puternice.

Martha a ridicat colțul jaluzelei. Era haos. O femeie purta o pancartă pe care scria: „Ieși afară din cartierul nostru, curvă!"

„Uite-o!" a strigat cineva, în timp ce aparatele foto făceau clic și clipeau.

„E acasă!"

Martha s-a dus în bucătărie și a făcut o ceașcă. În timp ce sorbea, Scamp s-a așezat suficient de aproape încât să-l poată mângâia.

L-a sunat pe John MacGraw și i-a lăsat un mesaj. „Eu sunt. Nu veni azi. Stai liniștit în următoarele câteva săptămâni. Reporterii, nenorociții, se târăsc peste tot. Nu vreau să fii implicat. Sună-mă când poți..." Timpul mesajului se încheie cu un bip. Martha a pus telefonul la loc, sperând că el va auzi mesajul înaintea soției sale.

S-a așezat, a răsfoit canalele TV până când s-a auzit o bătaie în ușă.

„Martha, sunt eu, Sophia."

Prin gaura cheii o zărește pe vecina ei, doamna Engle.

„Înapoi, vulturilor!" a strigat Sophia cu pumnii în aer. „Această femeie se află în intimitatea propriei case. SHOO! Ticăloșilor! Mergeți după o ambulanță sau ceva!"

Martha a deschis ușa. Un reporter a strigat: „De ce era tipul de la Attics-R-Us aici atât de des? I-au găsit agenda și v-a vizitat săptămânal."

„No comment", a spus Martha în timp ce închidea ușa în urma vecinei sale.

Doamna Engle a alunecat înăuntru. „Whew! Am nevoie de o ceașcă, Martha, prietena mea."

„Cu siguranță meriți una. Tocmai mi-am făcut una. Și mulțumesc Sophia."

„N-a fost nimic. Am auzit despre biata ta soră. Viperele alea ar trebui să te lase să suferi în loc să facă scandal din cauza unor lucruri fără sens."

„Cred că este o zi cu puține știri", a spus Martha în timp ce turna cafeaua și îi oferea Sophiei zahăr și lapte.

Sophia le-a refuzat pe amândouă. „Unde este Ribby?"

„A plecat. Slavă Domnului. Are o slujbă nouă, în afara orașului."

„Bine pentru Ribby. Între timp, sunt sigur că un alt eveniment le va abate atenția de la tine. Acești vulturi ar putea învăța un lucru sau două despre maniere!"

„Sigur ar putea", a spus Martha.

Sophia a format 911.

Martha a zâmbit când Sophia a început să vorbească.

„Da, este poliţia?" A făcut o pauză. „Ei bine, ar fi bine să veniţi cu toţii aici sau va trebui să iau legea în propriile mâini. Mhmmmm. Reporteri peste tot. Îmi calcă în picioare trandafirii. Tulburând liniștea. Nu știu cum îndrăznesc. Bine, da, Sophia Engle, 44 Midas Lane. Sunt prinsă alături, 42 Midas Lane, bine. Așa o să fac. O să fac asta. Bine. Mulţumesc, domnule. Ne vedem atunci. Slavă Domnului!"

Martha și Sophia așteptau sosirea poliţiei.

Nu părea atât de rău acum că avea pe cineva cu ea.

CAPITOLUL 33

ERA MIEZUL NOPȚII CÂND limuzina a oprit în fața conacului anglofon. Nu era complet întuneric, iar de la ferestre emana o ușoară strălucire de ceva asemănător unei lumânări.

Casa și-a deschis brațele și Ribby a pășit înăuntru, urmat de Stephen care își căra geanta.

Teddy s-a oprit în pragul ușii unde stătea servitorul său.

Servitorul și-a ajutat stăpânul scoțându-i haina.

Când i-a aruncat o privire lui Ribby, un fior i-a străbătut șira spinării. El a zâmbit, un zâmbet neprimitor. Un zâmbet care încă semăna cu al cuiva care a supt lămâi.

Trebuie să fie starea lui obișnuită.

Buzele lui încrețite s-au transformat într-un zâmbet cu dinți când Anglophone i-a făcut față.

„Aceasta este noua ta casă, Angela. Bine ai venit!" a spus Teddy, radiind. „Ștefan, lasă geanta și poți pleca. Mașina are nevoie de o curățenie, atât în interior, cât și în exterior."

„Da, domnule", a spus Stephen.

Stephen s-a înclinat mai întâi în fața lui Teddy și apoi în fața lui Ribby și a plecat.

„Acesta este servitorul meu, Tibbles. L-ai cunoscut zilele trecute. El este responsabil pentru conducerea casei. Tibbles, domnișoară Angela. Am încredere că totul este în ordine?"

„Da, domnule, totul este pregătit pentru sosirea domnișoarei dumneavoastră", iar el a luat geanta lui Ribby și a plecat.

Ribby, neștiind ce să facă, s-a uitat la Teddy pentru îndrumare.

„A fost o zi lungă și aș vrea să mă retrag, draga mea", a spus Teddy, sărutându-i mâna. „TIBBLES!" a urlat el. „Te rog să o conduci pe domnișoara Angela în camera ei."

Tibbles aștepta în capul scărilor cu geanta lui Ribby.

Ribby a urcat scările spre Tibbles: „Tu nu urci?".

Teddy a rămas la baza scărilor ca Rhett Butler privind-o pe Scarlett O'Hara.

„Apartamentul meu este la parter. Noapte bună, îngerul meu. Somn ușor."

Când Anglofonul fu departe de urechi, Tibbles pufni. „Urmează-mă", a spus el, conducând-o de-a lungul coridorului. Câteva uși mai încolo, a deschis ușa și i-a făcut semn lui Ribby să intre. A urmat-o înăuntru și a așteptat instrucțiuni.

Ribby și-a admirat noua locuință. Noua ei casă. Florile umpleau fiecare spațiu disponibil. Trandafiri.

Sute de trandafiri. Totul în cameră era roz, drăguț și frumos.

„Am încredere că asta e satisfăcător", a spus Tibbles. A scăpat geanta pe podea.

„Da, o, Doamne, da." S-a întors și a răsturnat o vază cu muguri care s-a spart pe podea. A căzut în genunchi și a început să strângă bucățile, cerându-și în același timp scuze.

„Mă ocup eu de asta", spuse Tibbles, dând-o la o parte și scoțând o mătură mică și o lopată din interiorul jachetei sale. „Dacă nu mai este nimic altceva, domnișoară Angela, aș putea să mă retrag pentru seara asta?"

„Oh, da, vă mulțumesc și, vă mulțumesc foarte mult. Pentru tot."

Tibbles se înclină și aproape că zâmbi.

Poate că are gaze.

Ribby a râs.

Tibbles a închis ușa când a ieșit.

După ce a plecat, Ribby a deschis o ușă, care spera să ducă la baie. Era un dressing. A mai deschis o ușă; era o toaletă, dar fără baie. Atunci, unde era baia?

„Tibbles?" a strigat Ribby, dar el plecase deja. Cred că va trebui să aștept până dimineață.

Nu există un clopoțel sau ceva care să-l cheme înapoi?

Nu văd niciunul.

Când vei fi regina conacului, vei primi unul instalat.

Da, va fi în capul listei mele de priorități.

Ribby a tremurat în cămașa de noapte. A dat drumul la pătura electrică și a încercat din răsputeri să nu se simtă ca o prinţesă care trebuie să facă pipi.

✻✻✻

RIBBY S-A TREZIT ÎN toiul nopții cu dureri în toate părțile laterale. Trebuia să se trezească și să găsească toaleta, și cu cât mai repede, cu atât mai bine. A pășit pe covorul din piele de urs de lângă pat, a tremurat și a căutat o pelerină. A găsit una prinsă de un cârlig în dulap. Se potrivea. Din nou, Teddy știa dimensiunile femeilor.

El se gândește la toate.

Da, în afară de a-mi spune unde e toaleta!

Tibbles cu față de rahat ar fi trebuit să facă asta.

Ribby a deschis ușa și s-a uitat pe hol spre baie. Fiecare pas pe care îl făcea era dureros.

Omul acela ar trebui concediat.

Nu, e vina mea Ar fi trebuit să întreb.

Ribby a mers până la capătul holului. A început să deschidă ușile. Ușa numărul unu era o cameră de oaspeți. Ușa numărul doi era o cameră de băiat toată în albastru.

Ce...?

Poate că are un fiu? Și i-a lăsat camera așa cum era când s-a mutat?

Da, unii părinți fac sanctuare copiilor lor.

La ușa numărul trei, Ribby și-a înfășurat degetele în jurul mânerului.

„Pot să vă ajut?"

Ribby s-a întors, pentru a-l găsi pe Tibbles, cu mâna pe șold, purtând o cămașă de noapte, o șapcă și o lumânare. Arăta ca un personaj dintr-un roman de Charles Dickens.

„Uh, îmi pare rău că vă deranjez, dar trebuie să merg la toaletă. Nu știu unde este."

Tibbles a pălit. „Urmează-mă." A condus-o înapoi de-a lungul holului, trecând pe lângă ușa ei și, două uși mai jos, la dreapta, spre baie. „Va mai fi ceva în seara asta, domnișoară?"

„Nu, nu, Tibbles. Mulțumesc foarte mult", a spus Ribby în timp ce se grăbea înăuntru și se îndrepta spre toaletă. Nu se simțise niciodată atât de bine când făcea pipi și a observat că acustica din cameră era foarte puternică. A simțit nevoia să spună ceva pentru a vedea dacă va avea ecou, dar a decis să nu o facă.

Angela însă nu a rezistat și a început să cânte refrenul piesei „Like A Virgin" a Madonnei. *Acustica aceasta este grozavă!*

După ce și-a terminat abluțiunile, s-a uitat prin baie.

Wow, prosoape cu „Angela" brodat pe ele.

Cum ar fi putut aranja asta?

Probabil că servitorul coase.

Pare foarte...

Rigid? Înțepenit?

Da, și da.

Anglofonul cu siguranță se gândește la toate, vreau să spun, în mod straniu.

Da, este grijuliu.

Nu asta am vrut să spun. Nu contează.

Ribby s-a întors în camera ei și s-a culcat la loc.

Angela începuse să se plictisească de părerea lui Ribby despre toate. Își dorea puțină emoție; îi era dor de cluburi și de tot ce mergea cu ele.

Angela se întreba despre Stephen. Era singur? Îi plăcea să se distreze?

Totuși, nu voia să strice concertul cu bătrânul.

Când momentul va fi potrivit, totul va fi al meu!

Urmează un râs sinistru!

CAPITOLUL 34

Î N DIMINEAȚA URMĂTOARE, RIBBY a deschis ochii la sunetul cuiva care îi bătea la ușă. Înainte ca ea să poată răspunde - se simțea ca un déjà vu - persoana a bătut din nou.

„Voi ieși în scurt timp", a spus ea, în timp ce arunca păturile înapoi, se întindea și căsca.

„Maestrul Anglofon vă așteaptă, domnișoară. Nu-i place să fie lăsat să aștepte. Vă rog să vă grăbiți."

„Voi face tot posibilul", a spus Ribby, apoi femeia a plecat. Ribby a făcut duș, și-a legat părul și și-a aranjat fața ciupindu-și obrajii. S-a întors în camera ei, luând din dulap primul lucru pe care a putut pune mâna. Era un costum pantalon din piele de căprioară care i se potrivea perfect. A coborât scările.

„Bună dimineața, Teddy", a spus Ribby, în timp ce Tibbles îi conducea în sala de mese.

„În sfârșit!", a mormăit în șoaptă o femeie însoțitoare.

Tibbles s-a holbat la ea cu ochii aproape ieșindu-i din cap, apoi la Anglophone. Când a fost sigur că Anglophone nu o auzise, ea a fost concediată.

„Da, bine, Angela, ia loc și bucură-te de primul din multele mic dejunuri pe care le vom împărți în această casă ca un cuplu. Ați dormit bine? Am înțeles că Tibbles te-a asistat la două dimineața?" Teddy a bătut din palme. Personalul a început să servească.

„Uh, da", a spus Ribby, devenind roșie. S-a uitat la Tibbles. El s-a uitat la pantofii lui.

„Tibbles a fost mustrat pentru că și-a neglijat îndatoririle. Nu se va mai întâmpla."

„Îmi cer scuze, domnișoară Angela", a spus Tibbles, înclinându-se în fața lui Teddy și apoi a Angelei.

„Nu a fost vina lui. Ar fi trebuit să întreb."

„Te asigur că întotdeauna este vina ajutorului. Când ești angajator, nu ar trebui să trebuiască niciodată să întrebi."

Ribby s-a concentrat pe mâncarea ei. Servitoarea a venit lângă ea și s-a oferit să toarne smântână în fulgii de ovăz. Ribby i-a mulțumit. „Nu cred că ne-am mai întâlnit?" Ribby i-a spus chelneriței care s-a dat înapoi și și-a acoperit fața. Ribby s-a uitat în direcția lui Teddy. Buza lui superioară tremura. Și-a dat seama că greșise.

„Doamnă Haberdash, permiteți-mi să v-o prezint pe domnișoara Angela", a spus Teddy pe un ton sarcastic. „Acum lasă-ne să ne luăm micul dejun în liniște. Nu vreau ca voi toți să vă învârtiți pe aici. E rău pentru digestie!"

„Domnule?" a întrebat Tibbles.

„Da, mă refer și la tine. O să vă anunț dacă avem nevoie de ceva."

„Da, domnule anglofon, domnule."

Totul e atât de formal aici, încât îmi dă fiori.

Da. Par speriați.

Teddy conduce o corabie strânsă.

Tibbles e mai înfricoșător.

Anglophone trebuie să-i plătească bine.

Ribby și-a ridicat privirea, realizând că Teddy vorbise.

„....Să nu vă fie teamă să faceți sugestii pentru viitor, ca să puteți face biblioteca a voastră."

„Teddy, înainte să mai spui ceva, vreau să-ți mulțumesc."

Teddy a radiat și și-a umflat pieptul.

„Tu, îngerul meu, ești totul și chiar mai mult. Vreau să-ți dau ceea ce este al meu. Orice îți dorești, îți voi da. Tot ce trebuie să faci este să ceri."

Ribby s-a ridicat și l-a sărutat pe Teddy pe creștetul capului. Ea l-a îmbrățișat. El a încurajat-o să se așeze pe genunchii lui. S-au sărutat. S-au uitat unul în ochii celuilalt.

Luați-vă o cameră! Adică, servitorii s-ar putea întoarce în orice moment!

Teddy s-a ridicat și și-a pus mâinile pe obrajii lui Ribby. El s-a uitat în ochii ei, iar ea în ochii lui. A dus-o de mână.

Vomit total aici.

De-a lungul coridorului, în inima intrării, pe scări.

Revino-ți, Costică! E prea devreme să te lași dus de val.

Nu răspunde nimeni.

Ribby, mă asculți? Te-a hipnotizat   sau te controlează. Ribby! Asculta-ma. Întoarce-te la mine!

Angela a încercat să preia controlul. Să se uite în altă parte. Să rupă legătura era tot ce trebuia să facă, dar nu a reușit.

A strigat numele lui Ribby din nou și din nou și din nou.

Totuși, niciun răspuns.

CAPITOLUL 35

Titlurile strigau: „Un bordel în mijlocul nostru”. Martha a luat ziarul din pragul ușii și l-a aruncat direct la gunoi.

L-a scos din nou și, împotriva bunului ei simț, a citit articolul. „Martha Balustrade, 62 de ani, a condus un bordel în apropiere de centrul orașului. (Fotografie la pagina 3)”.

Martha a răsfoit fotografia. A tresărit. I-au folosit fotografia de la nuntă. S-a simțit trădată. O lacrimă i-a alunecat pe obraz în timp ce rupea hârtia în bucăți mici.

Martha a simțit fiecare centimetru de spațiu gol, ca și cum casa ei nu mai era casa ei. Luase telefonul din cârlig și refuzase să deschidă televizorul de teama a ceea ce se spunea despre ea. Își dorea să nu se fi dat jos din pat, dar trebuia să urce în pod.

A urcat scara. Departe, într-un colț, îngropată sub pături, pânze de păianjen și diverse obiecte, se afla o comodă încuiată cu lacăt care conținea documente private.

Martha a început să scoată hârtiile din cufăr, una câte una, oprindu-se din când în când să citească. Acolo era. A deschis cartea și a desfăcut documentul din interior: Certificatul de naștere al lui Ribby. A închis cartea și a întors-o. Pentru câteva secunde s-a uitat la imaginea de pe spate. A împăturit din nou documentul, l-a pus înapoi în carte și l-a adăugat la grămada „de aruncat".

Când s-a lăsat noaptea, Martha a coborât, cărând cât de mult a putut. A urcat din nou și și-a umplut brațele, având grijă să păstreze două grămezi separate. După mai multe urcări și coborâri pe scări, avea toate documentele cu ea. Intenționa să citească teancul „de păstrat" mai amănunțit cu un whisky sau două. Celălalt teanc urma să fie distrus.

A așezat teancul „de aruncat" pe canapea, lângă șemineu, iar teancul „de păstrat" la capătul celălalt.

În partea de sus a teancului „de aruncat" era cartea care conținea certificatul de naștere al lui Ribby. I-a aruncat o privire scurtă. La spațiul gol unde ar fi trebuit să fie numele tatălui lui Ribby.

Martha s-a îndreptat spre șemineu și a aprins buștenii. A aruncat certificatul de naștere al lui Ribby, apoi a deschis coșul de fum. Vântul a suflat imediat în jos, făcând hârtiile de pe canapea să tremure și să se agite. Ea a luat cartea și a aruncat-o în foc. A privit-o cum se aprinde, apoi a aruncat și restul din grămada „de aruncat".

Când lotul a dispărut, Martha a privit răsăritul soarelui crescând peste dealuri. Verdele gazonului contrasta cu roșul violaceu al răsăritului. Privirea ei s-a îndreptat spre o mică umbră proiectată în fața ușii. Nu putea vedea pe nimeni și se întreba ce era.

S-a dus la ușă și s-a uitat pe vizor. Era sigură că era o sticlă de ceva. Lapte? Nu, lăptarul nu mai fusese prin zonă de un deceniu sau mai mult. În cele din urmă, curiozitatea a pus stăpânire pe ea și a deschis ușa. Era o sticlă de vin spumant, cu un bilet pe care scria „Un toast pentru tine, cu toată dragostea mea".

Trebuia să fie de la John. Probabil că trecuse pe aici când ea era în pod. Ea a răspuns la telefon ca să-i mulțumească, dar a răspuns robotul lui. A închis de data asta fără să lase vreun mesaj.

Martha a turnat un pahar, luând în același timp și câteva somnifere. A continuat cu vinul și pastilele până când ambele sticle au fost goale. Apoi s-a întors la Jack Daniels și l-a terminat.

A intrat și a ieșit din somn.

O scânteie din șemineu a intrat în contact cu marginea grămezii „de păstrat". Curând grămada a luat foc. Apoi canapeaua.

Martha a continuat să doarmă.

Doamna Engel a chemat pompierii.

Martha avusese grijă să țină grămezile separate. În cele din urmă, ambele au ajuns în același loc.

CAPITOLUL 36

TEDDY A CONDUS-O PE Angela de-a lungul coridorului.

Ribby, ce faci? E prea devreme. Ai adormit? Trezește-te! Trezește-te!

Teddy s-a oprit din mers și a deschis brusc o ușă.

Asta nu e ceea ce mă așteptam.

Nici la mine!

În sfârșit, ți-ai revenit! Chiar m-ai îngrijorat.

De ce? Ce s-a întâmplat? Ce am pierdut?

Nu m-ai auzit când te-am sunat?

Nu, dar am putut auzi oceanul.

Trebuie să-ți fi făcut ceva.

Nu prea cred.

A înaintat împiedicată, așteptându-se să vadă un budoar somptuos, când, de fapt, ceea ce avea în fața ei nu era deloc așa. În casa lui, el crease o replică exactă a bibliotecii.

„E pentru tine", a spus Teddy, sărutându-i mâna lui Ribby. Stătea și o privea în timp ce ea asimila totul. „Acesta este altarul tău, locul tău special, Angela, și nimeni nu va avea cheia în afară de tine. Vino aici să-ți liniștești gândurile. Să evadezi din lume. De mine, dacă vrei. Vino aici să scrii, să pictezi, orice îți dorește inima. Vino aici des. Cunoaște fiecare carte   citește-le pe toate   pentru că eu le-am citit deja pe toate   și vom avea multe de discutat. Într-o zi, vom călători și vom vedea toate locurile despre care ai citit în aceste cărți. Vreau să-ți arăt totul".

Ribby s-a repezit la el și l-a sărutat. Nimeni nu mai fusese atât de grijuliu, atât de minunat, cu ea până atunci.

Încetinește, Ribby. Încetinește!

I-a luat fața în mâini și a sărutat-o pasional.

Genunchii lui Ribby au cedat.

Tibbles și-a curățat gâtul. „Scuzați-mă, domnule."

Slavă Domnului pentru Tibbles! Ribby a părăsit clădirea. Revino-ți, Rib.

„Ce este?" a spus Teddy, cu o bătaie din picior.

„O chestiune de mare importanță, domnule." Vocea lui Tibbles tremura. Își ținea ochii coborîți spre podea.

„Nu acum, Tibbles. Ține-o sub pălărie, bătrâne, voi ieși în scurt timp", a spus Teddy, mângâind spatele lui Ribby.

„Dar domnule..."

„Foarte bine, atunci", a strigat Teddy lăsându-și mâinile la o parte și lăsându-l pe Ribby singur.

Ribby se simțea fierbinte, în siguranță și fericită în timp ce se uita la cărțile din propria ei bibliotecă. S-a ciupit pentru a se asigura că nu visează.

Eu nu înțeleg. De ce să ai aici o replică exactă a celeilalte biblioteci?

E foarte grijuliu, nu crezi?

Cred că înseamnă că te vrea aici, nu acolo.

Nu pot fi bibliotecar șef aici. Nu există patroni. A tremurat.

Da, nimic din toate astea nu are sens.

Cealaltă bibliotecă avea un sentiment bun. Pare frig aici.

E un termostat pe perete, poate e mai rece pentru că unele dintre cărți sunt fragile, poate chiar vechi? Uită-te la raftul acela de acolo. Legăturile par autentice. Stai puțin, tocmai mi-am dat seama... asta e biblioteca din vis?

O bătaie neașteptată în ușă a făcut-o să tresară. S-a ridicat și a deschis-o pentru a-l găsi pe Tibbles cu o privire gravă pe față.

„Stăpânul meu a trebuit să părăsească casa cu treburi urgente. Nu se va întoarce până mâine. Suntem la dispoziția dumneavoastră." A făcut o plecăciune joasă.

„Sunt bine deocamdată, mulțumesc, Tibbles." Ea a închis ușa și s-a întors la lectură.

CAPITOLUL 37

„CÂND AI VĂZUT-O ULTIMA dată?" a lătrat Anglofon în timp ce Ștefan se îndepărta cu mașina de conac.

„Vineri. Am fost acolo vineri. Era tulburată, dar nu m-am gândit niciodată că va face asta!" a spus Ștefan, înfigându-și degetele în volan.

„E o femeie nebună", a spus Anglophone, în timp ce pumnul său se prăbușea pe cotieră.

Ultimul lucru pe care și-l dorea Ștefan era să vorbească cu el. Dar nu avea de ales, din moment ce „Teddy" plătea facturile pentru spitalul în care se afla mama lui. Mama lui Ștefan se schimbase pentru totdeauna într-o zi la biblioteca Anglophone. Aproape că murise. Acum, ea era o cochilie a mamei pe care o cunoscuse cândva.

În timp ce conducea, Stephen și-a amintit că mama lui i-a povestit cum viitorul ei și al lui Teddy s-a împletit. Deși intrase în casa lui Anglophone de mic copil, Stephen nu fusese niciodată tratat ca un membru al familiei. Sigur, avea o cameră frumoasă cu totul în albastru, dar un băiat avea nevoie de mai mult.

Ștefan fusese un copil singuratic. Un copil care tânjea după o figură paternă. Anglofonul se închidea în fața fiului său vitreg. De fapt, el părăsea camera de fiecare dată când Stephen intra. Stephen se simțea ca un ghimpe în coasta bărbatului și nimic mai mult.

Și-a șters o lacrimă de pe obraz în timp ce se apropia tot mai mult de spitalul de psihiatrie. Asistenta Beemer i-a spus că mama lui înghițise un flacon de pastile. Când a întrebat de unde le luase, nu au fost siguri. Asta nu conta. Ceea ce conta era că mama lui era inconștientă. I se făcuse o spălătură stomacală. Viitorul ei era mai incert ca niciodată. Va trăi sau va muri?

„Femeie proastă", mormăi Anglophone. „Femeie proastă, proastă."

✳✳✳

DUPĂ CE ȘTEFAN I-A deschis ușa anglofonului, acesta a fugit înainte. Voia să o găsească pe mama lui; trebuia să o găsească imediat. Îl auzea pe Bătrânul Picior de Plumb umflându-se în spatele lui. Niciodată nu a putut înțelege cum de mama lui s-a putut îndrăgosti de el. Dar acum nu era momentul.

Ștefan se apropie de asistentă. „Mama mea? Unde este ea? Cum se simte?"

„E în afara pericolului, dar a fost la limită, dle Franklin. Camera 208. La capătul holului, la stânga." Asistenta a dat drumul la sonerie.

Stephen a intrat. Era hotărât să vorbească singur cu mama lui. A pornit într-un sprint.

Anglofonul se ținea pe urmele lui.

Mama lui zăcea inconștientă, îmbrățișată de lenjeria de pat. Tuburi și fire se întindeau din pieptul și brațele ei, conducând la o serie de aparate.

Ștefan a sărutat-o pe frunte, s-a așezat și i-a luat mâna moale în a lui. Aparatele zumzăiau și emiteau beep-uri.

„Arată bine, având în vedere", a spus Anglofon din spatele umărului stâng al lui Ștefan.

„Acum, ridică-te, și lasă scaunul unui bătrân. Și adu-mi o ceașcă de cafea", a adăugat el, aruncându-i lui Stephen câteva bancnote. „Și niște flori pentru mama ta, frumoase, într-o vază."

Ștefan a făcut cum i s-a spus.

Un lucru pe care îl făcea unui om faptul de a fi în preajma unui anglofon în fiecare zi, timp de atâția ani, era să-l facă să învețe cum să-și țină limba.

***

„ROSEMARY, MĂ POȚI AUZI?" i-a șoptit Teddy femeii de pe pat. „Rosemary, sunt Teddy."

Femeia nu s-a schimbat și nu a mișcat nimic. Teddy își amintea ziua în care s-au întâlnit prima dată. Fusese atât de vibrantă, atât de vie. Cu doar câteva săptămâni în urmă, își sărbătorise ziua de naștere. El îi trimisese narcise, preferatele ei.

Din fericire, Rosemary a spus că nu-și amintește mare lucru din momentul accidentului. Vestea morții ei a ajuns pe internet. În timpul vacarmului mediatic, Anglophone l-a rugat pe prietenul său, medicul legist, să trimită o mașină care să o ducă departe. Departe, în acest loc, unde s-a putut vindeca în timp.

„Acum nu mai trăiește cu adevărat, așa", a mormăit Teddy în timp ce se apropiau pași. Stephen se întorcea. Teddy nici măcar nu vorbise încă cu soția lui. Pentru că da, din moment ce ea nu era moartă   Teddy era încă un bărbat însurat. Jumătate din tot ce avea îi aparținea femeii inconștiente și moștenitoarei sale.

„Cum se simte?" Ștefan a îngenuncheat lângă patul mamei sale și i-a luat din nou mâna în a lui.

„Respiră, dar nu de bună voie. E timpul să vorbim despre cum să o lăsăm să plece în pace."

„Dar nu puteți. E mama mea și nu te voi lăsa."

„Vorbește mai încet. Tu, imbecil impertinent!" a strigat Teddy.

Rosemary a deschis ochii. Și-a deschis gura.

„Încearcă să vorbească!" Lacrimile curgeau pe obrajii lui Ștefan. „Mamă, sunt aici, sunt Stephen. Fiul tău, Stephen. Dacă mă poți auzi, strânge-mă de mână."

El a așteptat, ținându-și respirația, dar ea nu i-a strâns mâna.

În schimb, a strâns mâna lui Teddy.

CAPITOLUL 38

Î NAPOI ACASĂ, RIBBY SE simțea singură. Voia să viziteze biblioteca, dar nu avea cheie. S-a gândit să-l întrebe pe Tibbles dacă are un exemplar pe undeva   dar a decis să nu o facă.

Ribby a luat telefonul din hol, plănuind să o sune pe Martha.

Tibbles a apărut de nicăieri. „Pot să vă ajut, domnișoară?"

„Da. Aș vrea să o sun pe mama și se pare că mi-am rătăcit telefonul mobil."

„Nu se dau telefoane în perioada de acomodare, domnișoară."

„Dar de ce?"

Suntem ținute prizoniere?

„Urmez instrucțiunile stăpânului meu. Acum, dacă nu mai e nimic altceva..."

„Ei bine, mai este ceva. Aș vrea o cheie de la biblioteca de la capătul străzii, ca să mă pot duce să mai arunc o privire."

„Nu există nicio cheie pentru dumneavoastră, domnișoară. Puteți merge la o plimbare sau să profitați de facilitățile din casă, cum ar fi biblioteca personală. Spa-ul este relaxant dacă doriți să vă arăt unde este."

„Nu, mulțumesc. Îl aștept pe Teddy, er, domnul anglofon să se întoarcă."

„Veneam să vă văd în legătură cu domnul Anglofon. A fost reținut încă o zi. Am instrucțiuni să mă asigur că vă simțiți ca acasă. Anunțați-mă dacă mai este ceva, domnișoară."

„În acest caz, mă duc la o plimbare. Cât de departe este cel mai apropiat sat?"

Tibbles s-a apropiat de Ribby, s-a aplecat și a șoptit. „Este prea departe pentru a merge pe jos, domnișoară, și mă tem că mașina și șoferul sunt cu domnul anglofon. Explorați zona grădinii, anunțați-ne când doriți să luați cina." A plecat.

„Mulțumesc", a murmurat Ribby. Ea s-a întors și s-a luptat cu dorința de a lovi ceva cu piciorul. În schimb, a ieșit pe ușă.

Mi-e dor de mama.

Oricum ne e mai bine fără vrăjitoarea aia! Uită-te la locul în care trăim și, dacă ne jucăm bine cărțile, putem face ceva aici. Deși e un pic ciudat, Teddy ține foarte mult la tine. Tot ce trebuie să faci este să te joci cu el, până ne dăm seama care este jocul lui.

Cum adică jocul lui? Vrea să fiu tovarășa lui. E foarte drăguț. M-aș putea îndrăgosti de el. Dacă ai înceta să mai faci insinuări. De ce ești atât de suspicioasă?

E o presimțire. Ca și cum ar mai fi făcut așa ceva.

E atât de dulce și tandru.

Îi pasă de tine. Totuși, după ce s-a întâmplat înainte să-ți arate replica din bibliotecă, știi tu, când erai plecată? Fii în gardă. Îmblânzește-l. Fă-l să meargă încet. Fă-l să aștepte. Ghicește.

Atingerea lui este destul de blândă.

După ce a explorat o vreme, Ribby s-a uitat în fața ei, și nu era nimic altceva decât apă. În spatele ei, casa lui Teddy. Apoi nimic pe mile și mile.

Se gândea la câteva idei de lucruri pe care ar vrea să le introducă în bibliotecă. Cum ar fi un Club al Copiilor. Un loc unde copiii ar putea merge sâmbătă dimineața. Să li se citească povești, să se joace. Ar fi un spațiu sigur, unde părinții ar putea lua o pauză. Da, asta a fost cea mai bună idee a ei! De asemenea, voia să vorbească cu Teddy despre reluarea spectacolelor sale la spitalul local. Îi era dor de toți copiii ei și se întreba ce mai fac. Viața ei se schimbase atât de mult și se simțea oarecum copleșită de asta.

Este doar începutul, s-a gândit Ribby în timp ce ceața valurilor îi săruta fața.

O mașină a intrat pe bulevard și a trecut în viteză pe lângă ea.

Oare cine este?

Era o femeie.

O femeie? Da. Îl vizitează pe Tibbles când șeful lui e plecat. E interesant.

S-ar putea să nu fie nimic, dar din nou. Dacă pune ceva la cale, Teddy ar vrea să afle despre asta.

Ar fi distractiv să aflăm.

Să mergem!

CAPITOLUL 39

Tot iadul se dezlănțuise. După ce mama lui Stephen a strâns mâna lui Teddy, acesta a strâns și el. A crezut că o face discret până când pacientul a spus: „Teddy, oprește-te, la naiba, mă doare!”

„Mamă, oh, mamă, ești trează. Mai bine chem pe cineva aici.” A apăsat butonul de pe interfon. „Soră, soră, vino în camera 208! Vă rog!” Ștefan și-a șters lacrimile și și-a sărutat mama pe ambii obraji.

„Nu mai saliva pe mine, băiete”, a spus mama lui Ștefan, uitându-se la el. „Nu știu cine ești tu. Teddy, spune-i să plece ca să putem fi singuri împreună. Ia-l de aici!”

Negarea ei îl străpunse. „Dar, mamă, sunt eu, Ștefan, fiul tău.” I-a atins mâna, a scăpat ceva în ea. „Mi-ai dat medalionul ăsta cu Sfântul Cristofor. Ai văzut? Are numele tău pe el, mamă. Citește-l.”

Ea s-a uitat la bijuterie și a citit cu voce tare: „Pentru Ștefan cu dragoste de la mama. Hmmfff. Ei bine, nu-mi amintesc de tine. Scoate-l de aici, Teddy!”

Ștefan a plecat luptându-se cu dorința de a bate cu pumnii în pereții spitalului.

CAPITOLUL 40

RIBBY A URCAT ÎN fugă treptele.

A deschis ușile. A ieșit la iveală fundul mare al unei femei care purta o fustă lungă, cu imprimeu de floarea-soarelui. Îmbrăcămintea a frecat podeaua în timp ce mergea în spatele lui Tibbles. O pălărie floppy mare și o bluză cu mânecă lungă, de jad, cu manșete fluide, îi completau ansamblul. Deși era în spatele lui Tibbles, ea părea să conducă conversația.

Hai să plecăm de aici. Pare mai plictisitoare decât Tibbles.

Nu, Teddy mi-a spus să mă simt ca acasă. Deci, să mă prezint, ca să nu mai vorbim de verificarea și primirea noilor veniți ar fi potrivit.

Asta e treaba lui Tibbles.

Ribby a decis să întrerupă; pentru a le atrage atenția, a strigat: „Bună!".

Cei doi s-au întors în direcția ei, Tibbles cu o privire încrucișată, iar femeia cu gura căscată pentru că era în mijlocul propoziției.

Ribby s-a grăbit spre locul unde stăteau ei holbați. Întinzându-i mâna noului oaspete, ea a spus: „Numele meu este Angela. Și tu ești?"

Femeia a închis gura și s-a uitat în direcția lui Tibbles.

„Ah, domnișoară Angela. V-ați întors", a spus Tibbles. „Presupun că v-a plăcut plimbarea?" Nu a așteptat un răspuns și nici nu a încercat să le prezinte pe cele două femei. „Prânzul este servit în bibliotecă. Am ordine stricte de la domnul Anglophone să mă ocup de oaspeții săi. Bucurați-vă de prânz. Dacă aveți nevoie de orice altceva, anunțați-ne."

Tibbles, cu mâna pe spatele femeii, a condus-o de-a lungul coridorului și în biroul său. Ușa se închise.

Hmpft! E un șef atât de atotștiutor.

Oricum, de ce am vrea să ne petrecem timpul cu ea? Arăta de parcă ar fi în stare să transforme pe oricine în piatră! Sau să-i plictisească până la moarte.

Probabil că ai dreptate.

Să vedem ce e în meniu pentru prânz.

Se îndreptă spre bibliotecă. A ridicat capacul de argint și a găsit un sandviș cu homar, încărcat cu maioneză. O sticlă de șampanie era răcită.

Ribby s-a înfruptat din mâncare, examinând cărțile în timp ce mânca. Un volum i-a atras atenția. „Vrăjitoria prin Evul Mediu". Ribby l-a luat.

Whoa, ai simțit asta?

Sigur că da. A respirat. Ribby a întors paginile. E plină de magie neagră. Vrăji și incantații. Paginile sunt foarte fragile. Majoritatea imaginilor sunt desenate de mână.

Cred că hârtia e făcută din piele.

Nu piele umană?

Nu pot spune sigur că da, dar e posibil. Cerneala de pe pagini ar putea fi sânge.

Sânge uman? Ewwww.

Cred că ar trebui să o pui la loc.

Am mai văzut o mulțime de cărți vechi, dar niciuna ca asta. Îmi face mâinile să tremure. În plus, e doar o carte. Ce ar putea fi rău?

Îmi dă fiori.

CAPITOLUL 41

„Termină cu prostiile", a spus Rosemary. „Băiatul meu e departe de urechi".

Teddy a râs. „Ah, mă bucur că te-ai întors. Te rog să continui."

„În primul rând, Teddy", a spus Rosemary. S-a aplecat mai aproape de el. „Vreau să plec de aici, astăzi, mâine   curând. M-am conformat dorințelor tale, de dragul fiului nostru. I-am lăsat să mă drogheze, să mă anestezieze   să facă orice, cu excepția unei lobotomii   pentru ca fiul meu să fie bine și în siguranță, iar acum a venit timpul. Stephen este un bărbat acum și trebuie să știe cine este tatăl său și de ce nu i-am spus niciodată."

„Rose, înțelegerea noastră este ca fiul nostru să primească cincizeci la sută din tot. Cu o singură condiție. Condiția este să nu afle niciodată că eu sunt tatăl lui biologic", a spus Teddy. Vocea lui s-a încheiat cu o duritate aproape ca un lătrat. „Ai fost de acord, după incidentul de la bibliotecă, să pleci. Să mă lași să-mi continui viața   în pace   atâta timp cât fiul tău, fiul nostru, va avea grijă de el. Eu mi-am respectat partea mea de înțelegere, iar tu... tu nu ai de ales decât să ți-o respecți pe a ta. Altfel, oferta mea va fi anulată. Este în testamentul meu. Dacă află   nu va primi nimic. NIMIC!"

O asistentă care trecea prin fața camerei a spus. „Shhhhhhh."

„Oh, îmi pare rău", a spus Teddy.

Rosemary a șoptit: „Am fost de acord, dar nu pot trăi aici, în acest spital... această închisoare. Să fiu supravegheată 24 de ore din 24 și 7 zile din 7   ca un animal în cușcă. Vreau ca fiul nostru să aibă ceea ce merită, dar mă ucide de fiecare dată când îi spun că nu știu cine este. Este dureros pentru o mamă să-și vadă copilul suferind".

Anglofonul i-a întins batista lui.

Ea a continuat: „Este singurul mod în care pot să vorbesc singură cu tine. Să continui cu șiretlicul ăsta și m-am săturat de el. Vreau o viață a mea. Altfel, îngroapă-mă aici și acum ca să nu mai vină la mine. Nu mai suport! Nu mai suport să trăiesc așa". Rosemary și-a ridicat mâinile pentru a-și acoperi fața.

„Deci, de aceea ai înghițit acele pastile, ca să scapi lumea de tine! Păcat că nu ai reușit. Păcat."

„Da, este păcat. Aș fi fost fericit să nu te mai văd niciodată."

Anglofonul s-a ridicat în picioare. „Plec acum și te las să te ocupi de asta." I-a întors spatele fostei sale soții și iubite și s-a îndreptat spre ușă.

„Dacă pleci acum, îi voi spune. Îi *voi* spune.”

„Și îl vei face să piardă totul?” El s-a întors la patul ei. „Nu-i vei spune. Ai sacrificat deja prea multe.” A ezitat, bătându-și degetul osos pe bărbie. „O voi ruga pe asistentă să te scoată la o plimbare în fiecare zi, ca să ai parte de aer proaspăt, dacă asta te va ajuta. Și cărți. Îți pot trimite cărți. Fă o listă. Biblioteca mea este biblioteca ta.”

„Mulțumesc, Teddy. Mulțumesc. Da, trimite-mi cele mai noi romane. Reviste. Bârfe. Chiar și ziare. Aici nu ne lasă să ne uităm la știri... Nici măcar nu știu în ce an suntem.”

„Este 2016. Vă vom ține în lanț aici, dar vă vom slăbi zgarda. Ai grijă să nu creezi o altă scenă cu o tentativă de sinucidere. Eu îmi voi respecta partea mea de înțelegere dacă tu ți-o respecți pe a ta. Pentru moment, noapte bună, Rose a mea. Nu mă voi întoarce. Voi aranja să-ți aduc tot ce ai nevoie dacă îi trimiți o scrisoare lui Tibbles pe care să scrie confidențial.”

„Mulțumesc, Teddy. Mulțumesc”, rosti Rosemary. Ușile batante au burdușit ieșirea lui Teddy și câteva momente mai târziu întoarcerea lui Stephen.

„Ești bine, mamă?” a întrebat Stephen, îndreptându-se spre patul ei.

„Mă simt ceva mai bine. Îmi pare rău că te-am speriat așa cum am făcut-o. Desigur, te cunosc. Tu ești Ștefan, băiatul meu.”

„Dacă nu m-ai mai cunoaște, vreodată, aș...”

„Taci acum. A fost un lapsus indus de droguri. Sunt încă în convalescență."

„Da. Vezi lucrurile altfel în lumina zilei?"

„Da, Ștefan, da, și am de gând să mă străduiesc mai mult să mă fac bine ca să pot pleca de aici. Am de gând să încep să citesc din nou. Poate chiar să scriu din nou. Într-o zi mă vor lăsa să ies de aici. Îmi poți arăta viața ta."

„Ca să te faci bine, mamă, trebuie să vorbești despre ce s-a întâmplat. Cu toți acești ani în urmă. La bibliotecă."

„Stephen. Ștefan. Stephen. Stephen", a continuat Rosemary să-i rostească numele iar și iar. Stephen a scuturat-o, dar ea dispăruse.

Lui Ștefan îi era greu să se concentreze mai târziu.

În mintea lui, mama lui îi repeta numele. *Ștefan. Ștefan. Ștefan.* Acum o auzea mereu spunând asta. În fiecare seară. În fiecare zi.

Ea îi striga numele și nu știa niciodată că el încerca să răspundă.

CAPITOLUL 42

RIBBY STĂTEA CU PICIOARELE încrucișate pe podeaua bibliotecii. O altă carte i-a atras atenția: *Tot ce ai vrut vreodată să știi despre magia neagră (dar ți-a fost frică să întrebi).* A râs la titlu și la silueta tipului de pe coperta din spate.

Ce idiot.

Mă întreb ce face anglofonul cu cărțile astea ciudate?

A spus că asta e biblioteca mea.

Da, și asta e ciudat. De ce le-ar pune în biblioteca ta.

Sunt o grămadă de cărți aici, nu e ca și cum ar fi știut care dintre ele ar ieși în evidență, m-ar face să vreau să mă uit înăuntru.

Ai fost atrasă de cele două, imediat. Aproape ca și cum ar fi fost luminate.

Ah, faci prea mult din asta. Doar ascultă:

Și tu poți deveni un expert în Hexing. Tot ce trebuie să faci este să perseverezi. Mai întâi, alegeți un subiect asupra căruia doriți să plasați un Hex. Notă: Hex-urile sunt lucruri negative. Nu puneți un hex pe cineva pe care îl iubiți (cu excepția cazului în care este vorba despre o relație de iubire/ură sau cu excepția cazului în care vă face plăcere să vedeți pe cineva drag suferind).

După ce v-ați ales subiectul, începeți să-i colecționați artefactele personale. Părul de pe un pieptene sau o perie, sau de pe pernă. Unghiile de la mâini. Unghiile de la picioare. (Notă: cele aruncate, vă rog!) Inele. Ceasuri. Nu fiți evident în legătură cu asta. Nu uitați să le ascundeți într-un loc sigur.

Notă specială: Exersează în fața unei oglinzi cum vei răspunde atunci când te întreabă: „Mi-ai văzut ceasul?" Mai ales dacă nu sunteți un mincinos deosebit de bun. Aveți întotdeauna un răspuns pregătit. Un alibi. Fii pregătit să arunci cu acuzații.

Ribby a încercat să mai toarne un pahar de șampanie: sticla era goală.

Își introduse degetul arătător în pagina de unde rămăsese. Casa era liniștită, aproape prea liniștită pentru gustul ei. S-a furișat pe scări ca un copil obraznic și s-a urcat în pat complet îmbrăcată.

Ce ușoară.

***

Ribby s-a acoperit, așteptându-se să-l găsească pe Stephen, dar el nu era acolo.

Era un vis. Păcat.

Capul îi bătea. Transpirația îi curgea de pe frunte, pe coperta cărții. Pe picioare șubrede, a cărat-o pe hol până la baie. Pata se stabilise deja. A folosit o lavetă pentru a o șterge.

A scos uscătorul de păr și s-a concentrat pe zona umedă. S-a întors în camera ei și a pus cartea pe noptieră să se usuce.

Acum că nu mai avea pe ce să se concentreze, greața a crescut și a făcut-o să se balanseze dintr-o parte în alta. A respirat adânc, încercând să se lupte cu nevoia de a vomita, dar nu a reușit. A fugit pe hol, ajungând la timp. S-a simțit puțin mai bine când și-a clătit gura și s-a spălat pe dinți.

Deoarece capul încă îi bătea, s-a întors în camera ei. S-a urcat înapoi în pat și și-a tras pătura peste cap.

CAPITOLUL 43

Cum nu putea dormi în apartamentul din motel, Anglofonul era obsedat de Angela. Avea multe de făcut, iar timpul trecea. În primul rând, trebuia să o anunțe lumii, ca noua lui bibliotecară și ca viitoarea lui soție. Era deja sub vraja lui, ușor de convins și nevoia lui de ea creștea pe zi ce trecea.

Ani de zile a căutat o parteneră potrivită: un înger pământesc. Angela lui se potrivea perfect. Abnegația ei față de copiii de la spital, naivitatea ei față de bărbați. Ca să nu mai spun că era, fără îndoială, o virgină de treizeci și cinci de ani. Practic nemaiauzită în zilele noastre. O candidată perfectă de studiat pentru noua sa carte. Și totuși, după ce s-au căsătorit, după ce... s-a întrebat dacă ea se va dovedi a fi la fel ca toate celelalte.

A dat click pe televizor și și-a petrecut restul nopții uitându-se la reluări din *Supernatural.*

CAPITOLUL 44

A DOUA ZI DIMINEAȚĂ, beeper-ul lui Ștefan a sunat. Domnul Anglofon îl chema. Ștefan a ignorat un bip, dar apoi au urmat două bipuri lungi și în cele din urmă încă trei bipuri. Știa din experiență că nu era indicat să-l lase pe Anglophone să aștepte.

„Beeeeeeeeeeeeeeeeeeep." Domnul Anglofon își pierdea răbdarea.

Ștefan a gemut. Nu-și putea permite să-și piardă slujba cu tot restul.

„Oh, în regulă", a strigat Stephen în timp ce închidea ușa motelului în urma lui. A dat colțul pentru a-l găsi pe Anglophone așteptându-l lângă limuzină.

„Domnule, îmi pare rău că v-am făcut să așteptați, domnule", a spus Stephen.

„Grăbește-te, nu am putut dormi în motelul ăsta nenorocit și vreau să ajung acasă să dorm în patul meu. Veniți acum. Nu mai putem face nimic pentru mama ta".

Ștefan a deschis ușa pentru Anglofon. L-a așteptat să-și pună centura de siguranță, apoi s-a întors pe scaunul șoferului. A pornit mașina și a demarat. S-a uitat la Anglophone în oglinda retrovizoare. „Am sunat la spital acum câteva momente, mama pare să se simtă mai bine. Au spus că a dormit bine și a mâncat ceva la micul dejun.”

„Este în cea mai bună îngrijire”, a spus Teddy.

„Mulțumesc pentru   ”

„Cu plăcere, Stephen.”

CAPITOLUL 45

AU TRECUT SĂPTĂMÂNI CARE s-au transformat curând în luni.

Anglofonul era plecat în cea mai mare parte a timpului. Când el și Ribby erau împreună, ea îi cerea lucruri, lucruri care credea că îi vor face existența mai împlinită.

„Aș vrea să învăț să conduc", cerea ea în timpul cinei.

Anglofonul își tampona colțul gurii cu un șervețel. „Dar aveți deja un șofer la dispoziție".

„El este plecat cu tine de cele mai multe ori", făcea ea mofturi.

Nu-l întreba, spune-i. Spune-i că ne plictisim de moarte. Spune că...

„Lasă-mă să mă gândesc la asta", ar răspunde el. Nu o făcea niciodată.

În timpul zilei, Ribby își petrecea cea mai mare parte a timpului la bibliotecă. Ea muta lucrurile, le reorganiza. Dar era un loc liniștit și singuratic. Ceva din faptul că era acolo, o făcea să se simtă și mai singură.

Era prea liniște și ea tânjea după sunetele liniștitoare ale fântânii din Toronto.

Ribby nu a mai spus nimic despre cum să învețe să conducă. Data viitoare când el s-a întors, ea avea alte cereri în minte.

„Aș vrea să comand niște lucruri, pentru bibliotecă. Adică biblioteca principală", a întrebat ea.

„Orice îți dorește inima", îi răspundea anglofonul.

„Voi cumpăra un computer, un laptop...".

„Nu este nevoie. Poți folosi computerul din biroul lui Tibbles". El a luat o înghițitură din cafea. „TIBBLES!" A sosit servitorul său. „Las-o pe domnișoara Angela să folosească computerul din biroul tău oricând dorește să comande lucruri pentru biblioteci."

„Da, domnule", a răspuns Tibbles. S-a uitat la Ribby, s-a înclinat, apoi a plecat.

A doua zi, Ribby a cerut să folosească computerul și a fost condusă în biroul lui Tibbles. Acesta a stat în spatele ei tot timpul, iar ea a avut dificultăți în a se concentra, darămite în a comanda ceva. În cele din urmă, ea a renunțat la idee.

Cu altă ocazie, la cină: „Aș vrea să rezerv mașina să mă ducă la spitalul Simcoe, ca să pot vizita copiii bolnavi".

„Este un spital atât de mic, nu seamănă deloc cu ceea ce ești obișnuită. În plus, tu ai biblioteca, iar responsabilitățile tale vor crește pe măsură ce ne pregătim să lansăm redeschiderea", a răspuns anglofonul.

Oricum nu voiam să merg acolo.

Tristă când era plecat și tristă când se întorcea. Noua ei viață nu era tot ce se pretindea a fi.

CAPITOLUL 46

TIBBLES AȘTEPTA AFARă CU această ocazie când Anglophone s-a întors.

După ce Stephen a plecat, Anglophone a încercat să se retragă complet îmbrăcat.

„Sunt plin de fasole, Tibbles.”

„Cu siguranță ești, dar de ce?”

„Oh, lucrurile arată bine. O să te pun la curent mai târziu.”

Tibbles a insistat să scoată hainele stăpânului său. Le-a înlocuit cu pijamaua de satin roșu preferată a lui Anglophone.

După ce stăpânul său s-a așezat sub pătură, Tibbles a pus cutia muzicală în funcțiune. Un cor de Cântec de *leagăn și Noapte bună* a răsunat din aparat.

Cinci vânturi ar trebui să fie suficiente, se gândi el.

Tibbles a luat hainele lui Anglophone și a ieșit din cameră. Se uită la ceasul său. La cererea stăpânului său, o fată nouă începea în câteva ore. S-a întors în camera lui.

CAPITOLUL 47

RIBBY A BÂZÂIT ȘI S-A ÎNTINS. Deasupra ei, pe tavan, modele de figuri fantomatice se plimbau în cercuri nesfârșite. Ea le privea cu un sentiment de curiozitate.

Te simți ca acasă aici, relaxată, dar trebuie să ții garda sus. Fii atentă, pentru că Teddy nu este Făt-Frumos. E mai degrabă bunicul fermecător.

Asta e nepoliticos și ești paranoică.

Ribby și-a adulmecat subsuorile și apoi a intrat la duș. Îmbrăcată și uscându-și părul, Ribby s-a gândit din nou la Martha.

Cum să-ți fie dor de geanta aia bătrână?

Nu contează ce se întâmplă, ea rămâne mama mea.

Ești prea încrezătoare! Și uneori ești un prost sentimental.

Simt că ar trebui să-i dau un telefon. Era sigură că lucrurile se vor schimba.

Știe unde ești; dacă are nevoie de tine, te va suna.

Ribby s-a întors în cameră și s-a uitat pe fereastră. L-a zărit pe Stephen lângă limuzină.

O bătaie la ușă i-a întrerupt gândurile. „Cine este?”

„Doriți să luați micul dejun în camera dumneavoastră în această dimineață, domnișoară?”

„Domnul Anglofon este încă plecat?”

„S-a întors, dar este indispus. Din moment ce luați masa singură, ați prefera să mâncați în grădină?”

Ribby a deschis ușa și a găsit o fată tânără cu o față prietenoasă. „E o idee minunată. Ești nouă, nu-i așa? Care este numele tău?”

„Da, eu sunt. Sunt A-Abbey, domnișoară. Numele meu este Abbey.”

„Ei bine, Abbey, mă bucur să fac cunoștință cu tine,” Ribby a făcut o pauză când a auzit pe cineva apropiindu-se. Era Tibbles.

„Vă pot fi de ajutor?”

„Nu, mulțumesc. Abbey are totul sub control.”

Tibbles s-a uitat în direcția lui Abbey și fata a tremurat. Apoi s-a îndepărtat cu o plecăciune și a dispărut după colț.

„Este prima mea zi. Mulțumesc, domnișoară.”

„Pentru ce?” a întrebat Ribby cu un zâmbet. „Din moment ce amândoi suntem destul de noi pe aici putem învăța împreună”, în timp ce o invita pe fată în camera ei.

„O să pregătesc totul, domnișoară. În cincisprezece minute?” Abbey a făcut o reverență. Ochii ei au zâmbit când Ribby a vorbit din nou.

„Da, voi fi acolo în curând”, a spus Ribby, închizând ușa în urma ei. A invitat-o pe Abbey să se așeze și să i se alăture.

Ea e de ajutor, Rib, nu fi absurdă.

„Dar, domnișoară, nu pot", a spus fata, cu ochii mișcându-se dintr-o parte în alta de parcă se aștepta ca Tibbles să apară în orice moment.

„Nici măcar dacă a fost un ordin?" a spus Ribby făcându-i cu ochiul.

Încerci să o faci pe fata asta să fie concediată?

„Domnișoară, ar fi greșit. Tibbles este superiorul meu", a șoptit ea.

„Eu înțeleg. Ce nu știe Tibbles nu-i va face rău, nu? Mâine, adu micul dejun în camera mea dacă domnul Anglofon nu ia masa."

„Ar fi plăcerea mea", spuse Abbey ușurată.

Nu-i ceri ajutorului să mănânce cu tine. Prostuțule. Nici eu nu-l suport pe Tibbles, dar el este mâna dreaptă a lui Anglophone.

Nu-mi pasă.

Tot ce vreau să spun este că lui Teddy dragă nu o să-i placă asta.

O să trec podul ăsta când o să ajung la el.

CAPITOLUL 48

D UPĂ CÂTEVA ORE DE somn, Anglophone l-a chemat pe Tibbles.

„O petrecere! În această seară. Aici. Astăzi. Catering. Aici e lista invitaților. Spuneți-le că trebuie să participe... Adică toți cei care sunt cineva. Trimiteți invitațiile prin curier sau în mână imediat. Șoferul meu este la dispoziția ta. Sună-i pe primii zece invitați. Ei trebuie să participe. Ați înțeles?"

„Da, se va face. Deci, te-ai decis că ea este aleasa?"

„Am așteptat ca momentul să fie potrivit, iar în seara asta este noaptea. Simt asta în oasele mele. Este timpul să le spunem tuturor despre redeschiderea bibliotecii. În același timp, o vom prezenta pe noua noastră bibliotecară-șefă, logodnica mea."

„Și domnișoara Angela, să o informez de planurile tale?"

„Este conștientă de intenția mea de a-i anunța noua poziție și logodna noastră."

Tibbles pufni perna și o repuse în spatele capului anglofonei.

„Vreau să o surprind cu totul. Spune echipei de modă să fie aici la ora 17.00 --- nici mai devreme și nici mai târziu. Petrecerea va începe la 8 p.m., fix. Cei care întârzie nu vor putea intra. Asigurați-vă că înțeleg că PROMPT înseamnă PROMPT", a spus Teddy. „Pentru moment, sunt mult prea înfierbântat, dar trebuie să mă odihnesc. Vă rog să mă lăsați până la ora 3. La acea oră, pregătiți un Afternoon Tea pentru domnișoara Angela și pentru mine în grădină."

„Da, domnule", a spus Tibbles cu o plecăciune. „Doriți să învârt cutia muzicală, ca să vă ajut să adormiți din nou?"

„Desigur, desigur Tibbles. Mulțumesc. Trei ture ar trebui să fie de ajuns; la urma urmei, este doar un pui de somn."

După ce a învârtit cutia muzicală, Tibbles a ieșit din cameră făcând o plecăciune. Mormăi în sinea lui în timp ce se uita pe balustradă după praf în timp ce cobora scările.

Nu era niciunul.

Tibbles s-a așezat în foaier și a trecut în revistă detaliile petrecerii. A aranjat deja cu furnizorul de mâncare. Totul se aranja.

***

Ceva mai târziu, Anglofonul încerca să doarmă. Linia sa privată a sunat. A așteptat să intre în funcțiune robotul telefonic. Când nu a făcut-o, s-a dat jos din pat să răspundă.

„Bună, Teddy", a spus Martha. „Știu că ai spus că ar trebui să te sun pe această linie doar dacă este o urgență."

„Te ascult."

„Am nevoie de ajutorul tău."

„Cum așa?" a întrebat Teddy.

„Sunt în închisoare, acuzat de uciderea surorii mele și a bărbatului care a violat-o. Jur că n-am făcut-o eu. Jur."

„Înțeleg, dar nu știu cum te pot ajuta. Ai nevoie să-ți angajez un avocat?" Anglofonul se plimba. Somnul întrerupt îl enerva.

„Vă sun pentru că voi fi condamnat pentru asta. Am pledat vinovat și avocatul meu spune că nu va mai dura mult până când judecătorul mă va condamna."

„Cum poate avea de-a face situația ta cu mine? Eu sunt un om ocupat."

„Acum 34 de ani, ai luat o tânără. Era udă leoarcă. Era blocată pe șosea noaptea târziu."

„Nu, nu am obiceiul să iau pasageri în limuzina mea."

„Tu conduceai. Oh, nu-ți amintești. Dar îmi amintesc. Am fost eu. M-ai luat în brațe și împreună, noi... Tu ești tatăl lui Ribby."

Anglofonul a căzut înapoi pe pat, neîncrezător. Își storcea creierii, încercând să-și amintească. A fost un truc. Știa că era un truc. „Ce fel de mașină conduceam?"

„Era un Mercedes Benz. Gri."

Era adevărat.

„În noaptea aceea, mi-ai salvat viața în mai multe feluri decât unul. Trebuie să mă crezi. Trebuie să știu că vei avea grijă de ea. E fiica ta. Vei face asta pentru mine? Și îmi promiți că nu-i vei spune niciodată că sunt aici?"

„Nu știu ce să spun. Am rămas fără cuvinte." A făcut pași. „De ce să recunoști ceva ce nu ai făcut? De ce să-ți împiedici propria fiică să te viziteze?"

„Asta e tot ce-ți cer."

„Lasă asta la mine. Lasă-mă să mă gândesc la asta. Dacă e fiica mea..."

„Ea este. Categoric." A făcut o pauză. „Și vă mulțumesc."

Anglofonul a trântit telefonul în jos.

Târfa aia impertinentă. Cum îndrăznește să-mi facă asta?

Teddy nu putea dormi. Capul îi bătea cu putere. Era predispus la migrene în anumite perioade ale anului, iar veștile Marthei îi provocaseră o durere cruntă.

A sunat după Tibbles.

Tibbles și-a dat seama imediat de starea stăpânului său. „Gata, gata", a spus el, «totul va fi mai bine în câteva ore». I-a oferit un pahar de whisky și un somnifer. Anglophone a înghițit dintr-o înghițitură, apoi a împins paharul înapoi servitorului său.

Când Anglophone fu calm și liniștit, Tibbles înfășură cutia muzicală și aranjă camera.

„Altceva, domnule?"

Anglophone dormea deja adânc.

Tibbles zâmbi și închise ușa în urma lui.

✳✳✳

TIBBLES ÎȘI VERIFICĂ DE două ori lista de lucruri de făcut pentru petrecere în timp ce se gândește la cea mai nouă angajată a sa, Abbey. Observase mai devreme că cele două tinere șușoteau. Ăsta putea fi un lucru bun sau un lucru rău. Știa că nu era popular și, totuși, devotamentul său față de Anglophone nu avea limite.

Abbey venise, cu recomandări înalte din partea unei familii din oraș. O localnică despre care spera că o va supraveghea pe domnișoara Angela.

Când a găsit-o în grădină, a fost curios și agitat. „Domnișoară Angela, cum de ați ajuns astăzi să luați micul dejun în grădină?"

„A fost ideea mea", a recunoscut Abbey întrerupându-l. „Este o dimineață atât de frumoasă!"

Tibbles i-a aruncat o privire încrucișată și a continuat să i se adreseze lui Ribby. „Ceaiul de după-amiază va fi tot în grădină. Domnul Anglofon a vrut să fie o surpriză   așa că vă rog să vă comportați ca niște surprinși. Se va alătura vouă."

„Oh, scuzați-mă. Nu se poate cina destul afară când vremea este frumoasă ca astăzi", a spus Ribby făcându-i cu ochiul lui Abbey.

„Foarte bine atunci," a spus Tibbles în timp ce se scuza.

„Whew! A fost la limită", a spus Abbey ștergându-și fruntea.

„Nu-ți face griji, Abbey; mă pot descurca cu dragul Tibbles. Continuă să vii cu idei. O să pun o vorbă bună pentru tine la domnul Anglofon."

„Mulțumesc, doamnă", spuse ea, incapabilă să-și ascundă fiorul din voce.

„Nimic din chestiile astea cu domnișoară sau doamnă Abbey, nu când suntem singuri. La urma urmei, suntem prietene."

„Prietene", au spus cele două fete la unison.

Înghiontește-mă cu o lingură.

CAPITOLUL 49

Anglofonul s-a trezit din somn și l-a chemat pe Tibbles.

Într-o zi normală, Anglophone trăgea o dată de cordonul de chemare. Dacă era o urgență, trăgea de două ori de cordon. Astăzi a tras de trei ori.

Tibbles s-a împiedicat de propriile picioare în timp ce se arunca de-a lungul coridorului. Își dorea să poată zbura. În brațe, își purta toate planurile și confirmările pentru petrecerea sezonului. Totul era perfect. Realizase mai mult decât își propusese. Prezența tuturor mondenităților fusese confirmată. Abia aștepta să-l pună pe anglofon la curent cu detaliile.

Tibbles bătu la ușă, apoi își vârî capul înăuntru. Anglophone era încă în pat. Păturile îi erau trase până la gât și purta un ten alb ca laptele.

„Tibbles, nu sunt bine, deloc bine. Mi se învârte capul și mă tem că..."

„Scuzați-mă, domnule", îl întrerupse Tibbles, „Pot să vă mai aduc niște tablete?"

„Nu, nu, Tibbles. Acesta nu este genul de durere de cap care să dispară prea curând. O să fiu în afara serviciului pentru restul zilei. Vreau să fiu singur. În întuneric."

„Dar în seara asta, domnule", protestă Tibbles. „Petrecerea."

„Anulați-o."

„Dar…"

„AM SPUS C-A-N-C-E-L-O!"

„Foarte bine, domnule", a spus Tibbles, mușcându-și furia din gât în timp ce se înclina afară din cameră. A închis ușa și a plecat.

Tibbles a sunat-o pe Viveca Hartman la The Local Voice. I-a cerut ajutorul pentru a răspândi vestea.

„Voi face tot ce pot pentru a ajuta", a spus dna Hartman.

„Mulțumesc", a răspuns Tibbles.

CAPITOLUL 50

V IVECA ȘI-A ÎNCHEIAT CONVORBIREA cu Tibbles, faimosul servitor al lui Theodore P. Anglophone. S-a dus în grabă la biroul redactorului șef din oraș, Frank Munson, și i-a spus ultimele vești.

„Deci, vrei să-mi spui", a spus Munson, care fuma din țigara lui. „Evenimentul de ultimă oră cu Anglophone a fost anulat?"

„Anglofonul este bolnav."

„L-am văzut prin oraș și e sănătos ca un cal. Se zvonește că are o relație cu o tânără pe care a adus-o din oraș. Ea locuiește la el acasă. Dumnezeu știe ce pune la cale Anglophone", a spus Munson, apoi a suflat într-un cerc de fum și l-a privit cum se împrăștie.

„Ei bine, va trebui să așteptăm să aflăm. Și când se reprogramează, o să mă asigur că o să mă duc acolo și o să vă dau o exclusivitate. S-ar putea să mă interesez de fată. Mă întreb dacă știe despre istoria anglofonă?"

„Nimeni nu l-a putut acuza de crimă pentru ultima, dar a fost suspectat. Dacă nu ar fi fost banii lui, plătind pe toată lumea, l-ar fi acuzat. La urma urmei, femeia a fost ucisă în incinta lui. Ei doi erau singurii care aveau cheile de la bibliotecă. De asemenea, părea vinovat ca naiba. Eu, unul, aș vrea cu siguranță să explodeze acest caz și să i se facă dreptate femeii.”

„Tatăl meu a simțit că Anglophone ascundea cu siguranță ceva. Probabil că adevărul nu va fi aflat niciodată”, a spus Viveca cu remușcări. „Fata asta nouă, acolo sus cu el, nu-mi place.”

„Săraca fată!” a spus Munson, incapabil să își mai ascundă entuziasmul față de această nouă informație. „Hai să intrăm acolo și să vedem ce putem afla. Hei, de ce nu începi să te plimbi pe acolo, să vezi dacă o poți zări. Află care e situația. Poți să faci asta, Hartman?”

„Voi face tot ce pot. Vreau să păstrez discreția”, a spus Viveca cu convingere.

„Dacă cineva poate afla ce se întâmplă, acela ești tu”, a spus Munson în timp ce își stingea partea aprinsă a țigării.

„Soția ta încă le raționează?” a întrebat Viveca cu un zâmbet ironic.

„Da, dar ceea ce nu știe nu-i va face rău.”

„Corect.” Viveca s-a îndreptat spre ieșire.

Munson a pus trabucul parțial fumat înapoi în ambalajul de celofan. „Oh, și raportează-mi despre asta o dată pe zi   să încercăm să-l prindem pe acest s.o.b.”

„Da, domnule”, Viveca a închis ușa în urma ei.

Se simțea incredibil de fericită de conversația ei cu Munson, pentru că el avea multă încredere în capacitatea ei. Venise de sus fără prea multă experiență, dar cu relații și o dorință puternică de a fi reporter. Ajunsese de la corectură la pagina de socializare, dar își dorea mai mult.

Aceasta este șansa mea și nu am de gând să o ratez!

Viveca, care locuia singură într-o clădire de apartamente cu două etaje din Port Dover, s-a urcat în mașină și s-a dus acasă. A urcat scările, gândindu-se la cât de fericită era că locuia singură. Își planificase o seară liniștită în casă.

A fost ceva neașteptat pentru ea, să vină acasă și să-l găsească pe tatăl ei așteptând. Tatăl ei locuia în Brantford, la patruzeci și cinci de minute distanță.

„Bună, tată", a spus Viveca.

„Viv, mă bucur să te văd. Speram să putem lua cina împreună în seara asta", a spus Frank Hartman. De la spate, el a dezvăluit un buchet mare de flori. „M-am gândit că acestea ar putea înveseli masa ta."

„Fasole cu pâine prăjită în seara asta, tată", a spus Viveca. El s-a ridicat și ea l-a sărutat pe creștetul cheliosului.

„Oh, asta e o masă gourmet atunci." Frank a râs și el și s-a dat la o parte pentru ca fiica lui să poată trece să descuie ușa de la intrare. „Știi, Viv, dacă i-ai da tatălui tău drag și bătrân o copie a cheii tale, atunci aș putea să gătesc pentru noi ceva gourmet și să-ți fac o surpriză. Ouă amestecate pe pâine prăjită."

Au râs, fericiți să fie unul în compania celuilalt.

„Dar, tată", a tachinat Viveca, "și dacă aș fi la o întâlnire? Te-ai simți groaznic că te bagi și eu m-aș simți atât de vinovată."

„Ah, dacă ai avea o întâlnire, aș fi fericit să te văd ieșind. Sunt mândru de tine, Viv, dar cred că ești irosită pe pagina aceea de societate. Meriți mai mult."

„Știu, știu, tată", a spus Viveca, în timp ce a pus fasolea la cuptor într-un vas cu microunde și a setat cronometrul pentru două minute. A băgat două felii de pâine în prăjitorul de pâine și a împins maneta în jos. „Două minute până la cină. Cabernet Sauvignon, bine? Sau preferi Chardonnay?" Când au trecut cele două minute, a amestecat fasolea, apoi a băgat-o înapoi în cuptorul cu microunde pentru încă treizeci de secunde.

„O sticlă de bere mi-ar prinde bine." Frank a deschis o cutie de bere pentru el. „Bere rece și fasole coaptă pe pâine prăjită cu sos HP alături   nu se poate mai gourmet de atât!"

Viveca a uns pâinea prăjită cu unt, apoi a turnat fasolea coaptă peste felii. Era o mâncare britanică, preferata mamei ei. Ea și tatăl ei îl împărțeau adesea. Fără să-i menționeze numele, era ca și cum mama ei stătea la masă cu ei.

Frank a recuperat tacâmurile din sertar și s-au așezat să mănânce.

„Deci, ce mai e nou cu tine?" a întrebat el.

„Nu prea multe, în afară de muncă. Sunt la o nouă poveste. Dar tu, tată? Ce e nou cu tine?"

„Viața mea e aceeași, aceeași, dar povestea aia nouă sună interesant. Spune-mi mai multe."

„Nu-mi place să vorbesc despre afaceri cu tine, tată. Cu siguranță trebuie să ai ceva interesant să-mi spui. Ce se întâmplă în grădina ta? Bătrâna doamnă Warner te mai urmărește prin cartier?"

Frank și-a pus cuțitul și furculița pe marginea farfuriei. Dădu pe gât câteva înghițituri de bere.

„Îmi pare rău, acum te-am făcut de râs." Viveca și-a mai turnat puțin vin în pahar și a luat o înghițitură. „În regulă, o să vorbim despre mine. Despre muncă. Povestea mea este despre Theodore Anglophone."

„Ce pune la cale de data asta?"

„Ciudat că spui asta. Îl mai vezi foarte des, tată?"

„Nu în ultima vreme. De la incidentul de la bibliotecă s-a cam izolat. Se duce în oraș, unde nu este atât de cunoscut. Am auzit că mai are o fată tânără care stă cu el, Viv. Este adevărat?" Mai luă o înghițitură de bere, cu ochii fixați pe chipul lui Viv.

„Este adevărat, iar șeful meu m-a rugat să aflu despre ea."

Frank a înghițit în sec, aproape sufocându-se. „Ei bine, nu-ți dorești un anglofon ca dușman, nu în orașul ăsta, Viv. Așa că, mergi cu grijă. Amintește-ți că poți prinde mai multe muște cu miere decât cu oțet. O zicală veche, dar absolut adevărată." A tușit pentru a-și limpezi gândurile și apoi a mai luat o gură de mâncare.

„Știu, tati. Nici eu nu vreau să risc această oportunitate. Cum ai spus și tu, trebuie să ies de pe pagina de socializare și să trec la altceva, la ceva mai provocator. Ceva mai ME." Ea a mutat mâncarea în farfurie, gândurile ei pierdute în perspectiva unei noi povești care i-ar putea schimba viața.

„Voi ajuta în orice fel voi putea. Dar întotdeauna am crezut că moartea femeii din bibliotecă a fost o neglijență din partea Anglofonului. Trebuie să fi existat o mușamalizare. Nu are sens, de ce cineva ar jefui o bibliotecă și ar lega-o. Poate că am greșit față de femeia aceea lăsându-l să spună ce a spus despre ea. Niciodată nu m-am simțit bine în legătură cu asta, chiar dacă eu și Anglophone ne cunoaștem de ani de zile. Nu a mai fost el însuși de atunci   alergând după femei, aducându-le înapoi. Le scoate în oraș, le prezintă ca pe niște cai de expoziție. E de-a dreptul rușinos", a spus el, adulmecând ca și cum un miros urât i-ar fi invadat nările.

„Știu, tată. Mulțumesc pentru sfat. Acum sunt obosit și vreau să mă bag în pat. Rămâi peste noapte?"

„După două beri, sigur n-aș vrea să conduc."

„Camera de oaspeți să fie atunci. Lasă vasele."

„Ar trebui să-ți iei o mașină de spălat vase."

„Am deja una! Noapte bună, tată", a spus Viveca, sărutându-și tatăl pe obraz.

„Noapte bună, iubire."

CAPITOLUL 51

Î N TIMP CE SE întorcea în camera ei după micul dejun, telefonul a sunat pe coridor și Ribby a ridicat receptorul.

„Stephen?" Pauză de la o voce de femeie. „Stephen?"

Ribby a deschis gura, dar înainte să poată spune ceva Tibbles i-a smuls telefonul din mână.

„Alo?" Tibbles a așteptat. „Aici reședința anglofonă." Cineva era acolo. Îi auzea respirând. „Domnișoară Angela, nu trebuie să răspundeți la telefon în această casă. Sunteți o, o, rezidentă, iar noi suntem personalul. Vă rugăm să ne permiteți să ne facem treaba."

„Scuză-mă, Tibbles."

Tibbles a legănat telefonul în mână. „A spus ceva persoana de la celălalt capăt al firului?"

„Nimic", a spus Ribby în timp ce se îndepărta.

„Dacă doriți puțină companie domnișoară, Abbey este la dispoziția dumneavoastră."

„Nu, mulțumesc. Vreau să merg singură."

După ce ea a plecat, Tibbles și-a pus din nou telefonul la ureche. Respira superficial. „Rosemary?"

„Da."

„Ți-am spus să nu suni aici."

„Știu, dar sunt disperată. Trebuie să ies din locul ăsta uitat de Dumnezeu. Înnebunesc."

Tibbles se plimba, vorbind cât de încet putea. „Pur și simplu trebuie să-l rogi să te ajute."

„I-am cerut, și s-a oferit să-mi trimită niște cărți. Nu am nevoie de cărți care să-mi distragă atenția, am nevoie să plec de aici. Aș putea pleca în străinătate. Nimeni nu m-ar cunoaște."

„Eu nu te pot ajuta. Trebuie să plec." I-a făcut semn să pună telefonul jos.

„Așteaptă!" a exclamat Rosemary.

El a dus din nou telefonul la ureche. „Știi, ce mi-a făcut."

Tibbles a ezitat. „Trebuie să plec. Să nu mai suni aici." A închis.

Tibbles s-a dus la fereastra din față și s-a uitat afară. Ribby stătea pe un scaun pe veranda din față. S-a dus în bucătărie.

Crezi că ar trebui să-i spunem lui Stephen despre apelul telefonic?

Nu sunt sigură.

Poate că nici interlocutorul nu-l place pe Tibbles.

Hm, s-ar putea să ai dreptate în privința asta.

Ribby s-a îndreptat în direcția limuzinei. Când s-a apropiat, l-a putut vedea pe Stephen dormind la volan, cu șapca de șofer peste ochi.

Ribby s-a aplecat prin geamul deschis.

Dacă trebuie să-l trezim, măcar să o facem cu un sărut. Nimeni n-ar ști.

Ea și-a curățat gâtul. Ți-ai pierdut mințile?

Uită-te la buzele alea. „Trezește-te, trezește-te", a spus Angela când Stephen s-a agitat și și-a scos pălăria de pe față.

Stephen s-a uitat de două ori.

„Acum câteva momente, o femeie a întrebat de tine la telefon."

„Oh?"

„Tibbles mi l-a luat din mână. Trebuie să fi închis atunci."

Stephen a apucat volanul.

„Tot ce a spus a fost numele tău."

„I-ai spus că a întrebat de mine?"

„Nu."

„Mulțumesc că mi-ai spus." Brațul lui a atins cotul lui Ribby. „Oh, scuze."

„Uh, e în regulă." Ea a făcut o pauză și s-a aplecat, curiozitatea punând stăpânire pe ea, „Deci, știi cine a fost?"

„Da, domnișoară. A fost mama mea."

CAPITOLUL 52

S IMȚUL LUI TIBBLES, VERSIUNEA severă și rigidă a lui Spidey, furnică. Era sigur că Angela mințise, dar de ce? S-a mutat la o fereastră din camera din față în timp ce Angela se îndepărta. A continuat să o urmărească. S-a oprit să stea de vorbă cu Stephen. Interesant. Când deveniseră ei prieteni? Sau au făcut-o?

Apoi și-a dat seama ce se întâmpla. Când domnișoara Angela a răspuns la telefon, Rosemary vorbise. De fapt, rostise numele lui Stephen și acum domnișoara Angela era acolo și transmitea acest mesaj. Și mai interesant.

Tibbles s-a gândit că cel mai bun lucru de făcut era să-l țină pe băiat ocupat. S-a hotărât să-i atribuie lui Stephen o sarcină.

Anglofonul fusese foarte clar. Nu trebuia să fie deranjat. Îl va pune la curent, în timp util. O laudă sau chiar o recompensă bănească ar putea fi chiar în ordine.

Tibbles a continuat prin casă, găsind-o pe Abbey lucrând din greu la ștergerea prafului. El a rugat-o să iasă și să-i țină companie domnișoarei Angela în timpul plimbării ei.

„Dacă a ieșit singură, domnule Tibbles, probabil că domnișoara Angela vrea să fie singură."

„Ți-a ordonat să nu te alături ei?" Tibbles a îndemnat-o să lase jos cârpa de șters praful și să-și scoată șorțul.

„Nu, domnule", a spus Abbey. Picioarele ei se târâiau în timp ce ea își făcea drum.

Tibbles a strigat: „Ridică-ți picioarele, fată prostuță".

A condus-o până la ușa din față și a scos-o.

„Da, domnule Tibbles", a spus Abbey.

Neputând să o vadă pe Angela, l-a întrebat pe Stephen unde este.

Stephen a arătat cu degetul. „Totuși, cred că a vrut să stea puțin singură."

„Asta i-am spus domnului Tibbles   a insistat."

Stephen a râs.

✳✳✳

STEPHEN A PRIVIT-O PE Abbey plecând, gândindu-se la Tibbles. Nu era de mirare că personalul de la casă avea o fluctuație atât de mare. Alții nu erau ca el. Alții nu-i datorau totul lui Anglophone. Fără Anglophone nu și-ar fi putut permite niciodată să-și țină mama într-un centru de îngrijire atât de scump.

Privirea lui o urmărea pe Abbey în timp ce aceasta se apropia de Angela, care privea acum peste apă. Pe măsură ce ea se apropia de margine, un instinct protector l-a făcut să se teamă că ar putea cădea.

Telefonul lui a sunat. O convocare Tibbles. S-a îndreptat înăuntru.

„Stephen, trebuie să ridici câteva lucruri", a spus Tibbles, stând deasupra lui Stephen pentru a-și impune autoritatea. „Domnul Anglofon este indispus. Iată lista."

Tibbles i-a înmânat-o. Stephen a aruncat o privire biletului înainte de a-l pune în buzunarul hainei.

„Îți va da ceva de făcut, din moment ce ești neocupat."

„Nicio problemă, domnule Tibbles." Stephen a ieșit. Urma să ia lucrurile și apoi să se întoarcă imediat, după ce o verifica pe mama lui.

CAPITOLUL 53

A DOUA ZI, VIVECA a decis să se aventureze în zona anglofonă. Va lua-o pe traseul pitoresc, de-a lungul malului mării. A deschis fereastra și și-a pus ochelarii de soare. Soarele era sus, norii erau puțini. Flori sălbatice erau împrăștiate pe marginea drumului, purpurii, galbene și albastre.

Drumul era destul de plăcut, cu puțin trafic. Când a luat colțul spre locul cu cea mai spectaculoasă priveliște, a observat o tânără pe care nu o mai văzuse până atunci.

Trebuie să fie ea. A încetinit până la a se târî.

O a doua fată s-a întâlnit cu prima. Mai tânără. Cele două s-au îmbrățișat apoi au mers pe alee.

Viveca a tras pe dreapta și și-a parcat mașina sub un arțar foarte frunzos. A mers o anumită distanță în pantofii ei cu tocuri înalte, reducând distanța dintre ea și cele două femei. Când a fost suficient de aproape pentru ca acestea să o audă, a strigat: *„Ouch!"* și a coborât.

Ele nu o auziseră. A încercat din nou. „AJUTOR!"

Cele două fete s-au întors și s-au îndreptat spre ea. Ea a băgat mâna în geantă și a apăsat butonul de înregistrare. *Bine, puștoaico, uite-le că vin, așa că ai face bine să faci asta bine.* Și-a frecat glezna cu o mână pentru a ridica sângele la suprafață și și-a periat lacrimile de crocodil cu cealaltă.

„Ai nevoie de o ambulanță?" a întrebat Ribby.

„Oh, sunt atât de neîndemânatică", a spus Viveca. A încercat să se ridice în picioare. „Glezna mea, cred că e luxată. Am avut viziuni de a fi blocat aici toată noaptea cu coioți urlând în jurul meu până când v-am văzut pe voi doi."

„Ce imaginație", a spus Ribby aplecându-se să arunce o privire.

Abbey a făcut la fel. Părea un pic roșie.

„Numele meu este Viveca, Viveca Hartman, apropo." Ea și-a întins mâna.

„Eu sunt Abbey, iar ea este Angela. Încântată să vă cunosc."

Un pescăruș a zburat în jurul capului lui Viveca, enervând-o cu un țipăt. Ea l-a alungat.

„Oh, pot?" a întrebat Abbey.

Viveca a dat din cap.

Abbey s-a aplecat și a masat-o pentru câteva secunde. „Gata, e mai bine?"

„Da, mulțumesc", a spus Viveca.

„Unde ți-e mașina?" a întrebat Ribby.

„Am parcat-o acolo la umbră." Abbey a ajutat-o pe Viveca în încercarea ei de a se ridica. Când s-a ridicat, a spus: „Sunt reporter și fac un reportaj despre minunile naturii. Am auzit că priveliștea de aici de sus este spectaculoasă."

„Este", a spus Ribby. „Data viitoare ar trebui să porți pantofi mai potriviți."

Da, cum ai făcut tu când te-ai întors pe jos de la bibliotecă.

Taci din gură.

Au ajutat-o pe Viveca la mașină.

„Mi-a făcut plăcere să vă cunosc și vă mulțumesc foarte mult pentru că ați ajutat-o pe această domnișoară în primejdie. Oh, aici e cartea mea de vizită în cazul în care doriți vreodată să luați legătura."

„Mulțumesc. Ești sigură că poți conduce, bine?" a întrebat Abbey.

„Da, mulțumesc. Oh, din moment ce este în apropiere, mă întrebam dacă voi fetelor știți ceva despre bibliotecă. Am auzit că s-ar putea deschide din nou?"

„Nu, nu știm nimic despre ea", a spus Ribby.

„Ei bine, a fost închisă de ani de zile. În circumstanțe suspecte. Te face să te întrebi despre noul bibliotecar."

„Ce vrei să insinuezi?" a întrebat Ribby.

„Doar mă întrebam dacă ea, adică noul bibliotecar..."

„Ce te face să crezi că noul Bibliotecar este o femeie?" a întrebat Ribby.

„Oh, zvonuri. Mi-ar plăcea să vorbesc cu ea. Poate chiar un interviu pentru ziar."

„Îmi pare rău, nu vă putem ajuta. Trebuie să ne întoarcem acum. Succes cu articolul tău."

„Sper ca glezna ta să se vindece curând", a adăugat Abbey.

„Ah, da, mulțumesc pentru ajutor. Sper să te revăd cândva."

Odată ce Viveca s-a urcat în mașină, Abbey și Ribby au plecat.

„Foarte ciudat", a spus Ribby, uitându-se înapoi peste umărul ei.

„Eu nu m-aș mai gândi la asta", a răspuns Abbey.

„Știu", a spus Ribby cu o sprânceană încruntată. „Am impresia că știa deja cine sunt. Ca și cum ar fi fost într-o expediție de pescuit."

„Ai dreptate, dar acum a plecat. În plus, pun pariu că Tibbles e nerăbdător să mă aștepte acolo. Nu cred că se aștepta să fiu plecată din casă atât de mult timp."

„Oh, a vrut să mă urmărești. Ești micul lui spion," a spus Ribby în timp ce își punea brațul în jurul umărului lui Abbey.

„N-aș face-o niciodată", a spus ea, îngrozită de sugestie.

„Desigur, dar el nu știe că suntem prietene."

„Ei bine, eu cu siguranță nu-i voi spune despre acel reporter."

„Îi voi spune domnului anglofon că am întâlnit-o aici. Nu e treaba lui Tibbles."

Au ocolit aleea care ducea până în fața conacului și au intrat.

CAPITOLUL 54

Ș TEFAN A AJUNS LA spital și a cerut să își vadă mama. Cererea sa a fost respinsă. El a devenit agitat și a provocat o scenă.

Doi angajați mari și voinici, de tip bodyguarzi, l-au ridicat de la pământ de la spate și l-au scos din incintă.

„Sună-l pe angajatorul meu, domnul Theodore Anglophone. Sunați-l!"

„Sigur, vom face asta", a spus cel mai mic dintre cei doi bărbați, în timp ce trupul lui Ștefan ateriza cu o bufnitură pe asfalt.

Cauciucurile i-au scârțâit când s-a îndepărtat de spital. O să se întoarcă la moșie. Nu-i păsa câte pietre ricoșau din mașină pe drum.

✳✳✳

VIVECA A BĂTUT CU mâinile în volan. Planul ei nu mersese bine. Spera să nu fi stricat toată afacerea.

Trebuie să o avertizez pe fata aceea, așa că va trebui să vorbesc cu tata și să văd dacă mă poate ajuta să intru pe ușă, s-a gândit Viveca. Dacă voi continua așa, nu voi fi niciodată promovată.

Și-a setat telefonul astfel încât orice apel să treacă automat pe difuzor. Și-a apropiat scaunul când a ieșit din locul de parcare de sub copac. Aproape tot drumul înapoi, telefonul ei a sunat și a deschis linia.

O limuzină neagră a trecut peste linia mediană și a intrat pe banda ei.

Șoferul limuzinei a făcut ochii mari și a apăsat pe volan în același timp cu ea. Cele două mașini au trecut la un centimetru una de cealaltă.

„Whoa! Ai grijă! Nebun nenorocit!" a strigat Viveca.

„Sper că nu vorbești cu mine", a spus Munson.

„Uh nu, șefu', a fost șoferul lui Anglophone. Aproape că m-a omorât!"

„Ce-i cu el?"

„N-am idee, dar mă bucur că mergem în direcții opuse."

„Deci, ai găsit-o?"

„Da."

„Și?"

„Am făcut un pic de o producție din ea. M-am prefăcut că mi-am luxat glezna."

„Oh, Doamne. A crezut-o?"

„Părea să fie destul de convingător."

„Și cum era ea?"

„Numele ei este Angela. Părea drăguță, deși naivă."

„Atunci nu e o persoană care urcă în societate? Sau o localnică?"

„Nu, deloc. Ea e diferită. Cred că are în jur de treizeci și ceva de ani, liniștită, vorbește încet. Sper că nu am forțat prea tare și nu am oprit-o."

„La naiba, Viveca, antrenamentul tău pe pagina socială ar trebui să te învețe cum să gestionezi situațiile dificile. Sper că nu ai dat-o în bară și dacă ai făcut-o, repar-o."

„Sigur, șefu'", a spus ea în timp ce el se deconecta. Ea s-a îndreptat spre casă.

✳✳✳

ÎNTORS ACASĂ, ȘTEFAN A decis să intre direct în casă și să-i mărturisească lui Anglophone. Dacă dădea cărțile pe față, își recunoștea indiscreția, atunci Anglophone ar fi fost înțelegător. Anglofon avea o slăbiciune pentru mama lui. L-ar fi ajutat să rezolve problema.

Pe de altă parte, dacă ar fi menționat apelul telefonic, ar fi dat-o de gol pe domnișoara Angela; că a venit la el și i-a spus despre apel.

Deci, nu pot menționa telefonul. Va trebui să-i spun că am avut un presentiment că mama era în pericol. Instinctul unui fiu. A trebuit să mă duc să o văd atunci și acolo. Cu siguranță Anglofonul mă va putea ierta.

Ștefan a intrat în casă. Nu era nimeni în jur. Și-a întors postul.

CAPITOLUL 55

ANGLOFONUL S-A TREZIT ȘI a strigat după Tibbles.

Tibbles era în bucătărie, interogându-l pe Abbey. Sunetul continuu al clopoțelului lui Anglophone i-a deturnat atenția.

Tibbles a arătat cu degetul în fața lui Abbey. „Nu am terminat! Nu te mișca! Ăsta e un ordin!"

Când a ajuns la ușa lui Anglophone, ceva dur s-a izbit înăuntru. Tibbles a împins ușa și ce priveliște a văzut.

Un Anglofon mai nerăbdător decât de obicei scosese din tavan aparatul de sunat clopotele. Stătea acolo, cu fața roșie printre tencuială și moloz.

„Îmi pare rău, domnule", a spus Tibbles.

Anglofonul s-a încruntat și a strigat. „Bineînțeles că ești Tibbles. Întotdeauna îți pare rău, dar asta nu e important. Acum spune-mi de ce spitalul m-a sunat pe numărul meu privat pentru a se plânge de unul dintre angajații mei?" A făcut o pauză pentru efect și când nu a existat nicio reacție din partea lui Tibbles.

„EU, EU..."

„Stephen a provocat un adevărat scandal."

„EU, EU..."

„Tu, Tibbles, ce ai de spus în apărarea ta? De ce îmi trimiți angajații la plimbare pe *timpul meu?* Sau șoferul meu a plecat de la mine din proprie voință? Explică-te, omule!"

„Eu, aveam nevoie de niște lucruri pentru gospodărie. Tu erai indispus. Ștefan nu era ocupat. El a avut instrucțiuni precise. Nu am avut nicio idee că va abuza de încrederea mea." A făcut o pauză. Transpirația îi picura pe frunte. „Încrederea ta. El este un impertinent...."

„Asta este, dar tu, Tibbles, ești un prost neîndemânatic! Acum mustră-l pe Stephen. Pune-l să taie iarba pentru următoarele două săptămâni și găsește-mi un alt șofer care să-l înlocuiască. Și o reducere de salariu. Va primi cu cincizeci de dolari mai puțin, iar tu, ca și complice al lui, la fel. Adu pe cineva aici și repară chestia asta... și nu uita de somnifere. Acum pleacă înainte să fac o sută!"

***

Ceva mai târziu, Ribby dormea profund pe podeaua bibliotecii din casă, cu cărțile deschise încadrându-i forma.

Somniferele pe care Anglophone îl rugase pe Tibbles să i le pună în ceai fuseseră eficiente. Avea nevoie doar de câteva minute pentru a lua o mostră în timp ce îi aranjau camera și apoi avea să știe dacă Angela era fiica lui.

Anglofonul stătea deasupra ei, uitându-se la ea, dorind-o atât de mult încât îl durea. Nu putea fi tatăl acestei fete. Era imposibil. Simpla idee că ar putea fi atras de propria lui carne și sânge...

În timp ce o privea, o amintire despre Martha a revenit. Ea spusese adevărul. Se mai întâlniseră. De ce, până să menționeze ea asta, nu și-o amintise? Amintirile erau așa pe măsură ce îmbătrâneai, veneau și plecau fără rimă sau motiv.

A mângâiat părul lui Ribby, întrebându-se. A continuat să-i atingă dosul mâinii, în timp ce-i suflecă mâneca bluzei.

Fiola aștepta, iar acul era gata.

Trezește-te, Ribby. Trezește-te! Bătrânul nenorocit este. E....

„Draga mea, Angela," șopti Anglophone în timp ce înfigea vârful acului în vena ei. Sângele a curs în flacon. I-a privit rana și s-a aplecat asupra ei, lingând cu limba rana deschisă. Sângele avea un gust dulce, ca Angela. Îi simțea înțepenirea în pantaloni și știa că trebuie să plece de acolo. Nu-i plăcea să o vadă atât de inconfortabilă pe podea toată noaptea.

A adunat proba și a pus etichetele pe sticlă. A luat telefonul ei care era pe masă.

Tibbles stătea în fața ușii în timp ce Anglophone ieșea. „Vehiculul pe care l-ați comandat așteaptă instrucțiuni."

„Un moment," Anglophone a fixat probele în punga frigorifică. I le-a înmânat lui Tibbles. „Spune-i șoferului să meargă direct la laborator. L-am informat deja pe contactul meu de la laborator că aceasta este o prioritate ridicată. Aștept un răspuns imediat." A făcut o pauză. „Când ai terminat, du-o sus în camera ei. Oh și," i-a înmânat telefonul lui Tibbles. „Pune-l într-un loc sigur până îți spun eu altfel."

Tibbles a dat din cap. „L-am ascuns, din când în când, așa cum mi-ai cerut, dar asta îl va face mai permanent." Apoi s-a îndreptat spre partea din față a casei.

Anglofonul s-a întors în camera lui. Îi era foame, dar ceaiul de după-amiază din grădină avea să îl rezolve. Între timp, nu avea să aibă o clipă de liniște până nu știa sigur dacă era îndrăgostit de propria lui fiică.

CAPITOLUL 56

ătul să aștepte să cadă toporul, Ștefan a trântit portiera mașinii și, după ce a luat geanta cu lucruri pe care le cumpărase pentru Tibbles, a intrat în forță înăuntru. S-a oprit la jumătatea drumului când l-a întâlnit pe Tibbles.

Tibbles a răbufnit: „Aici erai, imbecilule! Treci în biroul meu, ACUM!"

„Nu acum, fanfaronule, dă-te din calea mea. Trebuie să mă întâlnesc cu Anglophone."

Tibbles a ridicat mâna pentru a-i da o palmă peste față lui Stephen.

Stephen a blocat lovitura și cei doi bărbați și-au încrucișat privirile. Stephen a ținut mâna lui Tibbles pentru câteva secunde, apoi a lăsat-o să cadă.

Cei doi bărbați stăteau ochi în ochi, cu nasurile aproape atingându-se într-o luptă pentru a vedea cine va ceda primul.

„Îmi pare rău, Tibbles", a spus Stephen.

„Ar trebui să spun așa. Scuze acceptate. Acum, du-te în biroul meu și așteaptă-mă. Mai întâi trebuie să mă ocup de niște treburi, apoi putem rezolva asta."

Tibbles a ieșit din casă. S-a aplecat în geamul deschis al mașinii care aștepta, transmițând instrucțiunile lui Anglophone. Mașina a plecat în viteză. Tibbles s-a întors la biroul său.

„Stai jos, Stephen, te rog." Tibbles s-a plimbat câteva secunde înainte să vorbească. „Domnul Anglophone este extrem de agitat. În primul rând, este supărat pe mine, pentru că te-am lăsat să te plimbi pe aici în timpul lui. În al doilea rând, este supărat pe tine, pentru că spitalul s-a plâns de scena pe care ai provocat-o. Ce naiba a fost în capul tău?"

„Am avut un sentiment că mama nu se simțea bine. A trebuit să verific. Să văd dacă e bine."

„Minciuni, numai minciuni", a spus Tibbles în sinea lui. „Știu că domnișoara Angela ți-a spus despre apelul telefonic. Îndrăznești să negi?"

Stephen s-a uitat la picioarele lui.

„Comportamentul tău spune totul! Deci, când te-am rugat să te duci să iei niște lucruri, ai intenționat să abuzezi de încrederea mea."

„Îmi pare rău Tibbles. Îmi pare rău, dar a trebuit să plec."

„Ei bine, domnul Anglophone te-a suspendat pentru două săptămâni. Pentru că mi-am pus încrederea în tine, mi-a reținut și mie salariul. Mai mult decât atât, vei fi un trup de câine pe aici   vei tăia gazonul, vei face orice sarcini ți se vor aloca. Trebuie să angajez un alt șofer. Cu puțin noroc noul om nu va fi la fel de impertinent ca tine!"

„Îmi pare rău că ți-a fost tăiat salariul. Nu cred că e corect. Pot să vorbesc cu el despre asta.”

„Nu o vei face.”

„Retrageți-mi salariul, dar vă rog să nu mă lăsați fără mașină. Lasă-mă să mă duc și să vorbesc cu el. Îi voi cere iertare.”

„Domnul Anglofon spune că nu dorește să vorbească cu dumneavoastră timp de două săptămâni. Dacă îl vezi, continuă să muncești. Arată-i dedicarea ta. Arată-i remușcări. Suntem norocoși că nu ne-a concediat. În timp, lucrurile vor reveni la starea lor normală.”

Tibbles a ridicat receptorul și a ignorat prezența lui Stephen.

Stephen, neștiind ce să facă acum, și-a pus capul în mâini. Tibbles vorbea la telefon. Deprimat, s-a ridicat și a părăsit biroul. S-a aventurat afară cu pumnii strânși adânc în buzunare.

A rătăcit ore în șir, admirând priveliștea și analizând lucrurile în minte.

Trebuia să se gândească cum să o scoată pe mama lui din acel loc.

Trebuia să găsească o cale de a fi independent de Anglophone.

Trebuia să preia controlul asupra vieții sale. Dacă și-ar fi putut da seama cum.

CAPITOLUL 57

RIBBY A DESCHIS OCHII. La început, nu știa unde se afla. Ultimul lucru pe care și-l amintea era că citea în bibliotecă.

A încercat să se ridice, dar o durea capul, iar camera se învârtea. S-a îmbrățișat și a observat o vânătaie mare, cu pete mov, pe braț. A încercat să își amintească o ocazie în care vânătaia ar fi putut apărea. Nu a reușit.

Nici Angela nu-și putea aminti nimic. Era ceva care o deranja. O amintire slabă, de neatins.

Cum s-ar fi putut întâmpla asta?

Probabil ai intrat în ceva. Nu ar fi prima dată.

Adevărat, pot fi un neîndemânatic.

Nu-ți face griji în privința asta. Ai pești mai importanți de prăjit.

Ribby a simțit mirosul aluziv de pește prăjit și a fugit pe hol în baie să i se facă rău. S-a spălat pe față și a băut câteva înghițituri de apă.

E mai bine acum?

Cred că da, mulțumesc.

Oricum, unde este Teddy? E ca și cum și-ar pierde interesul. L-ai avut în palmă.

E un om ocupat.

Ribby s-a curățat și s-a spălat pe dinți.

În plus, nu a fost bine.

Ceva încă o sâcâia pe Angela. Ceva ce era aproape să-și amintească, dar apoi i-a scăpat.

Dar e un bărbat și trebuie să-l menții interesat. Flirtează puțin. Adaugă un pic de sex-appeal. Fă-l să ghicească și să spere. Ține minte, nu-ți sugerez să mergi până la capăt prea curând. Joacă-te cu el.

Nu am prea multă experiență în materie de bărbați.

Cred că e un moșneag excitat la inimă.

Vrea ca cineva să fie acolo pentru el. Cineva pe care să poată conta.

Ar putea avea ce alege cu toți banii ăia. Așa că, nu o da în bară, puștiule, sau dacă o faci, fă-o să conteze!

Ești atât de dezgustător.

„Domnișoară Angela, domnișoară Angela", a strigat Abbey când a bătut la ușă.

„Domnul Anglofon vă așteaptă în grădină".

„Intră, Abbey. Nu mă simt în stare de Afternoon Tea."

„Trebuie."

Ribby s-a așezat pe pat ținându-și capul în mâini.

„Te rog spune-i domnului Anglophone să ne întâlnim peste o oră."

„Cum dorești, domnișoară Angela."

„După ce ai terminat, întoarce-te și ajută-mă să mă pregătesc."

„Sigur, domnișoară Angela. Mă întorc imediat."

Câteva momente mai târziu, Abbey s-a întors în camera lui Ribby.

„Sper că domnul anglofon nu a fost supărat pe mine", a spus Ribby.

„Nu, domnișoară Angela. Înțelege că ne ia mai mult timp să ne facem prezentabili", a spus ea râzând. „Acum stai jos aici și lasă-mă să te ajut." Abbey a trăncănit, în timp ce Ribby s-a lăsat răsfățată. „Voila", a spus ea.

„Mulțumesc, Abbey."

„Arăți minunat!" a spus Abbey în timp ce se îndreptau de-a lungul coridorului și ieșeau în grădină.

Ribby l-a zărit pe Teddy cu fața ascunsă în spatele unui ziar. Ea s-a așezat liniștită lângă el. El nu o auzise. Ea a zâmbit.

Tibbles a năvălit la masă și a anunțat: „Bună ziua, domnișoară Angela".

Teddy aproape că a scăpat ziarul când s-a ridicat în picioare. „De cât timp stai acolo?"

„De fapt, au fost doar câteva momente. Ți-a fost dor de mine?" a șoptit Ribby, luându-i mâna în a ei.

Anglofonul și-a îndepărtat mâna și a spus: „Am fost foarte, foarte bolnav".

Tenul lui Ribby a ars.

Ce anume?

„Dar m-am gândit la tine, de multe ori."

„Și la ce te-ai gândit la mine?"

„M-am gândit la tine și la bibliotecă."

„Exact, și am niște idei pe care vreau să le discut cu tine."

„Unde a ajuns Tibbles? TIBBLES!"

Tibbles s-a întors. Abbey a rămas în urmă. Cărau tăvi pline cu mâncare și băuturi. Farfuria lui Anglophone a fost curând umplută cu mâncare, în timp ce Ribby a ales o ceașcă de ceai tare.

„M-am gândit", a spus Ribby, amestecându-și ceaiul. „Mi-ar plăcea să le citesc copiilor din bibliotecă și să cânt pentru ei. Aș vrea să fac planuri pentru o Zi a Copiilor."

„Și ce ar presupune asta?"

„Autorii ar putea face lecturi de cărți."

„Hmmm, interesant, interesant", a spus Teddy.

„De asemenea, mi-ar plăcea să donăm cărți spitalelor."

„Da, îmi plac ideile astea, îngerul meu, va trebui să ne gândim puțin, să ne organizăm. Pentru moment, ar trebui să ne concentrăm pe bibliotecă. După ce vom fi în funcțiune, poate peste un an sau doi, atunci vei putea pune în aplicare celelalte idei. Mergi încet, Angela. Amintește-ți că nu suntem într-un oraș mare. Vorbim de o altă specie de oameni aici."

„Familiile sunt peste tot."

„Înțeleg ce vrei să spui", a spus Teddy, bătând mâna lui Ribby ca pe un copil pe care trebuia să-l suplinească.

„Scuzați-mă", a spus de la intrare un bărbat cu șapcă în mână.

„Da? Oh, înțeleg, sunteți noul șofer."

Tibbles intră pocnindu-și călcâiele. „Ți-am spus să mă aștepți în bucătărie."

Scuzele mele", spuse noul om în timp ce își înclina șapca mai întâi către Anglophone și apoi către Tibbles. Se dădu înapoi din cameră.

„Stephen este bolnav?"

„Nu. Nu este." Teddy a luat o îmbucătură de quiche. „A abuzat de încrederea mea. Va sta în cușca câinelui pentru următoarele două săptămâni."

„Îmi pare rău să aud asta." Ea a luat o înghițitură de ceai. „Aș vrea să o sun pe mama și se pare că mi-am rătăcit telefonul mobil."

„Desigur. Folosiți telefonul de la intrare. Între timp, vom verifica în jur și vom vedea dacă putem găsi telefonul tău."

Ribby era atât de fericită încât s-a ridicat în picioare, lăsându-și șervețelul pe jos, și s-a repezit la Teddy. A zburat la el, plină de pasiune, și-a pus brațele în jurul gâtului lui și l-a sărutat pe buze. Ea a deschis ochii. El se uita înapoi la ea. Era rece ca piatra.

A îndepărtat-o și s-a ridicat în picioare. Fața lui era roșie.

Ribby a fugit afară din cameră și a urcat scările. Ea s-a aruncat pe pat și a plâns până a adormit.

Tu numești asta sexy?

CAPITOLUL 58

Î N DIMINEAȚA URMĂTOARE, DUPĂ ce a deschis ușile balconului, Ribby s-a întins și a bâzâit. Lumina soarelui îi încălzea pielea și simțea o dorință puternică de a fi mai aproape de malul mării. S-a îmbrăcat, a făcut duș, apoi și-a pus pălăria, și-a ciupit obrajii și a ieșit din conac.

Pe alee, l-a zărit pe Ștefan. El era cu spatele la ea, dar ea auzea zgomotul foarfecelor. El tundea tufele de trandafiri.

„Stephen", a spus Ribby.

Și-a îndreptat spatele și a ridicat mâna în aer pentru a umbri razele soarelui din ochii lui.

„Mă întrebam dacă ai putea să mă duci undeva."

El nu a răspuns. În schimb, s-a întors cu spatele și și-a reluat treburile de grădinărit. A așteptat ca ea să plece, a continuat să taie și să taie. După un moment sau două, a spus: „De ce eu? Întreabă-l pe bătrân. Eu nu te pot ajuta. Nu mă pot ajuta nici pe mine."

„Dar eu nu am pe nimeni, Ștefan." Ea i-a atins umărul. „Vreau să merg acasă."

El s-a întors brusc spre ea, aproape făcând-o să-și piardă echilibrul. „Nu te pot ajuta. La naiba. Aș vrea, sincer, aș vrea, dar eu... Sunt alți oameni care depind de mine. Nu te pot ajuta. Acum pleacă!"

Ribby a făcut un pas înapoi, luptându-se cu nevoia de a plânge. „Mă gândeam doar... Îmi pare rău că v-am deranjat."

Ștefan a lăsat-o să plece. A lăsat-o să se îndepărteze din ce în ce mai mult înainte să strige. Ribby l-a ignorat. A alergat după ea.

„Uite, îmi pare rău. Ochii lui s-au întâlnit cu ai ei. „Doar că am fost retrogradat și chiar urăsc grădinăritul."

Ribby i-a privit trăsăturile înmuiate.

A aruncat o privire nervoasă spre casă când o mașină a trecut în viteză pe lângă ei. Șoferul a coborât și a fugit pe scări unde Tibbles a deschis ușa. Câteva clipe mai târziu, mașina a trecut în viteză pe lângă ei pe drumul spre ieșire.

Ribby s-a mutat la Stephen.

Stephen s-a apropiat de Ribby.

S-au întâlnit undeva la mijloc.

CAPITOLUL 59

T IBBLES I-A ÎNMÂNAT PLICUL lui Anglophone, apoi s-a întors la treburile sale.

Anglophone era la fereastră, privindu-și fiica și fiul, care acum erau confirmați, cum își făceau ochi dulci unul altuia. Putea simți chimia dintre ei până în camera lui. Râdea când îi privea șoptind și schimbându-și priviri.

A sunat la sonerie și Tibbles s-a întors în câteva secunde.

„Tibbles", a spus Teddy, "Mă duc în oraș astăzi. Am câteva lucruri de rezolvat acolo. Anunță șoferul   Mă voi întoarce mâine.

„Între timp, păzește-i pe Stephen și pe domnișoara Angela pentru mine. Vezi ce pun la cale, dar nu-i lăsa să știe că îi urmărești." Și-a atins nasul cu degetul arătător. „Discreție, draga mea Tibbles, discreție."

„Desigur, domnule anglofon." Tibbles a făcut o plecăciune ieșind din cameră.

CAPITOLUL 60

„Cu ce vă pot ajuta?" a spus Stephen, conducându-l pe Ribby departe de aleea principală. „Cum am spus, nu mă pot ajuta nici pe mine. Am responsabilități."

Tibbles s-a concentrat asupra lor în timp ce anglofonul se pregătea să plece.

„E ceva în legătură cu mama ta?"

„Nu-ți pot spune. Cu cât știi mai puțin, cu atât mai bine. De ce vrei să pleci? Ți-a făcut ceva?"

„Nici măcar nu știu ce caut aici", a spus Ribby. „Adică, de ce eu?"

Limuzina a plecat în viteză.

„Mă întreb unde a plecat."

„Are un șofer nou."

„Știu, dar e doar temporar", a spus Stephen. „Dacă trebuie să pleci, fă-o acum."

„Cum aș putea? Nu am mașină."

Ribby, te panichezi total. Calmează-te.

„Cu siguranță, trebuie să știi pe cineva aici, care te-ar putea ajuta."

„Am întâlnit un reporter ieri, Viveca Something."

„Da, sun-o. Întreab-o.”

„Și dacă nu va veni?”

„Crede-mă, va veni”, a spus Stephen.

„De unde știi? De ce i-ar păsa de mine?”

„Nu ți-a pus o grămadă de întrebări despre anglofon?”

„Nu chiar”, a spus Ribby. „A spus că scrie o poveste despre minunile naturii.”

„S-ar putea să crezi asta, dar crede-mă, tu ești povestea. Pe lângă reporteri, poți garanta că și poliția stă cu ochii pe situație.”

„Nu înțeleg. De ce?”

„Tot ce pot să vă spun, domnișoară, este să o sunați. Lasă reporterul să-ți explice. Dar nu spune nimic despre mine, sunt deja în destule probleme. Și pentru numele lui Dumnezeu, nu suna din casă. Ai nevoie de un telefon mobil, sau mai bine, poți avea încredere în Abbey? Adică, *chiar* să ai încredere în Abbey?”

„Am avut un mobil, dar l-am pierdut. Referitor la Abbey, da, cred că da”, a spus Ribby. „Sunt destul de sigur că aș putea avea încredere în ea cu viața mea.”

„Atunci folosește-te de ea. Spune-i să se ducă și să sune la reporter. Te-aș lăsa pe tine să te ocupi de al meu, dar Tibbles probabil că îl are ascultat. Fă-o azi, domnișoară.”

„Mulțumesc”, a spus Ribby atingându-i mâna.

„Bine, ne vedem atunci”, a spus Stephen. S-a uitat la fereastră, a observat perdelele mișcându-se. Tibbles. S-a întors la tăierea trandafirilor.

Ce fund drăguț.

Nu te gândești niciodată la altceva?

Ștefan s-a întors, s-a uitat la Ribby și apoi s-a întors din nou la lucru.

Ribby a căutat-o pe Abbey.

Când aproape s-au ciocnit pe coridorul principal, Abbey a spus: „Tibbles a spus că trebuie să te găsesc, IMEDIAT. Nu știu despre ce e vorba. Doar pentru că domnul Anglofon este plecat pentru o zi sau două."

„Da, i-am văzut mașina chiar acum."

„Am să fiu umbra ta."

Ribby și Abbey au ieșit pe ușă și au continuat să meargă. Când s-au îndepărtat destul de mult de conac, Ribby a spus: „Vreau să plec de aici și am nevoie de ajutorul tău."

„Dacă Tibbles află va fi foarte supărat. S-ar putea chiar să mă concedieze."

„Am nevoie să suni pe cineva. Femeia pe care am întâlnit-o ieri, știi tu, reporterul?" Abbey a dat din cap. „Vreau să te duci la un telefon, nu aici, oriunde altundeva decât aici, și să o suni. Fă o programare pentru a ne întâlni. Vei face asta?"

„Pot să fac asta", a spus Abbey după câteva ezitări. „De fapt, mă duc la ferma Fairfield, mai jos pe drum, să iau niște brânză. Șoferul trebuia să mă ducă, dar acum trebuie să merg pe jos. O pot suna de acolo."

„Ești o vedetă", a spus Ribby. „Acum, mă întorc în casă. Distracție plăcută la ferma Fairfield."

„Când ar trebui să aranjez asta? Mă refer la întâlnirea cu tine și Viveca?"

„Cred că ea va ști cât de dificil poate fi pentru mine. Spune-i totuși că domnul Anglofon este plecat și că cel mai bine ar fi cât mai repede.”

„Este un plan.”

✳ ✳ ✳

LA FERMA FAIRFIELD, ABBEY a format numărul Viveca Hartman de la ziar. „Uh, alo, eu sunt, Abbey."

„Care Abbey?" a spus Viveca supărată. „O aveți aici pe Viveca Hartman de la The Local Times."

„Da, știu, uh, ce-ți face glezna?"

„Glezna mea? I..." Viveca s-a prins. „Abbey, oh da. Ce pot face pentru tine? E vorba de Angela? E în regulă?"

„Da", a spus Abbey, „și am fost foarte îngrijorată pentru tine, fiind atât de bolnavă și apoi luxându-ţi glezna așa."

„Bine", a spus Viveca, "mai este cineva acolo, nu-i așa?"

„Oh, da", a spus Abbey, "trebuie să o iei mai ușor și să te abții de la ea."

„Abbey", a spus Viveca, "eu, nu știu ce vrei sau cum te pot ajuta. Uh, ea vrea să mă vadă? Angela vrea să vin acolo?"

„Da", a spus Abbey, "domnul Anglofon este plecat în oraș. Cât mai curând posibil ar fi cel mai bine. Sunt la ferma Fairfield acum, iau niște brânză."

„Bine, Abbey", a spus Viveca, "Ce zici de mâine, între 10 și 11 a.m.?"

„Vom încerca să scăpăm. Te rog să ne aștepți la ferma Fairfield, chiar dacă întârziem."

„Așa vom face", a răspuns Viveca.

CAPITOLUL 61

La ora 21.00, limuzina lui Anglophone a dat colțul în drum spre casa Marthei. Era perioada lui preferată din an, când seara era încă lumină. Adevărat, ea era în închisoare, dar el voia să vadă dacă poate afla ceva de la vecini. Era încă furios că Martha se strecurase din nou în viața lui. Își deschisese biblioteca și inima și acum...

Casa Marthei dispăruse. Complet distrusă. Tot ce rămăsese era o grămadă de moloz ars. A ieșit din mașină să se uite mai atent. Șoferul îi stătea alături.

O femeie în vârstă se plimba pe trotuar. Purta un halat de baie ponosit. Se apropia de anglofonă. Șoferul și-a pus corpul între el și femeie.

„Păcat", a spus femeia, încercând să se apropie de Anglophone. „O femeie atât de bună și să moară așa. Atât de trist. Și biata ei fiică. Nimeni nu știe unde este și acum, acum tot scandalul. Nu știu. Pur și simplu nu știu." Și-a tamponat ochii cu colțul mânecii în timp ce privea spre limuzină.

„Sugerezi că femeia care locuia aici, Martha, a murit?"

„Nu, ea nu a murit. Vecina ei, doamna Engle, a simțit miros de fum. Ea a scos trupurile Marthei și ale lui Scamp de acolo. Le-a salvat viața chiar dacă Martha nu voia să trăiască. Scamp a fost adoptat de doamna Engle." A arătat spre casă.

„Ce vrei să spui, că nu voia să trăiască?"

„Era plină de pastile și de băutură."

„Vă rog să continuați."

„Casa a explodat ca o vatră. Nu am fost niciodată prieteni. Femeia aia avea bărbați care veneau și plecau tot timpul. Era ca și cum casa ei avea o ușă rotativă". Femeia s-a scărpinat, de parcă ar fi avut purici. „Mai bine mă duc înăuntru înainte să mor. Bună seara, domnule." A plecat.

„Așteaptă. Rămâi. Intră în mașina mea și o să-ți dau o gură de whisky să te încălzești", a spus Anglophone.

Femeia s-a oprit. S-a întors spre el. A ezitat, apoi s-a îndepărtat.

„Aș aprecia foarte mult ajutorul tău", a spus Anglophone. „Voi face să merite."

„Uh, dar eu, eu nu te cunosc de la Adam", a spus femeia. „Ai putea fi una dintre prietenele degenerate ale Marthei. Vrea o bucată din asta." Ea și-a fluturat brațele și a zâmbit, dezvăluind un zâmbet fără dinți.

„Ei bine, eu sunt Theodore Anglophone, o veche prietenă a Marthei. Ne cunoaștem de mult timp." I-a strecurat o bancnotă de douăzeci de dolari în palmă.

„Ea e în închisoare."

I-a fluturat o bancnotă de cincizeci în față, pe care ea a încercat să o apuce.

„Ușurel, prietene", a spus anglofonul. „Spune-mi ceva ce valorează cincizeci de dolari. Muncesc din greu pentru banii mei."

„Îți pot spune lucruri; lucruri care ți-ar face capul să se învârtă."

Anglofonul s-a apropiat și mirosul înțepător de varză l-a făcut să-și acopere nasul cu mâna. „Trăsura vă așteaptă."

Femeia în vârstă a râs în timp ce șoferul i-a deschis ușa.

Odată ce au fost înăuntru, Teddy a umplut un pahar cu whisky și apoi i l-a înmânat femeii. Ea l-a dat înapoi. El l-a umplut din nou.

„Ei bine, Martha și Ribby locuiau aici, iar Martha era prostituată, deși, din câte am auzit, nu una foarte bine plătită." Ea a râs. „Știam despre asta; toți vecinii ei știau, asta este. Am închis ochii la asta. Atâta timp cât stătea departe de soții noștri, trăiam și lăsam să trăiască. Apoi au aflat ziarele și au venit aici să verifice bordelul. Ribby nu era prin preajmă atunci, binecuvântat fie sufletul ei. Săraca micuță. Ce trebuie să fi văzut cu bărbații care veneau și plecau când ea creștea."

„Da, treci la subiect, să câștige cei cincizeci de dolari", a cerut Anglophone.

„Când casa a ars din temelii, au găsit... Ceva... În magazie... Mai târziu... În timp ce Martha se recupera în spital..."

„Treci la subiect."

Femeia i-a întins paharul. Când acesta a fost plin, ea a continuat. „Atunci l-au găsit, un cuțit."

„Oh, Doamne", a spus Teddy, aplecându-se mai aproape de femeie. I-a reumplut paharul.

„Așadar, era acolo, biata Martha, fără fiica ei, fără suflet, și au acuzat-o de crimă de gradul întâi. Două crime. Sora ei și unul dintre Johns   cred că era al lui Thursday. Era peste tot în ziare. A fost o nebunie pe aici."

„Thursday's?" a spus Teddy pe un ton revoltat.

Femeia a ezitat: „Gras, foarte, foarte, gras. Nu genul tău obișnuit de grăsime. Foarte neatractivă. Și căsătorită."

„Continuă cu povestea. Atunci ce s-a întâmplat?" a întrebat Teddy nerăbdător.

„Era mort. Înjunghiat în spate. Ziarele spun că surorile s-au certat pentru el." Femeia a cârâit ca o găină care încondeiază un ou la mirarea că femeile se luptă pentru un asemenea premiu.

„E în penitenciar, așteptând ca judecătorul să o condamne. Ei recunosc că ea i-a ucis pe bărbat și pe sora ei. Apoi i-a aruncat de pe o stâncă. Au găsit cuțitul și una dintre rochiile ei acoperite cu sângele lui Carl Wheeler îngropate în magazia din spate." Ea s-a oprit și a așteptat în speranța că povestea ei a fost suficientă pentru a câștiga cei cincizeci de dolari.

„Ai fost de mare ajutor. Uite încă o sută pentru timpul acordat și poți lua și restul sticlei cu tine."

Când femeia nu păru interesată să coboare, șoferul deschise ușa. Anglofonul i-a dat un mic imbold.

„Acum, nu trebuia să împingi! Tu, tu!", a exclamat femeia, în timp ce se îndepărta de mașină.

„Continuă", i-a spus domnul Anglophone șoferului când acesta s-a întors la locul său. „Du-mă la Penitenciar".

„Da, domnule Anglophone."

Teddy s-a lăsat pe spate și a închis ochii.

CAPITOLUL 62

Î N DIMINEAŢA URMĂTOARE, RIBBY şi Abbey s-au întâlnit cu Viveca la ferma Fairfield.

„Arăţi senzaţional!" a spus Abbey.

„Mulţumesc, Ang", a spus Viveca. „Mă simt destul de bine încât să mă urc pe unul dintre caii ăia astăzi şi să merg la o plimbare. Cu condiţia să alegi un suflet blând, călăria mi s-ar potrivi de minune."

„Abbey cunoaşte toţi caii noştri", a spus doamna Fairfield. „Nu-mi place să mă grăbesc, dar am câteva treburi de făcut în oraş. Deci, simţiţi-vă ca acasă. Serviţi-vă cu tot ce aveţi nevoie. Ar trebui să mă întorc până la prânz, dacă vreţi să rămâneţi?"

„Nu, mulţumesc", au spus cei trei la unison.

„Ocupat, ocupat, ocupat", a spus Ribby, iar Abbey şi Viveca au dat din cap în semn de aprobare.

După ce doamna Fairfield a ieşit din casă, Viveca a întrebat: „Care-i treaba?"

Abbey a spus: „Mă duc să fac o plimbare până vorbiţi voi doi."

„Mulţumesc, Abbey. Eşti o bijuterie", a spus Ribby în timp ce o privea pe Abbey cum închide uşa în urma ei. Ribby și-a concentrat apoi atenția asupra lui Viveca, care părea la fel de neliniștită ca și ea.

„Cu ce te pot ajuta?" a întrebat Viveca.

„În primul rând, îți mulțumesc că ai venit atât de repede. Sunt depășită de situație la casa domnului Anglofon. Vreau să plec acasă."

„Și el nu te lasă? Ești ținută prizonieră?"

„Nu chiar. A fost amabil cu mine, până acum câteva zile   chiar dacă mă simt foarte izolată din moment ce el este mereu plecat cu afaceri. Acum câteva zile, oh, nu știu cum să explic, doar că am vrut să plec. Pe lângă asta, mi-a dispărut telefonul. Știu că vrea să rămân și să deschid biblioteca, dar bănuiesc că îmi ascunde ceva. Nu știu de ce are nevoie ca eu să fiu bibliotecar. Adică, de mine în mod special. Nu e ca și cum aș fi răspuns la un anunț pentru acest post. Sincer, sunt speriată."

„Mai întâi, spune-mi ce știi."

„Cred că ar fi mai bine să începi de la început."

„Anglofonul are o reputație pentru doamne. Mai simplu spus, se crede pe sine. Cu toți banii ăstia, ca să nu mai vorbim de puterea pe care o deține, este capabil să facă lucruri pe care un om normal nu le-ar putea face. De exemplu, are mai mulți membri ai Consiliului în buzunarul lui din spate. Este un fapt cunoscut, el unge palmele, dar el este atât de puternic încât nimeni nu poate obține nici o dovadă împotriva lui. Ca și ce s-a întâmplat la bibliotecă. Adică, mama lui Stephen a fost legată și lăsată să moară."

„Femeia aia era mama lui Stephen?"

Dar mama lui Ștefan nu este moartă...

„Vrei să spui că știi despre ce s-a întâmplat la bibliotecă?"

„Da, am citit despre asta pe internet înainte să vin aici."

„Dar în ziare, nu au spus toată povestea. Ca atunci când reporterii au ajuns primii și au găsit-o, era într-o stare destul de proastă. Reporterii vorbesc și ei bine, ei spun că era goală, legată de un scaun cu arsuri pe corp și era mult sânge. Criminaliștii au descoperit ulterior că era sânge de animal. Unii spun că Anglophone făcea magie neagră. Chestii ciudate".

Ribby și-a amintit de silueta bărbatului de pe spatele cărții despre magie.

Acest lucru nu are sens. Ștefan o vizitează.

Și ea i-a telefonat.

Viveca a continuat: „Da, dar mai e ceva. Unii spun că a fost iubita lui Anglophone. Ea a fost cu siguranță singura persoană căreia i-a încredințat vreodată biblioteca sa".

Acest lucru devine din ce în ce mai ciudat.

„Tatăl meu se învecinează de mult cu Anglophone, iar Ștefan locuiește acolo de când era mic."

„Deci, cu mine atunci, de ce eu?"

„Nu știu, dar nu te condamn că vrei să mergi acasă. Nu ai nici o familie?"

„Ba da", a spus Ribby, „mama e în oraș. Trebuie s-o sun. O voi suna de aici chiar acum." Ribby a ridicat receptorul.

„Îmi pare rău, numărul pe care îl apelați nu mai este în serviciu. Vă rog să închideți și să formați din nou."

Ribby a format din nou, cu același rezultat.

„Poate o pot contacta eu pentru tine? S-o fac să vină după tine cu întăriri, adică cu polițiști. Care-i numele ei?"

„Martha, Martha Balustrade."

„O, Doamne!" exclamă Viveca. „Tu nu ești fiica Marthei Balustrade!"

Oh, oh, ce a făcut acum draga mea mămică?

CAPITOLUL 63

TEDDY A AJUNS LA Penitenciar. Martha era ținută în izolare. A cerut să o vadă. A pretins că este avocatul ei.

O femeie de la birou amesteca hârtiile. Anglofonul a bătut cu pumnul în biroul ei, reiterându-și cererile. „Sună-l pe Frederick Schmidt. Sună-l pe primarul Brown. Ei mă cunosc. Îmi vor permite să-mi văd clientul, IMEDIAT", a urlat Anglophone.

S-au dat telefoane. Totuși, Anglophone a așteptat ore întregi.

„Pot să vă aduc o ceașcă de ceai?"

„Nu, mulțumesc", a spus Anglophone, «să-mi văd clientul este tot ce vreau să fac».

CAPITOLUL 64

O cunoști pe mama?"

" „Te-a ținut retrasă", a spus Viveca. „*Toată* lumea știe despre mama ta, cu toată presa din ultima vreme. Adică, când cineva mărturisește uciderea a doi oameni, inclusiv a propriei surori, apare la știri chiar și aici. Ca să nu mai vorbim de celelalte nebunii ale ei. Prima pagină în oraș, Angela!" Ea a privit cum fața lui Ribby a devenit albă ca un cearșaf. „Îmi pare rău, este mama ta, până la urmă."

„O criminală? Trebuie să vă înșelați." Ea a făcut o pauză. „Apropo, numele meu adevărat este Ribby Balustrade."

„Atunci de ce?"

„E o chestie anglofonă."

„El te-a pus să-ți schimbi numele?"

„Nu, Angela e mai drăguță decât Ribby."

„Nici Viveca nu e chiar comună sau drăguță, așa că știu ce vrei să spui. Dar să ne întoarcem la mama ta și la crime. Nu crezi că ea a făcut-o?"

Știm că nu a făcut-o pentru că noi am făcut-o.

Noi am făcut una; cealaltă a fost sinucidere.

Ribby nu a spus nimic.

„Uite, știu că Anglophone te-a ținut izolat aici jos. Ai crede că ar avea măcar decența să-ți spună că mama ta e în închisoare.”

„Mi-am petrecut tot timpul citind și reparând biblioteca. Între timp, mama a fost... Doamne, trebuie să merg la ea, acum. Poți să mă iei cu tine? Trebuie să mă ajuți. Trebuie să mă ajuți!”

Abbey și-a scos capul după colț și a auzit implorarea lui Ribby. „Ce se întâmplă? De ce este atât de supărată? Angela, ce s-a întâmplat? Arăți de parcă ai văzut o fantomă!”

„Trebuie să merg în oraș, astăzi. Acum. Viveca o să mă ducă.”

„Tata probabil ne poate urca într-un avion și vom ajunge acolo cât ai zice pește. O secundă, îi dau un telefon și îi explic. El este bine versat în mumbo jumbo juridice, așa că voi vedea dacă el poate veni cu noi.”

„Există un aeroport în apropiere? Atunci de ce nu zboară Teddy la Toronto? Cu siguranță își poate permite?”

„Îi este frică să zboare”, a spus Viveca, chiar când tatăl ei a ridicat receptorul de la celălalt capăt al firului. Ea i-a explicat totul. El a fost de acord să se întâlnească cu ei la aeroport. „Bine doamnelor, atunci să mergem!”

„Stai,” a spus Ribby, ”putem să trecem și noi să-l luăm pe Stephen? Mi-ar plăcea să fie acolo.”

„Sigur, o să trecem și dacă vrea să vină, cu cât mai mulți, cu atât mai bine. Dar tu, Abbey? Vii cu noi?”

„Nu, nu-mi pot permite să-mi pierd slujba chiar acum. Tibbles ar da pur și simplu pe acoperiș dacă aș dispărea toată ziua." Abbey s-a uitat la ceas și a început să devină neliniștită. „Am fost plecată deja prea mult timp."

„Urcă și o să te duc eu."

„Dar, cum rămâne cu Tibbles?" întrebă Abbey. „Dacă mă întreabă ceva? Nu sunt o mincinoasă bună."

„Atunci nu spune nimic. Trebuie să ne mișcăm, să avem un avans."

„Bine, să mergem", a spus Ribby. Era ieșită din minți de grija pentru Martha. Se întreba cum de s-a putut întâmpla așa ceva. Se simțea atât de vinovată.

La casă, Stephen s-a urcat pe bancheta din spate a mașinii și au plecat în viteză, lăsând-o pe Abbey în picioare într-un nor de praf.

CAPITOLUL 65

ÎN SALA DE AȘTEPTARE rece și umedă, Teddy mergea înainte și înapoi ca un tată însărcinat. Temperamentul îi creștea cu fiecare moment în care era pus să aștepte. Șaizeci de minute. Nouăzeci de minute. O sută douăzeci de minute. Nici urmă de ea. Nici urmă de nimeni.

Câteva ore mai târziu, Teddy auzi un zgomot de clinchet în timp ce deținătoarea cheilor se apropia de ușă. „Scuzați-mă", a spus el brusc în timp ce femeia trecea pe lângă el, "aștept aici de ore întregi."

„Domnule uh, anglofon. La cererea dumneavoastră am cerut o excepție. A fost refuzată. Urmați-mă și o să vă duc înapoi la recepție."

El i s-a urcat la cap și a spus: „Cum adică a fost refuzată?"

„Doamna Balustrade așteaptă să fie condamnată", a oftat ea. „Acum, eu sunt o femeie ocupată și e târziu, așa că vă rog să mă urmați."

El a făcut ce i s-a spus, dar nu a fost mulțumit de asta.

***

T EDDY ERA ÎNCĂ FURIOS când a urcat în limuzină. A sunat la hotelul Four Seasons și a rezervat un apartament, apoi i-a ordonat șoferului să îl ducă acolo.

Pe drum, l-a sunat rapid pe Tibbles.

„Tibbles! Am nevoie de tine pentru a obține Angela pe linie și pronto!"

„A ieșit la o plimbare cu Abbey. Așteaptă o clipă." Tibbles a pus mâna pe telefon când a văzut-o pe Abbey intrând. A întrebat-o unde se află Angela. Abbey a spus că ea și Angela se despărțiseră cu ore în urmă.

„Domnule Anglofon, se pare că domnișoara Angela nu s-a întors încă."

„Ei bine, *GĂSEȘTE-O*. Sună-mă de îndată ce știi unde se află." A deconectat.

„Îl puteți ruga pe Stephen să vină în Abbey? E urgent." A spus Tibbles.

„Nu l-am văzut pe Stephen."

„Aruncă o privire în jurul proprietății. Spune-i să vină imediat la mine."

Abbey s-a uitat în zonele comune ale casei. S-a plimbat pierzând timpul, atât înăuntru, cât și afară. O jumătate de oră mai târziu, s-a întors fără Stephen. Până atunci, Tibbles era pe cale să explodeze.

„Unde este EL?"

„M-am uitat peste tot. Nu e de găsit nicăieri."

„Fă totul singur. Fă totul singur", mormăi Tibbles. Umărul lui s-a conectat cu al ei când a trecut pe lângă ea. „Dacă îl găsesc acolo, îți scad salariul cu cincizeci de dolari și data viitoare o să te uiți când îți cer eu!"

„Dar, domnule", a început Abbey să mai spună, dar Tibbles a trântit ușa în urma lui.

Tibbles s-a uitat și el peste tot. Nici urmă de Stephen. Nici urmă de domnișoara Angela. S-a întors în casă și l-a sunat pe Anglophone.

„Tibbles?"

„Da, domnule, eu sunt. Nu-l găsesc pe Stephen sau pe domnișoara Angela."

„Sunt împreună?"

„Habar n-am."

„Dar sigur fata aia ar ști. Mi-ai spus că trebuie să fie umbra Angelei. Dă-mi-o la telefon."

„Ea nu e la îndemână."

„Pentru ce te plătesc? Găsește-o și dă-mi-o naibii la telefon." Tibbles a decuplat telefonul și l-a luat cu el. Când a auzit mișcare deasupra, a urcat la etaj.

Abbey făcea ordine în noptiera domnișoarei Angela. Ea a luat o carte cu o figură umbrită pe spate.

Tibbles a intrat și a împins telefonul în mâna lui Abbey. Ea a scăpat cartea și aceasta a căzut pe podea.

„Alo", a spus ea timid.

„Abbey", a spus Anglophone, "am nevoie de ajutorul tău pentru a o găsi pe domnișoara Angela. Este o chestiune urgentă. Unde este ea?"

„Am lăsat-o să se plimbe mai devreme. A vrut să fie singură."

„Și Stephen. L-ai văzut pe Stephen?"

„Tundea tufele de trandafiri înainte." Mâinile îi tremurau și vocea la fel.

„Pune-l pe Tibbles înapoi", a cerut Anglophone.

„Minte", i-a spus Anglophone lui Tibbles. „Află ce știe și sună-mă înapoi".

„Dar cum?"

„Nu-mi pasă cum. Prin orice mijloace. Află și ACUM!" a strigat Anglophone pe linie.

Tibbles și-a strâns pumnii și s-a ridicat. A traversat podeaua și, când a fost față în față cu Abbey, a lovit-o cu palma în spate.

Lovitura neașteptată a făcut-o pe Abbey să zboare pe spate și a aterizat pe patul lui Ribby. El s-a urcat deasupra ei, a încălecat-o și i-a ținut mâinile și picioarele. Lustrul negru de la cizmele lui a zgâriat plapuma.

„Spune-mi!" a strigat el în fața ei. Când ea nu a răspuns, el i-a ținut perna la față și a lăsat-o să se zbată. A ridicat-o din nou. Ochii ei. Blânzi, ca cei ai unei căprioare. „Spune-mi!" El a împins din nou perna în jos și ea s-a zbătut. Când el a ridicat perna, ea a mărturisit în cele din urmă, iar el a lăsat-o să se așeze și să-și tragă răsuflarea.

L-a sunat pe Anglophone, care a scos o urare la celălalt capăt al telefonului. „Bine lucrat, Tibbles. Loialitatea ta va fi răsplătită".

Tibbles a închis telefonul, apoi s-a întors cu fața spre tânăra fată.

Abbey rămăsese pe pat, privindu-l cu acei ochi. „Nu te mai uita la mine!" a strigat el în timp ce îi împingea perna în față. Ea s-a zbătut puțin la început, dar apoi s-a predat. El a continuat să împingă perna înăuntru în timp ce timpul stătea în loc.

Când a scos-o, ochii fetei erau larg deschiși. Părea liniștită. Ca un înger.

Tibbles a început să tremure. S-a agățat de noptieră și a observat o carte pe podea. A ridicat-o și a recunoscut imediat ochii din figura umbrită de pe spate. Aceștia îi aparțineau stăpânului său. Pentru o clipă a stat, uitându-se la coperta cărții Tot ce ai vrut vreodată să știi despre magia neagră (dar ți-a fost frică să întrebi.) Mintea lui s-a dus la Rosemary și la cererea ei de ajutor.

Tibbles a deschis coșul de fum și a aprins un foc. A aruncat cartea înăuntru și a privit-o cum arde.

A înfășurat-o pe Abbey în plapuma lui Ribby, a pus-o pe umăr și i-a dus trupul în grădină. A săpat un mormânt puțin adânc sub tufele de trandafiri. După ce a îngropat-o, a așezat trandafirii la locul lor și a pulverizat puțină apă în grădină. A fost un loc de odihnă minunat.

Întors în casă, Tibbles a făcut duș și s-a aranjat. Apoi s-a ocupat de camera domnișoarei Angela. A refăcut patul cu așternuturi noi, fețe de pernă și plapumă nouă. Perfect.

Când și-a îndeplinit toate îndatoririle, liniștea a devenit asurzitoare. Chiar și pașii lui răsunau puternic în urechile lui.

După ceva timp, nu mai putea suporta sunetul propriei respirații. Părea atât de tare, atât de zgomotos.

S-a întors în camera lui și și-a pus halatul pe care i-l dăduse cândva Anglophone. S-a dus în sertarul de jos și a scos un pistol.

Așezat în fotoliul său preferat, în haina sa de fumat preferată, și-a zburat creierii.

Nu era nimeni acasă să audă împușcătura.

Doar păsările au fost speriate de sunetul nefiresc.

CAPITOLUL 66

R OSEMARY FRANKLIN, MAMA LUI Stephen, plecase de mult. Își imaginase evadarea din sanatoriu, visase la asta de atâtea ori. Când i s-a ivit ocazia, a profitat de ea și s-a urcat în spatele dubei Clean-it-4-U. Era 4 dimineața și era pe drum.

Dubița a accelerat destul de mult cu ea ascunsă în spate. Imediat ce au ieșit de pe porțile spitalului, ea s-a schimbat într-o ținută pe care o furase. Luase și un inel cu diamant și câteva monede.

La prima oprire, Gus, șoferul, a coborât. Rosemary l-a privit cum intră în restaurant. După ce a avut cale liberă, a deschis ușa și a fugit. S-a ascuns lângă peretele exterior dintre clădiri. De acolo îl putea urmări pe Gus cum își hrănea fața și aștepta să plece. A simțit mirosul plăcut al cafelei proaspete și al șuncii care sfârâia înăuntru. Numai gândul la asta îi făcea gura apă. Mult mai tentant decât mirosul urât al mâncării din spital cu care se obișnuise.

O ușă a scârțâit și ea a tremurat în timp ce soarele își făcea loc pe cer. Gus s-a urcat în dubiță, s-a jucat cu radioul, și-a pus ochelarii de soare și a plecat.

Rosemary rămase ascunsă pentru încă câteva clipe. *Mai bine să fie în siguranță decât să îi pară rău.* Când dubița a dispărut clar din peisaj, Rosemary și-a periat părul cu degetul. A intrat în restaurant unde a comandat o ceașcă de cafea și a dat-o pe gât. Gustul cafelei proaspăt preparate la restaurantul de pe marginea drumului era de-a dreptul paradisiac. Chelnerița a venit imediat și a umplut-o din nou. A doua ceașcă a fost savurată.

Când a fost gata de plecare, Rosemary a lăsat câteva monede pe masă. Știa că nu are destule, dar spera că chelnerița o va scuti. Rosemary a izbucnit în lacrimi, plângând incontrolabil în mâna ei.

Chelnerița s-a întors: „E totul în regulă, dragă?"

Rosemary a mințit. „Soțul meu mă lovește. Am fugit. Schimbarea asta e tot ce am. Trebuie să dispar. Dacă mă găsește, mă va târî înapoi."

Chelnerița i-a întins un șervețel. „Aveți un loc sigur unde să mergeți? Sau ar trebui să sun la poliție?"

„Da, am un fiu, Stephen. Tot ce trebuie să fac este să ajung la el. Dacă ați putea chema un taxi și să-i explicați situația, v-aș fi recunoscătoare. Am nevoie de ajutor pentru a scăpa."

„De ce nu vă dau telefonul meu și puteți suna singură?"

„Pentru că soțul meu va suna la fiecare firmă de taxi din provincie. Dacă au numele meu, el mă va găsi." A plâns din nou în șervețel.

Chelnerița i-a spus că a chemat un taxi și că va veni imediat.

„Pot să vă mai cer o favoare?" Când fata a dat din cap, Rosemary a cerut câteva țigări și un pachet de chibrituri. Cu un zâmbet, fata i-a mulțumit.

Când a sosit taxiul, Rosemary i-a mulțumit chelneriței. „Îl voi aduce pe fiul meu aici într-o zi să te cunoască, dragă." Tânăra a zâmbit și i-a făcut semn cu mâna, pe care Rosemary i l-a întors.

„Încotro, doamnă?", a întrebat șoferul.

„La moșia lui Theodore Anglophone".

El s-a uitat la ea în oglinda retrovizoare și a dat din cap.

„Pe drum, mă întreb dacă ați putea să mă duceți la o casă de amanet. Am ceva ce aș vrea să vând. Bineînțeles, poți ține contorul pornit", a spus Rosemary.

„Sunt banii dumneavoastră, doamnă. Este o casă de amanet pe aici, la vreo douăzeci de minute distanță. O să te las acolo și o să-mi iau o ceașcă și o felie de plăcintă cu cireșe a la mode."

„Mulțumesc foarte mult, Jimmy", a spus ea după ce a aruncat o privire la fotografia lui de identitate afișată pe tabloul de bord.

Jimmy s-a uitat din nou în oglinda retrovizoare. Când ea și-a dat părul pe spate, lumina soarelui a ricoșat din piatra de pe degetul ei. El a virat pentru a evita o mașină care venea din sens opus. „Asta da piatră, doamnă."

„Mulțumesc", a spus Rosemary în timp ce privea în depărtare.

„Suntem aici", a spus el.

CAPITOLUL 67

CURÂND, AVIONUL A AJUNS în Toronto.

„Trebuie să-mi văd mama", a spus Ribby.

Viveca a sunat la penitenciar, explicând că o are cu ea pe fiica Marthei Balustrade.

Accesul i-a fost refuzat.

„Sentința va fi pronunțată mâine la tribunal. Hai să ne cazăm la un hotel și să dormim bine", a sugerat Viveca.

„De ce nu mă lasă să o văd?"

„Tot ce mi-au spus a fost că prizonierul nu are voie să primească vizitatori în seara asta", a spus Viveca. „Care este cel mai apropiat hotel de tribunal?", l-a întrebat ea pe șofer.

„Hilton este la câțiva pași."

Viveca a sunat înainte și a rezervat trei camere. „Voi folosi contul meu de cheltuieli", a spus ea.

S-au înregistrat la hotel, convenind să se întâlnească în hol. De acolo se vor îndrepta împreună spre tribunal.

✳ ✳ ✳

ÎN DIMINEAȚA URMĂTOARE, STEPHEN și Viveca au încercat să o facă pe Ribby să mănânce ceva. Au reușit să îi dea o ceașcă de ceai, dar nimic mai mult.

„Mă bucur că ai putut veni să mă susții moral, Stephen", a spus Ribby.

Angela i-a făcut cu ochiul.

Viveca s-a strâmbat la comportamentul nepotrivit al lui Ribby. A observat că îl făcea pe Stephen să se simtă inconfortabil. A plătit nota de plată și au părăsit clădirea. Zgomotul de pe stradă era asurzitor.

„Haos în trafic. Mă bucur că putem merge pe jos până acolo. Bine ai venit în oraș", a spus Stephen.

S-au îndreptat spre tribunal.

CAPITOLUL 68

Anglophone avusese o noapte agitată fără Tibbles care să se ocupe de el. În absența lui, Anglophone sunase acasă. Făcuse asta înainte de multe ori. Tibbles a fost prea bucuros să ajute, învârtind cutia muzicală și ținând-o la telefon. De data aceasta, însă, el nu a răspuns.

Când îl va vedea data viitoare, Tibbles ar fi bine să aibă pregătită o explicație al naibii de bună. Îi era drag omul, dar uneori putea fi exasperant de neglijent.

În timp ce stătea treaz ore întregi, se întreba despre fiul și fiica lui. Unde erau ei? Trebuie să fie undeva în oraș. Își amintea că amândoi își făceau ochi dulci unul altuia. Nu știa că sunt frați. Și el fusese atras de propria lui fiică înainte să știe cine era, desigur.

Pentru o clipă, anglofonul și-a imaginat că își mărturisește paternitatea în fața progeniturii sale. A mers mai departe, imaginându-și nunți, apoi nepoți alergând prin casă, țipând, alergând după el. Ura copiii. Îi cheltuiau toți banii. Și-a scuturat capul, a luat lampa urâtă de lângă patul din camera de hotel și a aruncat-o în perete. S-a spart, iar becul a scânteiat și apoi a murit. În niciun caz nu aveau să audă vreodată. Oricum, nu de pe buzele lui. Nu era un om de familie. N-ar fi fost niciodată. Legăturile de familie nu creau decât complicații.

S-a gândit la situația dificilă a Marthei. Ea îi ceruse ajutorul.

Dimineața, a luat micul dejun în camera lui. Cafeaua era neplăcută. Și-a chemat șoferul și s-au îndreptat spre tribunal.

CAPITOLUL 69

ROSEMARY A AMANETAT INELUL. Ulterior, a vizitat o papetărie de unde a cumpărat un stilou, hârtie și un plic. În drum spre proprietatea lui Anglophone, a scris o scrisoare. Când a terminat, a sigilat plicul și a scris pe față: „Către Stephen Franklin. Privat și confidențial". Ea nu a inclus o adresă de expediere.

La conacul lui Anglophone, Rosemary i-a cerut lui Jimmy să pună plicul în cutia poștală. Nu voia să riște să dea peste Tibbles.

„Unde mergem acum, doamnă?"

„La bibliotecă. Adică biblioteca lui Anglophone. Știți unde este?"

I-a întors capul. „Vă pot duce acolo."

„Mulțumesc."

Au ajuns la bibliotecă puțin mai târziu. La început, Rosemary a rămas pe bancheta din spate a taxiului cu aparatul de taxat pornit, incapabilă să se miște.

Jimmy a întrebat: „Este totul în regulă?"

Rosemary și-a încrucișat brațele în jurul ei de teamă să iasă. Îi era frică să se întoarcă. Frică de ceea ce intenționa să facă. „Sunt bine", a spus ea.

Jimmy a pornit radioul. A cântat împreună cu Elvis.

Rosemary și-a deschis ușa. I-a pus câteva bancnote în mână, „Mulțumesc, Jimmy. Ai fost minunat   și ai și o voce destul de bună."

„Mulțumesc, nu va mai fi niciodată un alt Elvis." S-a urcat înapoi în taxi și a plecat în viteză.

Odată ce a dispărut, Rosemary a admirat întreaga bibliotecă. Fusese odată locul ei preferat. Sanctuarul ei. Iar aerul de afară mirosea încă minunat. Pinii, oh, pinii. Simțea că era în sfârșit liberă.

Acest sentiment nu a durat mult. Curând, amintirile urâte au început să se învârtă din nou în capul ei. Anglofonul stând deasupra ei. Torturând-o. Magia neagră. Turna sânge de animal pe ea. Totul pentru acea carte nenorocită.

Mâinile îi tremurau când a băgat mâna în buzunar și a scos o țigară îndoită. Chelnerița fusese foarte drăguță să i-o dea. A aprins-o și a tras un fum lung. A tușit, dar a continuat să tragă în continuare până când mâinile i s-au liniștit din nou.

Alte amintiri au reapărut. Amintirile de care se ascunsese s-au declanșat ca o furtună de vară. Anglofonul folosind-o pe post de cobai. Ea amenințând că merge la poliție. El amenințând că le va ucide fiul. Trebuia să se termine, tortura lui asupra ei. Ea îl amenința că îi va spune lui Ștefan cine era el.

Un plan a fost format atunci. Un compromis. Rosemary urma să dispară în toate sensurile și să se emită un certificat de deces. Deoarece se căsătoriseră în secret, nimeni nu știa că ea își schimbase numele.

Stephen ar fi avut o slujbă pe viață, dar nu ar fi știut niciodată cine era tatăl său. Nu va ști niciodată că era moștenitorul averii lui Anglophone. În schimb, Rosemary va primi îngrijirea de care avea nevoie. Arsurile i se vor vindeca, iar toate cheltuielile vor fi acoperite. Pentru a-și proteja fiul, a fost de acord să fie închisă pentru tot restul vieții. Teoretic, acest lucru părea realizabil la momentul respectiv.

După ce i-a cerut lui Anglophone să o elibereze și el a refuzat, nu a avut de ales decât să evadeze. În plus, Stephen merita să știe adevărul. Rosemary trebuia să fie cea care să i-l spună. S-a așezat pe treptele dintre arcadele bibliotecii și și-a imaginat că fiul ei găsește scrisoarea și o citește. Intuiția ei de mamă îi spunea că face ceea ce trebuie.

Rosemary s-a ridicat și a aruncat țigara pe jos. A petrecut ceva timp adunând materiale. Bușteni, bețe, tot ce putea găsi inflamabil. Tot ce putea căra. A pus lemnele la intrarea din față și le-a aprins, apoi a adăugat bucățile mai mari. A stat între arcadele de lemn cu brațele larg deschise și a așteptat ca flăcările să o înghită.

Fumul ar fi fost vizibil de la kilometri întregi, dar toți cei care ar fi putut fi suficient de deranjați pentru a observa erau fie plecați, fie morți.

Arcurile de lemn au cedat înainte ca focul să o atingă pe Rosemary. În timp ce flăcările dansau în vederea ei periferică, grinzile grele care se prăbușeau i-au zdrobit craniul. Gata cu suferința. Gata cu durerea.

CAPITOLUL 70

L A TRIBUNAL, VIVECA ȘI-A folosit permisul de presă pentru a-i aduce aproape de intrare, chiar dacă sala de judecată era plină ochi. În drum spre locurile lor, Ribby a observat câteva fețe cunoscute, inclusiv vecini. Ura ideea ca mama ei să fie judecată, darămite să meargă la închisoare.

Hai să ieșim afară să fumăm o țigară.

Nu, mama va veni în curând.

Mare scofală. Ea nu pleacă nicăieri.

Ha. Ha.

Atmosfera din sala de judecată era scăpată de sub control. Bârfitorii bârfeau. Cei care nu aveau nimic important de spus își adăugau și ei propriile păreri. Când Martha a fost adusă înăuntru, toată lumea s-a oprit și s-a holbat.

Prizoniera era neîngrijită. Costumul gri pe care îl purta nu o avantaja deloc. Pierduse în greutate. Ribby credea că fața ei marcată de flăcări semăna cu un cadavru ambulant.

Doamne, chiar și mie îmi pare rău pentru ea.

a plâns Ribby.

Martha s-a uitat la fiica ei și aproape că a zâmbit, dar apoi și-a întors privirea.

„Toată lumea în picioare", a spus executorul judecătoresc. „Curtea acestei provincii este acum în sesiune. Prezidează onorabilul judecător Delvecchio."

Judecătorul i-a salutat pe toți cei prezenți și s-a așezat. Executorul judecătoresc a indicat tuturor celor din sală să facă la fel.

Ribby s-a uitat la femeia care ținea soarta mamei sale în mâinile ei. Avea ochi blânzi, chiar și de la această distanță, și Ribby a sperat că femeia va arăta milă.

„Martha Balustrade, te găsesc vinovată de toate acuzațiile."

A fost pandemoniu în sala de judecată.

Judecătoarea Delvecchio s-a ridicat și a strigat: „Liniște!" A căzut înapoi pe scaunul ei. „Sunt gata să dau sentința acum." A făcut o pauză. Toți cei prezenți și-au ținut respirația.

„Martha Balustrade, ești condamnată la douăzeci de ani de închisoare."

Martha a rămas tăcută.

Ribby s-a ridicat și a spus: „Dar nu ea a făcut-o."

„Ordine, ordine!" a spus Delvecchio în timp ce trântea ciocănelul. „Ordine sau voi evacua această sală de judecată!"

Taci Ribby! Taci din gură!

Când s-a făcut liniște, judecătoarea i-a vorbit lui Ribby. „Și tu cine ești?"

Pentru numele lui Dumnezeu, Ribby taci naibii din gură.

„Onorată instanță, numele meu este Rebecca Balustrade, dar toată lumea îmi spune Ribby. Sunt fiica Marthei."

Vocile au răsunat. Mai mult haos. Judecătoarea a amenințat să evacueze încă o dată sala. Ea i-a făcut semn lui Ribby să continue.

Anglofonul a intrat.

„Mama mea este nevinovată și știu că acest lucru este adevărat."

Ribby, te rog.

„Și de unde știi?" a întrebat judecătorul Delvecchio.

A fost tăcere pentru o clipă sau două, în timp ce Ribby își strângea și desfăcea pumnii, așa cum o învățase Angela.

Ribby a dispărut și Angela a preluat conducerea. A scotocit în geantă, a scos o țigară și a aprins-o. A tras o dușcă. A tras un fum, a aruncat țigara pe podea și a stins-o. S-a uitat în direcția judecătorului Delvecchio.

"Ea, Ribby, nu știe nimic. Este atât de imatură încât m-a creat pe mine   prietenul ei imaginar   și are treizeci de ani. A trebuit să facă față la multe în viața ei, inclusiv să trăiască cu acea biată scuză pentru o mamă." Angela s-a întors și a arătat spre Martha.

Lacrimile s-au rostogolit pe obrajii Marthei.

Angela. Nu.

Angela a continuat: *„Așa că am făcut lucrurile pe care ea nu a fost în stare să le facă. Toate."*

Toată lumea s-a aplecat în față. Avea toată atenția lor. Publicul se agăța de fiecare cuvânt al ei. Se simțea puternică, ca și cum ar fi fost într-o piesă shakespeariană, interpretând un solilocviu. Ea nu fusese niciodată o fană a Bardului, dar Ribby îl citea. O plictisea până la lacrimi. „Cât despre persoana Wheeler, el o viola pe mătușa Tizzy. N-am avut de ales. A trebuit să-l iau de pe ea. Voia s-o omoare."

Angela s-a oprit din vorbit. Și-a întors privirea mai întâi spre Anglophone, apoi spre Martha, înainte de a se întoarce spre judecător.

Publicul ei așteptase destul de mult. *„Am decis să scap de cadavru. Planul era să-l arunc de pe stâncă în dubița lui. Să scap de el. Nu mai valora nimic. Tizzy trebuia să sară din dubiță înainte ca aceasta să cadă, dar nu a făcut-o. A căzut și ea."*

Martha s-a ridicat în picioare. A încercat să vorbească, dar avocatul ei a redus-o la tăcere, apoi a tras-o înapoi în scaunul ei.

„Ordine! Ordine!" A strigat judecătorul Delvecchio. „Voi evacua această sală de judecată dacă toată lumea nu se liniștește."

Angela a mers la masa Marthei. Și-a turnat un pahar cu apă. A luat o înghițitură și s-a uitat înapoi la judecător, care a spus: „Așteptăm."

„De obicei nu apuc să vorbesc prea mult", a spus Angela. *"Oricum, nu cu voce tare. Este o muncă însetată."*

Au fost câteva râsete în sala de judecată. Judecătoarea Delvecchio, devenind nerăbdătoare, și-a trântit ciocănelul de mai multe ori. S-a ridicat în picioare și și-a deschis gura....

Angela a întrerupt-o. *„De asemenea, mărturisesc uciderea unui bodyguard din cealaltă parte a orașului. În legitimă apărare, l-am ucis pentru că a încercat să mă violeze."*

Ce? Angela?

Nu știi nimic, Ribby.

Angela a făcut o pauză. *„Deci, aici stau în fața ta. Vinovată de tot. Nu vă spun minciuni. Am făcut aceste lucruri, dar Rebecca, adică Ribby Balustrade, este nevinovată. Vedeți voi, de la început am putut să o blochez. Am putut să o controlez complet. Deci, dacă vreți să acuzați pe cineva, atunci trebuie să mă acuzați pe mine. Chestia e că eu nici măcar nu exist. Eu nu sunt Ribby. Eu sunt Angela."*

Anglofonul s-a ridicat în picioare.

Angela a spus: *"Chiar și-a pierdut virginitatea fără să știe. Ea încă nu știe."*

Ribby a țipat.

Anglofonul s-a împins de-a lungul rândului său, a ieșit și a intrat în culoarul central. El și-a ridicat bastonul în aer și a fost imediat dezarmat și trântit la pământ. În timp ce era târât în afara procedurii, a strigat: „Eu sunt Theodore Anglophone!"

Nimănui nu i-a păsat.

„Ordine în sală! Am spus ordine!" a strigat judecătoarea Delvecchio în timp ce lovea ciocanul de mai multe ori. Când toți s-au liniștit, ea a spus: „În lumina acestor noi informații, cazul este respins. Martha Balustrade, sunteți liberă să plecați. Un nou proces va începe imediat după o evaluare psihiatrică. Domnilor ofițeri, vă rog să o duceți pe doamna Balustrade la închisoare până la finalizarea anchetei."

Martha stătea în picioare, cu lacrimi curgându-i pe față: „Dar pledez vinovată. Accept sentința. Închideți-mă, vă rog. Lăsați-mi fiica să plece".

„Prea puțin, prea târziu, draga mea mămică."

Ciocanul a căzut din nou, iar judecătorul a spus: „Aceasta este o instanță de judecată și aici judecăm criminali, nu mame rele. Aș putea să vă acuz de sfidare a instanței. V-aș putea amenda pentru că ați irosit timpul instanței. Pentru sperjur. Pentru adăpostirea unui ucigaș. Pentru obstrucționarea justiției. Înțelegeți esențialul? Vă sfătuiesc să vă vedeți de drum și să lăsați instanța să facă ce trebuie. Această ședință de judecată se suspendă. Eliberați sala de judecată, dle executor judecătoresc." Judecătoarea Delvecchio s-a ridicat în picioare. Toți ceilalți au urmat-o și au privit-o cum dispare în biroul ei.

Martha și-a privit fiica în timp ce ofițerii îi puneau cătușele și o conduceau departe. Angela s-a uitat la Martha peste umăr și a zâmbit. A fost aproape ca și cum acea privire i-ar fi oprit inima Marthei, sau cel puțin așa au povestit după aceea. Martha a căzut la podea și a murit înainte ca ambulanța să aibă timp să ajungă acolo.

CAPITOLUL 71

MARTHA BALUSTRADE A FOST înmormântată în prezența fiicei sale. Ribby a fost păzită de doi ofițeri și îmbrăcată în hainele gri ale închisorii, cu mâinile și picioarele legate. Gardienii i-au pus câteva flori în mâini. Ea le-a aruncat pe sicriu în timp ce își lua rămas bun.

Asta nu e limuzina lui Anglophone?

Da. Mă întreb de ce nu coboară.

După prestația lui în sala de judecată, e surprinzător că e aici.

Abia a cunoscut-o pe mama.

Încă nu am idee ce a încercat să facă.

A avut noroc că nu l-au împușcat.

Anglofonul a fost acolo, dar a ales să rămână în limuzina sa. S-a gândit să iasă de câteva ori și să-și prezinte omagiile. De asemenea, s-a gândit să mărturisească totul. În loc să recunoască, i-a ordonat șoferului său să-l ducă acasă.

A dormit puțin pe drum și, în timp ce mașina se apropia de fața casei, a observat un plic portocaliu strălucitor care ieșea din cutia poștală. După ce l-a citit, l-a rupt în bucăți.

Anglofonul și-a sunat șoferul înapoi. „Du-mă la bibliotecă".

Până când Anglophone a ajuns, focul se stinsese de la sine.

Anglophone s-a uitat la dărâmăturile înnegrite. Tot ce rămăsese din Rosemary. Își dădu seama că de aceea lui Stephen nu i se permisese să-și vadă mama. De ce fusese nevoit să facă atâta scandal la spital. Idioții o lăsaseră să scape. Aproape că se simțea prost pentru că îi tăiase salariul. Aproape. Trebuia să sune la spital, să-i trimită aici să-i adune bucățile. O să mușamalizeze totul, din moment ce el era cel mai mare donator al lor. Să nu apară în ziare. Nimeni nu ar fi fost mai înțelept. La urma urmei, Rosemary era deja moartă. Prin sinucidere, ea făcuse de fapt imposibil ca Stephen să știe vreodată cine era tatăl lui.

Anglofonul a fost zguduit când șoferul l-a lăsat acasă. Se aștepta ca Tibbles să fie acolo, să îl întâmpine, să îl consoleze   dar nu era nici urmă de servitorul său de încredere.

„Tibbles!" a urlat el.

Vocea lui a răsunat în toată casa, dar nu a primit niciun răspuns. Anglofonul era prea epuizat ca să încerce să-l găsească. S-a dus în camera lui, a înfășurat cutia muzicală și a adormit pentru o vreme.

Când s-a trezit, a simțit cum o teroare îi trece prin suflet și a strigat după Tibbles. A tras și a tras de clopoțel de atâtea ori, încât acesta a căzut din nou din tavan. Totuși, nu a venit nimeni.

Se simțea foarte singur, și așa și era.

Cu excepția lui Tibbles care era mort în camera lui și a lui Abbey care era îngropată sub trandafiri.

CAPITOLUL 72

DUPĂ O EVALUARE PSIHIATRICĂ extinsă, procesul lui Ribby a fost rapid. A fost condamnată la douăzeci de ani de închisoare. Zece ani pentru fiecare crimă, mai puțin timpul executat. Moartea lui Tizzy a fost considerată o sinucidere.

Ribby a plâns fără oprire zile întregi, care s-au transformat în săptămâni. Era incapabilă să facă față unui mediu ostil. Supraviețuia la limită.

„Vorbește din nou singură", a spus colega de celulă a lui Ribby, Shona. Shona fusese condamnată pentru uciderea soțului și a celor doi copii ai săi.

Gardianul închisorii a venit să evalueze situația. El a văzut-o pe Ribby învelită și legănându-se pe patul ei. A mustrat-o pe Shona și i-a spus să nu mai țipe sau o va băga la izolare.

„Aw, haide", a spus Shona. „Nu am făcut nimic."

„Încă un cuvânt și te duci la SHU", a spus gardianul.

Shona și-a scos limba în semn de sfidare în timp ce gardianul i-a întors spatele și a plecat. A stat și l-a privit timp de câteva secunde înainte să se întoarcă și să-l înfrunte pe Ribby. „Sunt cu ochii pe tine, târfă!"

Ribby și-a întors fața spre perete.

„Nu te întoarce cu spatele la mine, cățea!" a spus Shona în timp ce îi dădea un imbold.

Angela s-a ridicat, a apucat-o pe Shona de gât. A împins-o împotriva peretelui îndepărtat cu o forță care a luat-o prin surprindere pe colega de celulă. Capul lui Shona s-a dat pe spate. A crăpat când s-a lovit de cărămizile reci.

Cu mâinile în jurul gâtului lui Shona, ea a spus: *„Lasă-mă să clarific câteva lucruri. Numărul unu, nu vei vorbi cu mine. Numărul doi, nu mă vei atinge. Și numărul trei, dacă faci oricare dintre cele două lucruri pe care tocmai le-am menționat, te voi ucide."*

Ochii lui Shona înotau în orbitele lor. A încercat să răspundă, dar tot ce putea să facă era să gâfâie după aer. Femeia a încuviințat cu un semn din cap.

Angela s-a întors în patul ei, dar înainte de a se întinde pe salteaua subțire, a luat niște apă și a aruncat-o în fața lui Shona. Această acțiune a scos-o pe colega de celulă din amețeală.

Shona a răspândit vestea despre Ribby. Era o dură cu care nu trebuia să te pui. Au mai încercat câțiva, dar Angela i-a doborât imediat. Se săturase de plânsul și de victimizarea lui Ribby pentru o viață întreagă.

Anii au trecut. Colegii de celulă veneau și plecau.

Angela a rămas în control total. Era deopotrivă respectată și temută. În timp, locul îi aparținea. Acum era închisoarea ei și avea control asupra ei și asupra lui Ribby. Viața era suportabilă.

CAPITOLUL 73

D UPĂ CÂŢIVA ANI, ANGLOPHONE a făcut o vizită
neașteptată la penitenciar. El nu l-a vizitat pe
Ribby. În schimb, s-a întâlnit cu directorul nou numit
al închisorii, J. B. Bedford. Bedford era nepotul unei
vechi cunoștințe care îi era datoare cu o favoare.

„Aș dori să finanțez o bibliotecă aici", a spus
Anglophone. Anglophone era fără păr acum. Corpul
îi tremura tot timpul și nu putea sta în picioare mult
timp.

„Este foarte generos din partea dumneavoastră", a
răspuns Bedford. „Deși, ca să fiu sincer, deținuții ar
avea nevoie de donații de multe obiecte. Adică, înainte
de cărți."

Anglofonul s-a aplecat aproape de Bedford. „Fă o
listă și adu-o la mine. Banii nu sunt o problemă, dar
o bibliotecă este o necesitate și repede. Sunt un om
bătrân."

„Sigur", a spus Bedford. „Dacă ai banii, îi vom da
chiar numele tău."

„Nu", a spus anglofonul. „Nu vreau recunoaștere.
Totuși, aș vrea să implici una dintre deținute. Ea

poate ajuta la crearea și întreținerea bibliotecii în sine. Numele ei este Ribby Balustrade. Ea este o bibliotecară calificată. Desigur, voi dona cutii pline cu cărți."

Bedford știa de Ribby Balustrade. Era o spărgătoare de mingi care, în timpul șederii ei de până acum, ajunsese în vârf ca noua regină a haitei de deținuți. Bedford nu s-a prefăcut surprins când a spus: „Cu siguranță nu pare genul de bibliotecară."

„Ribby Balustrade este într-adevăr tipul bibliotecarului. Suntem de acord?"

„Sigur", a răspuns Bedford.

„Oh, și încă un lucru", a spus Anglofonul. „Ea nu trebuie să afle niciodată despre implicarea mea. Adică, niciodată."

„Am înțeles", a spus Bedford.

***

Când Angela a auzit vestea despre noua bibliotecă, nu a fost deloc amuzată. Bibliotecile și cărțile erau penibile. Lucrase din greu la reputația ei. Voia să își păstreze statutul în închisoare. Trebuia să își mențină profilul ridicat. Să mențină frica. Fără frică ar fi pierdut tot pentru ce muncise atât de mult. Nu l-ar fi putut proteja pe Ribby dacă s-ar fi învârtit mereu în jurul bibliotecii.

Cititul este un loc foarte plictisitor și dacă vrei să te protejez, atunci trebuie să fiu eu la conducere aici.

Odată ce prizonierii vor avea o bibliotecă, vor avea ceva de făcut. Va fi mai bine.

Oh, Doamne, Ribby, poți fi atât de prost? Serios?

Înainte de ideea bibliotecii, personalitatea lui Ribby fusese fericită să treacă în plan secund. Acum a revenit la suprafață. Ribby se simțea aproape fericit.

Îi voi putea ajuta pe alții. Să le fac cunoștință cu cărțile. În plus, ca bonus, voi putea să citesc ce vreau eu.

Tot timpul din lume pentru a ne plictisi de moarte și pentru a ne pune o țintă pe spate.

O să fie bine. Știu că va fi bine.

Treziți-mă când se termină.

O să fie bine. Știu că va fi bine.

Treziți-mă când se termină.

RIBBY STĂTEA ÎN CENTRUL camerei nefolosite. În curând urma să fie transformată în bibliotecă. Era destul de spațioasă, dar căpriorii goi de lemn din tavan erau urâți. La fel erau și pereții reci de cărămidă și podelele de ardezie. Ar putea repara pereții acoperindu-i cu rafturi, iar podeaua cu mochetă. Tavanul, însă, era o altă problemă.

Cutiile soseau zilnic, pline cu cărți vechi și cărți noi. Câteva dintre lăzi trebuiau deschise cu o rangă. În interiorul cutiilor, cărțile erau legate în categorii cu frânghie. Ribby a umplut rafturile, punând totul în ordine.

Când noua bibliotecă a fost terminată, Ribby a stat alături de directorul Bedford. Deținuții s-au adunat în jur pentru marea deschidere. A avut loc o ceremonie de tăiere a panglicii.

Colegii ei deținuți au intrat în grupuri mici. Ribby a arătat locul. Era mândră de mese și scaune, de covoare. Și de cărți, atât de multe cărți! Ca să nu mai vorbim de scările glisante pentru acces ușor. Un lucru pe care nu-l puteau schimba însă erau grinzile de lemn de pe tavan. Erau în continuare urâte, dar iluminatul ajuta la ascunderea lor.

Majoritatea deținuților au reacționat pozitiv la bibliotecă. Cu excepția Angelei.

Ribby, femeile alea sunt extrem de periculoase. Este doar o chestiune de timp până când vor veni din nou după noi.

Nu fi ridicol. Această bibliotecă este o schimbare de joc.

Obsesia lui Ribby pentru noua bibliotecă i-a dat Angelei toate motivele să stea tot mai departe.

Într-o după-amiază, Ribby a vorbit cu directorul despre înființarea unui club de lectură. Acesta credea că este o idee bună, dar, având în vedere că aveau un singur exemplar din fiecare carte, ar fi fost dificil să organizeze un club de lectură tradițional. Ribby a întrebat dacă ar putea contacta librăriile locale și să ceară exemplare suplimentare. Bedford i-a aruncat câteva monede pentru telefonul public. I-a luat câteva zile să primească un răspuns afirmativ, apoi a sosit o donație de douăzeci și cinci de cărți. Prima carte a clubului de lectură din închisoare va fi „ *Crimă și pedeapsă*" de Fiodor Dostoievski .

Odată ce primele douăzeci și cinci de exemplare au fost puse la dispoziție, deținuții au vorbit despre carte. Au vrut să o citească și ei. Conceptul de club de carte lunar s-a transformat într-un club de carte săptămânal. Deținuții au făcut coadă pentru a se alătura.

Când o să ne mai distrăm?

Acest lucru este distractiv și facem o diferență. Uită-te la ceilalți deținuți. Facem ceva bun aici.

Ești atât de cuminte.

De ce, mulțumesc.

Ai pus plictiseala în cuvântul plictisitor.

Atunci, pleacă. Nu mai am nevoie de tine.

Directorul a observat o mare diferență în comportamentul deținuților săi. A chemat-o pe Ribby în biroul său. I-a mulțumit pentru sugestii. Ca director nou, el dorea să își pună amprenta, iar Ribby l-a ajutat să iasă în evidență.

El a întrebat-o dacă mai are și alte idei despre cum să îmbunătățească lucrurile pentru colegii ei deținuți. Ribby a sugerat lecturi de autor. Gardianul a spus că știe pe cineva care cunoaște un autor popular din Maine. Ribby a trimis o scrisoare prin intermediul prietenului directorului, în care menționa că în curând Clubul de Carte va citi *Stand By Me*. În curând, autori din întreaga lume au donat cărți și au cerut să vină la închisoare pentru a discuta despre cărțile lor.

Directorul a chemat-o din nou pe Ribby și a întrebat-o dacă mai are și alte idei. Ea a menționat o Zi a Familiei în care deținuții le-ar putea citi copiilor lor. De multe ori privea familiile împreună în sala de ședințe, înconjurate de gardienii închisorii. Copiii păreau prea speriați să vorbească. Acest lucru era ineficient pentru întreaga familie. Ea a sugerat să se delimiteze un segment al bibliotecii, unde câte o familie ar putea citi împreună. Directorului i s-a părut o idee excelentă și s-a oferit să facă o încercare. Vorba din gură a adus mai multe donații din partea librăriilor. Au adăugat o secțiune pentru copii.

Următoarea sugestie a lui Ribby: să-i învețe pe deținuții care nu știau să citească să facă acest lucru.

Apoi, a solicitat donații pentru a înființa un colț al locurilor de muncă. Computerele au venit și au fost conectate la WI-FI, astfel încât deținuții să poată lucra la CV-urile lor înainte de eliberare.

Vestea s-a răspândit în întregul sistem penitenciar. Directorul Bedford a primit laude și premii. Nu a omis niciodată să menționeze contribuția lui Ribby.

***

O CUTIE CU CĂRȚI încă trebuia despachetată. Ribby a desfăcut-o. Pe coperta din spate, era un bărbat siluetat.

Anglofon.

Crezi că el a făcut toate astea? Și de ce nu ne-am dat seama până acum că era el?

Nu sunt sigur, acum pare evident. Mă întreb totuși de ce, de ce a făcut-o?

Vinovăție? Remușcări?

Din dragoste?

Ribby era în vârful scării, când Angela a strâns frânghia în jurul căpriorii de lemn. A făcut un laț și și-a pus capul în el. Când a fost gata, a început să cânte:

Goody Two-shoes, Goody Two-shoes!

Ribby a rămas ferm. A scos funia din jurul gâtului ei. Nu.

Angela s-a străduit să obțină controlul, apucând frânghia și punându-și din nou capul în ea. În timp ce se împingea de pe scară, Ribby a reușit să se țină cu o mână de treapta de sus. Cu frânghia încă prinsă în jurul gâtului, Ribby s-a agățat pentru a-și salva viața.

Angela a încercat să se împingă din nou, tot fredonând melodia. Forța brută a făcut ca mâna lui Ribby să se desprindă.

Ribby și Angela au rămas agățați pentru o clipă, apoi au părut că zboară spre lumină. Dar frânghia nu era destul de lungă. Au pendulat, apoi s-au ciocnit de scară. Aceasta a fost aruncată într-o parte și împinsă spre peretele îndepărtat, unde a aterizat cu o bufnitură.

O ambulanță a sosit prea târziu.

EPILOG

Câțiva ANI MAI TâRZIU, a sosit o scrisoare de la avocatul lui Anglophone adresată lui Stephen.

În ea, adevărul era dezvăluit: Ștefan era fiul și singurul moștenitor al lui Anglophone.

„Ceva interesant?", l-a întrebat soția sa, Viveca.

„Deloc", a răspuns Stephen în timp ce o arunca în foc.

Cuplul fericit stătea împreună pe canapea în timp ce fiica lor, Rebecca, citea o carte.

CITAT

"Doamna primăriță s-a plâns că potaia era rece;
'Și tot de mult timp de fiddle-faddle dumneavoastră,'
quoth ea.
'De ce, atunci, Goody Two-shoes, ce dacă este?
Ține-ți, dacă poți, vorbăraia ta, a zis el."

CHARLES COTTON

CUVÂNT DE LA AUTOR

Dragi cititori,

Vă mulțumesc pentru că ați citit Secretul lui Ribby. Sper că v-a plăcut să o citiți la fel de mult pe cât mi-a plăcut mie să o scriu!

Secretul lui Ribby a început ca o poveste scurtă în 2011. Povestea s-a terminat când Ribby a scuipat în băutura Marthei.

Nu a trecut mult timp până când Angela a început să vorbească cu mine. Am ignorat-o, spunându-i că proiectul era terminat, dar ea a insistat.

Apoi a apărut Theodore Anglophone...

Aș dori să le mulțumesc corectorilor mei și cititorilor beta - de-a lungul anilor au fost mulți. Nu în ultimul rând, mulțumesc editorilor mei finali LF & MC - voi două doamnelor ROCK!

Mulțumesc, de asemenea, soțului și fiului meu, pentru că au fost mereu alături de mine.

Ca întotdeauna - lectură plăcută!

Cathy

DESPRE AUTOR

Cathy locuiește și scrie în Ontario, Canada, cu soțul, fiul, pisica și câinele ei.

DE ASEMENEA, DE:

FICȚIUNE
ÎN CURÂND:
COPILUL TUTUROR
13 POVESTIRI SCURTE

www.ingramcontent.com/pod-product-compliance
Lightning Source LLC
Chambersburg PA
CBHW061336310726
48974CB00001B/73